讓死亡亦無法拆散我們。

維克特・伊迪那洛克《人造妖精概述》

序章　屍王

羅亞．葛雷基亞聯合王國的王城，位於擁有千年歷史的王都──阿庫斯．史泰利亞的最北端，其中的王座廳昏暗無光，彷彿代表著缺乏陽光祝福的北方大地。

與北方王國這個稱呼給人的印象正好相反，羅亞．葛雷基亞是個富庶的國家。的確，這裡栽培不了小麥或南國水果。但這裡有著肥沃土地的滋養、廣闊的大河恩惠，以及豐富的礦物資源。毫不吝惜地使用鑽石與黃金礦藏打造而成的吊燈散發燦爛光彩，映襯出多種豪華壯麗的裝飾與在座諸侯拖行地面的影子。

聯合王國目前仍屬於軍事大國，王侯即為戰士。他們是大陸上現今唯一一個君主專制政體，同時也是依舊奉行此種古老價值觀的國家。

體現著這種政治體制，王座上的國王身穿無懈可擊的軍服，開口說話。國王有著半分花白的茶褐色頭髮，以及紫水晶般的雙眸──聯合王國自古以來就是紫系種的故鄉，由其貴種「紫瑛種」掌握政權。

不負北境武王之名，國王嗓音渾厚，有如遠雷轟鳴。

「吾兒維克特啊。」

「在。」

王座的階梯下有人回應。在那謁見者本當下跪的位置，不滿二十歲的年輕王子憑藉著君王胤嗣的特權堂而皇之地站著。

紫瑛種的特徵是具有猛禽般的茶焦髮色與雷火似的紫瞳，其中這位王子的色彩更是格外深厚。他有著在聯合王國嚴冬天空翱翔的大鷲般黑鳶色頭髮，以及人稱護國神盾的龍骸山脈產出的最高級紫水晶般帝王紫眼色。相貌五官兼具秀麗與英銳，宛若優雅的寒冰魔物。

此人乃是第五王子維克特・伊迪那洛克，年方十八就擔任聯合王國南方方面軍——「軍團」戰爭最前線的總司令，也是當今國王的么子。

「在友邦齊亞德聯邦成立了名為第八六獨立機動打擊群(Strike package)的部隊，這你聽說了嗎？」

「有所耳聞，父王。他們是以壓制『軍團』重要設施為任，藉此嘗試弱化敵軍的精銳部隊。聽說這支部隊首次上陣就摧毀了聖瑪格諾利亞共和國領土內的『軍團』生產據點，迫使敵軍的戰線後退。」

即使突然受到尊長問話，也能回答得流暢自如。從情報受限的最前線返國尚不到一天，而且提到的只不過是外國一個部隊的話題，表情與口吻卻像是回答一個簡單的算式。

「儘管沒能擄獲發電機型(Admiral)與自動工廠型(Weisel)，又讓高機動型(Phoenix)逃走，而且在『牧羊犬』的攻勢下蒙受了不小損害，使得部分意見認為初次任務算是失敗……但作戰目標確實是達成了。而且他們比預定時期更早逼出了『軍團』祕藏的兩種新機型，這也稱得上是一大功績吧。至少我們聯合王國因此獲得了擬定對策的時間。」

「唔嗯。」

國王那堅如磐石的體魄上方，眼光犀利的面龐嚴峻且沉重地頷首。

「我們聯合王國已決定與該部隊合力抗敵，合作內容為提供技術與派遣兵員……維克，我命你與該部隊會合，一起去撲滅『軍團』吧。」

「啊，好的父王。我去去就回。」

……與豪華壯麗、莊嚴沉穩的王座廳當中列席的群臣正好相反。

『去幫我辦點事好嗎？』

『好啊～～』

就這點程度，輕鬆得跟聊天似的。

在座諸侯拚命撐住差點虛脫的身體，眼睜睜看著王與王子繼續對話。

「最近一場作戰將派出第二戰線的所有軍力，之後的人員派遣方面，你需要多少兵士也都可以商量。你想要多少？」

「有我的直轄聯隊就夠了。對方部隊是旅團規模，況且現在無論哪個戰線恐怕都沒有多餘人力吧。」

……還是一樣。

『不然你回來的時候可以買些愛吃的零嘴什麼的當跑腿費喔。』

『這就不用了啦～』

就這麼隨便。

順便一提，王子殿下穿的不是聯合王國的立領紫黑軍服……雖然同樣是立領設計，卻是黑色的學生服，腳邊還放著一個薄薄的書包。

簡而言之，就是一身放學剛回家的打扮。

其實從剛才開始，想說至少幫他保管書包卻失敗的侍從長就在王座廳的入口處抱頭苦惱。

這既不是疏忽也不是鬆懈。

無論是奢華的王城，或是在座群臣，對於國王與這位王子而言都只是背景。當然不需要有所顧慮，也不用特地展現威嚴。

是出於這種傲慢，也有實力維持這種傲慢。

在王座近旁待命的宰相走上前來，低頭私語。此人有著淡紫藤色的眼瞳，以及讓人聯想到年老狐狸的白髮白鬍。這位老臣雖是二等臣民的淡藤種身分，卻以才學飛黃騰達，自先王在位時期侍奉王國與王室至今，對這種高傲的態度早已習以為常。

「恕臣斗膽，陛下。維克特殿下與殿下的『小鳥』們，乃是聯合王國的國防大要。少了殿下，戰線還能維持得住嗎？」

「不許放肆，宰相。如果我一個人離國就會造成戰線綻裂，那是因為將兵以及你們有所怠慢，勸你們最好趁此機會提振一下軍心。」

王子看都不看他一眼，冷漠地加以駁斥。老宰相加深笑意，將頭壓得更低。

提供給機動打擊群的兵員派遣與派遣人選，早在先前的御前會議就已經得到裁示。王與王子的這段對話意在讓沒資格參加會議的王族與諸侯知道結論，宰相的詢問也不過是代為提出他們可能心存的疑慮罷了。

因此這番話是經過默許的上奏，然而總是有些人聽不出話中之意。接著換成從王子公主的行列當中，赫然走出一人。

「父王！真要追究起來，這場『軍團』戰爭全是起因自維克特犯下的過錯！怎能再將這種重責大任交託給這條瘋癲的蝰蛇……」

「住口，鮑里斯，誰准你說話了！」

發自王座的一聲喝斥，嚇得第三王子像被轟雷打到般縮起身體。第一公主與跟她結黨連群的宮廷麻雀吃吃竊笑，當事人的主子第二王子則苦悶地嘖了一聲。

國王冷眼看著親生兒子銳氣受挫地回到行列，接著像變了個人似的，用挖苦般的笑容往下看著最小的王子。

「只要把你至今的戰功全算進去，不但能取回王位繼承權，繼承順序還會比鮑里斯這傢伙更

高喔。」

「我不需要啦，麻煩死了。還請父王按照慣例，將功勞算到扎法爾哥哥身上吧。」

王子平靜地做出以晉見君王來說過於狂妄的發言，視線看了看背後。

「……父王，若是事情都已經吩咐好，我是不是可以退下了？好一陣子沒去學校，功課就積了好多。」

國王苦笑著揮動一隻手趕人。

「也罷……在晚餐前把功課告個段落吧，我想聽你說說前線的事。」

「遵命，父王。」

到這時候王子才以極其典雅的舉動行過一禮，然後轉身就走。整面水晶底下綴滿五彩蝶翼，奢靡華麗的王座廳地板，發出堅硬的喀喀聲響。

走出王座廳的那一瞬間，夾雜於這陣堅硬的跫音中，某人的聲音不屑地說了：

「……你這個玩洋娃娃的屍王（Necrophilia）……！」

辱罵故意講得很大聲，說話的人卻畏縮地躲在人群之中。

王子回敬一個能讓說話人看見的冷笑，就離開了王座廳。

一打開門，合成紅茶帶有一絲藥味的芬芳，以及王兄的微笑都在歡迎他。

「你回來了，維克……不過你好像是昨晚就回到這座城堡了？」

「扎法爾哥哥。是的，只是因為時間晚了，所以沒向哥哥問安。」

面對親手泡好紅茶等著弟弟的長兄——羅亞．葛雷基亞聯合王國第一王子扎法爾．伊迪那洛克，維克回以孩子氣的笑臉走上前去。王儲的起居室擺放著擦得亮晶晶的黑檀家具，大理石與琥珀的鑲嵌工藝美不勝收。

儘管這對兄弟相貌相似，但十歲的年齡差距為扎法爾賦予了雕像般均衡、高挑的身材，以及宛如高級樂器的磁性嗓音。茶褐色長髮用細緞帶與綠寶石髮飾綁成一束，眼瞳則與弟弟同為帝王紫。

維克照哥哥說的在對面椅子坐下，目送有如機械人偶般訓練有素的侍從長端來茶點與玫瑰糖醬後離開，然後才問道：

「狀況真的這麼糟糕嗎？」

扎法爾無言地看了看維克，他聳聳肩。

「人在前線，總是很難看到王國整體的狀況。自從上一場大規模攻勢以來，坦白講，只能勉強撐住不後退。」

「既然戰況糟到連你都得這樣強撐，應該猜得到才對……參謀院的試算結果已經出來了。」

扎法爾用銀匙將糖醬優雅地送進口中，享受過甘美的芳香與高雅的甜味後，才繼續說道：

「照這樣下去，撐不過下個春天。」

「話是這樣說，但我其實沒跟她講過幾次話，聽說反而是共和國的研究人員比較常跟她交談……噢，對了，那人是八六啊。那我看恐怕已經死了。」

關於聖瑪格諾利亞共和國做出的一連串迫害行為，維克也有所耳聞，知道在「軍團」的包圍下，陷入困境的共和國白系種們不試圖打破逆境，反而為了欺騙大眾而做出推卸責任的愚蠢行為，導致了何種後果。

「總之呢，我就跟平常一樣，對父王與王國的決定言聽計從……反正就算失敗，也不過就是死一隻獵犬罷了。」

扎法爾應了一聲，微微偏個頭；維克對他聳了聳肩。

「就像第八六機動打擊群，也就是八六……平民百姓姑且不論，聯邦高層似乎已開始把他們當成燙手山芋了，就跟我一樣。」

「維克。」

「精銳部隊說得好聽，其實也不過就是得到一批怪物組成的特攻部隊（Suicide squad），拿來維持戰線以及打政治宣傳（Propaganda）戰用到壞。突擊作戰的生還率很低，專門負責這種任務的部隊成員，性命有多少價值可想而知，就像上次的電磁加速砲型（Morpho）討伐戰的時候一樣。」

這時他瞇起眼睛，想起當時的那群少年兵似乎也是八六。

豈止可想而知，一旦到了平常時期，不如說……

「一旦把野狼獵捕乾淨，獵狼的獵犬也會遭到殺戮。平常時期不需要什麼凶暴的猛獸。乾脆直接跟敵人兩敗俱傷最好，省得把手弄髒。」

扎法爾擔心地皺起優美的眉毛。

「你可不是什麼沒用的猛獸喔，維克。」

「是的，對哥哥與父王而言是如此。但是……」

維克苦笑一下，喝了口紅茶。

紅茶帶有甜美的花香，是王國南部平原綻放的春天矢車菊的芳香。

那是今年尚且無緣一見的翠藍。

「對人世間而言就難說了。以一個跟八六他們一樣的……人形怪物來說。」

EIGHTY SIX

The number is the land which isn't
admitted in the country.
And they're also boys and girls
from the land.

ASATO ASATO PRESENTS
[作者] 安里アサト
ILLUSTRATION／SHIRABII
[插畫] しらび
MECHANICALDESIGN／I-IV
[機械設定] I-IV

Kadokawa Fantastic Novels

86

—不存在的戰區—

A monster
lives in a northern country.

[Ep.5]

—死神，你莫驕傲—

A monster lives in a northern country.

CHARACTERS

齊亞德聯邦軍

「第86獨立機動打擊群」

辛

被聖瑪格諾利亞共和國蓋上代表非人——「八六」烙印的少年。擁有能聽見軍團「聲音」的異能，以及卓越的操縱技術。現在擔任新設立的「第86獨立機動打擊群」總戰隊長。

蕾娜

曾與辛等「八六」一同抗戰到底的少女指揮管制官。奇蹟般地與奔赴死地的辛等人重逢後，在齊亞德聯邦軍出任作戰總指揮官，再次與他們共同征戰。

芙蕾德利嘉

開發「軍團」的舊齊亞德帝國之遺孤。與辛等人一同對抗過往昔的家臣，同時也有如親哥哥的齊利亞。在「第86獨立機動打擊群」擔任蕾娜的管制助理。

萊登

與辛一同逃至聯邦的「八六」少年。跟辛有著不解之緣，一直以來都在幫助因為「異能」而容易遭受排擠的辛。

可蕾娜

「八六」少女，狙擊本領出類拔萃。對辛懷有淡淡的好感，最後究竟會——？

賽歐

「八六」少年。個性淡漠，嘴巴有點毒，而且愛挖苦人。擅長運用鋼索進行機動戰鬥。

安琪

「八六」少女。個性文靜端莊，但戰鬥時會表現出偏激的一面。擅長使用飛彈進行大範圍壓制。

葛蕾蒂

聯邦軍上校，能理解辛等人的心情，後來擔任「第86獨立機動打擊群」旅團長。同時也是新型機甲「女武神」的開發者。

班諾德

辛等人在聯邦軍的部下，是個老練的傭兵。敬重年紀尚輕的辛為指揮官，在新設部隊受命帶領一個戰隊，以支援辛等人的戰鬥。

阿涅塔

蕾娜的摯友，擔任「知覺同步」系統的研究主任，和過去同住在共和國第一區的辛是兒時玩伴。與蕾娜一同被派往聯邦軍後，也與他重逢了。

馬塞爾

聯邦軍人，原為機甲駕駛員，在過去的戰鬥中負傷造成後遺症，於是改以輔佐蕾娜指揮的管制官身分從軍。

登場人物介紹

西汀

「八六」之一，在辛等人離去後成為蕾娜的部下，是在共和國戰場保護蕾娜並存活下來的強者。現與新設「第86機動打擊群」會合，率領蕾娜的直衛部隊。

達斯汀

共和國學生，曾於共和國崩壞前發表演說，譴責國家對待「八六」們的方式。在得到聯邦救援後，志願加入「第86機動打擊群」。隸屬於安琪的小隊。

瑞圖

在共和國崩壞時存活下來的「八六」少年，出身於過去辛隸屬的部隊，後與「第86機動打擊群」會合。在隊員中戰鬥資歷算是較淺。

The number is the land
which isn't
admitted in the country.
And they're also boys and
girls from the land.

EIGHTY SIX

第一章　怪物們的憂愁

瑞圖・歐利亞是在去年春天，配屬到共和國第八十六區的東部第一戰區第一防衛戰隊「先鋒」。那是在他成為處理終端後，過了兩年又多一點的時候。

第一戰區第一防衛戰隊，是用來讓活得太久的八六必定戰死的最終處理場。按照慣例都是從軍第四年到第五年的處理終端被送到這裡，戰鬥資歷僅僅兩年的瑞圖被配屬到此處略嫌太早……以之前來說算是太早。

共和國原本以為「軍團」戰爭會在第十年結束，因為「軍團」的壽命應該只到這一年。瑞圖等八六早已知道事實並非如此，然而那些對戰場一無所知的白豬們誤以為年限將至，所以認為必須在那之前盡快處理掉所有存活下來的家畜。

瑞圖到現在仍然記得，大規模攻勢開始的那天發生了什麼事。

——你們這群小鬼快逃！逃到牆內或是其他地方都行，總之快逃，活下去就對了！

被基地資歷最老的整備班長吼著趕出去，瑞圖與當時存活下來的十二名處理終端，各自駕駛著自己的「破壞神」奔向了南方。那時鐵幕淪陷的消息剛剛傳遍最前線，聽起來比瑞圖稍稍年長的少女管制官的聲音，才剛宣告了共和國與他們八六的終焉。

他們不想死在共和國的控制下。要死的話，至少想跟許多戰友先走一步的第八十六區戰場一同逝去。因此他們沒去共和國，而是去跟號召眾人在第八十六區內建造獨立據點的戰隊會合。

儘管整備班長阿爾德雷希多中尉說過，那個管制官是值得信賴的人，說不定有活下去的機會，但他們不可能信得過素未謀面的白豬。

阿爾德雷希多與整備人員們，都沒有跟他們一起走。

『我們都是王八蛋，只會坐視你們這些小鬼一個個送死。』

阿爾德雷希多與整備人員們這麼說的時候，全都在笑。

不可思議地，他們全是一副痛快的神情。

第八十六區的整備人員都是被戰場遺棄的前共和國八六軍人，或是最早期受到徵募的成年倖存者。「破壞神」的整備需要足夠的知識與技術。由於他們擁有這份知識與技術，所以即使因為負傷而無法再打仗也能免於遭到處分，在八六們當中屬於性命價值較高的一群。

也因為如此，他們才會在長達十年的時間內，都被迫旁觀性命不值一文，用過即丟的少年兵們被壓榨到最後步向死亡的過程。

而且恐怕是一直打從心底詛咒著自己的無能與可悲。

『既然如此，呆站在這裡讓那些臭鐵罐宰了我們，才是最適合我們的下場……我們除了這裡，已經沒有其他地方可去了。』

總算能從那份苦惱與罪惡感當中獲得解脫，總算能彌補長久以來見死不救的罪過……就是那樣的笑容。

不知道東西之前都藏在哪裡，但他們肩膀扛起老舊的突擊步槍、泛用機槍或火箭彈發射器。一衝出基地，那邊很快就傳來了那些步兵攜帶型槍械的射擊聲。那些武器的火力連跟「破壞神」相比都顯得薄弱，怎可能對抗得了「軍團」。聽都聽膩了的戰車型一二〇毫米戰車砲的砲聲轟然響了幾陣，斥候型的泛用機槍槍聲一陣橫掃後，基地陷入了永恆的寂靜。

他們抵達的南方戰線附近的防衛據點，儘管由南部第一戰區第一戰隊「剃刀」擔任主力，擁有瑞圖從未見過的龐大兵力，但戰力仍如流水般迅速消耗。

就在這當中，援兵來了。那群多腳機動兵器與裝甲步兵據說是來自中間隔著「軍團」支配區域的鄰國——齊亞德聯邦。瑞圖沒見過那種純白機甲，卻覺得有點眼熟。

現在回想起來，那些「女武神」當中應該有一架——是由辛駕駛的吧。

「……諾贊隊長。」

那個少年，是在瑞圖於第八十六區初次被分配到的戰隊擔任戰隊長。

他比瑞圖大三歲，戰鬥資歷也多出四年。在那個戰隊的半年任期結束時，他被配屬到先鋒戰隊……還以為他已經在戰鬥或是特別偵查中陣亡了。

瑞圖只將阿爾德雷希多的死訊告訴了辛，其他什麼都還沒說。最後交談的那段話或是死法，他都還沒告訴辛。

瑞圖認為，辛應該有為他哀悼。辛賦予自己「死神」的職責，背負著先走一步之人的姓名與記憶活到現在，或許也曾打算帶著那位乖僻的老整備員與他那些部下一起走。

但是，瑞圖認為他不會懂。

處理終端的死亡率，除了第一區第一戰隊這個最終處理場之外，就屬剛分配到戰隊時的新人時期最高。那時新人不懂半點戰場的道理，不管有沒有尚待發掘的才能，只要運氣稍差一點就會沒命。在那半年之間，大多數的人就是這樣喪命的。

那段時期，瑞圖是在全由辛或萊登等「代號者」組成的戰隊中度過。那個戰隊可謂老兵雲集，因此以第八十六區的戰場來說，死者人數算比較少……讓瑞圖不用看慣身旁戰友被炸飛的模樣就習慣了戰鬥，並從他們身上學到了戰鬥方式，而得以存活下來。

也學會了戰鬥技術，能在他們離開後，多少掩護一下新的弟兄。

所以瑞圖還沒習慣那種事。

長期接觸那種恐懼……最終獲得「死神」外號的辛，想必無法理解他的心情。

往車窗一看，只見一片闇色的濃黑。瑞圖乘坐這輛駛向下個戰場的列車，注視著那闇色窗戶與映照其上的自身倒影，小聲低語了一句話。聲音小到不至於吵醒身旁沉睡的同伴，也不會傳到傾聽四面八方的亡靈之聲的死神耳裡。

「隊長，其實——無論是自己還是別人的死亡……都仍然教我害怕。」

者。」

葛蕾蒂講得若無其事，然而對於在共和國長大的蕾娜而言，異能仍然是個聽不習慣的名詞。

齊亞德聯邦在十一年前還是由王侯統治的帝國，少數古老家族具有繼承異能的血統，據說直至今日仍有幾種血統得到保留。又聽說有部分異能者從軍，成為與現代科技同等甚至更值得信賴的特技兵受到重用。

至於在共和國，異能早在三百年前的革命就與身分制度一同消逝了。

想迴避近親婚姻的弊病又要避免混血，需要有足夠的家族人數，以及維持家族的財力與權力。在革命當中失去領地與徵稅權的舊貴族階級，沒有能力維持這一切。

儘管機動打擊群有辛與芙蕾德利嘉這兩名異能者成員……然而以她的常識來說，這個名詞仍然有種難以抹除的突兀感。

再加上前次作戰之後，辛受到異能影響而弄壞身體，臥病在床的模樣。

即使那並非常態，而是「牧羊犬」登場造成的特殊例子，但假如異能會對人體造成那樣大的負擔……坦白講，蕾娜不認為這種能力可以理所當然地拿來運用。

關於聯合王國的異能者也是……葛蕾蒂剛剛說是「當代」。

假如這表示每一代不會有兩人……假如是因為異能會帶來弊害，讓當事人英年早逝的話……

「……請問您說的王室異能，是什麼樣的能力？」

「只要告訴妳成為『軍團』原型的人工智慧模型『瑪麗安娜模型』是由當時五歲的維克特殿

下獨力開發完成，妳應該就懂了吧？據說他們的血統很容易誕生出這種曠世奇才。殿下現在在聯合王國的機甲控制系統的開發與改良上仍然厥功甚偉……但同時也被人冠上屍王或蝰蛇等外號，還有傳聞說他的王位繼承權已遭褫奪了。」

阿涅塔嚇了一跳，不禁重複了一遍：

「褫……褫奪？不是奉還而是褫奪……？」

「而且蝰蛇這種稱呼也未免太……！」

在大陸西部的文化圈，蛇是墮落與惡魔的象徵，更何況還是毒性極強，能腐蝕血肉的蝰蛇，實在不是一位王子殿下該有的稱號。

「說是這樣說，但他享有的權限其實很多，而且聽說國王陛下還有與他同母的王儲殿下都很疼愛他……在聯合王國，王儲與側室所生的第二王子還有第一公主都在爭奪王位繼承權，維克特殿下屬於札法爾王儲的派系，據說別人都稱他為鬼才王儲的心腹。」

「…………這麼多的情報，是從哪裡……」

葛蕾蒂淡定地聳了聳肩。

「這條鐵路在上校來到聯邦的前一個冬天通車，後來雖然僅限以軍方為主的部分人士可以使用，總之我們與聯合王國之間又開始有了往來。」

「……是。」

「從那時候起情報部人員就深入王國了，也跟原本就潛入當地的一些人員恢復了聯繫……我想大概是彼此彼此吧。」

舊齊亞德帝國與羅亞．葛雷基亞聯合王國同樣是專制君主國，也是自古以來的友邦，但同時也將對方視為假想敵國。

即使如今帝國已然滅亡，「軍團」戰爭烽火連天……這點似乎依然如故。

「對了，米利傑上校。」

由於她的語氣就像在聊天氣，所以蕾娜也完全沒抱持戒心。

然而阿涅塔已經聽出來了，偷偷把坐著的位置挪遠了點。

「妳跟諾贊上尉是吵架了嗎？」

蕾娜被紅茶嗆到了。

「什……？」

「最近都沒有看到你們說上話耶，差不多從共和國回來以後，就一直是這樣。」

「呃，這……」

蕾娜忍不住看向阿涅塔求救。

但她一副事不關己的樣子把臉別開。

「不關我的事～」

「這是個人隱私，我是不打算過問，但有點拖太久嘍。作戰指揮官與機甲部隊總隊長的溝通不良，會影響到今後的作戰。」

「是……」

自從那時候以來……

——你們仍然被困在那裡，仍然受到共和國，受到我們——白豬剝奪一切。

——這讓我——好哀傷。

自從蕾娜說出這些話之後，就沒跟辛講到過幾句話。

辛還不至於躲著她，公務上有需要時會交談。只是除此之外，就沒有其他對話了。當事務聯絡妥當或報告結束，重要事項都說完的時候，或是在走廊上不期而遇的時候，以前理所當然會有的一些閒聊，現在一句都說不出口。不自然的沉默降臨兩人之間，總是逼得她尷尬地草草結束對話。

已經很久都是這樣了。

蕾娜不覺得自己那時有說錯話。

但她現在會覺得，實在沒必要用那種單方面認定的口吻說話。

那時辛聽到她說的話，感覺一瞬間就快要爆發脾氣，但他即刻壓抑了下來，即使如此，還是用有些惱怒的聲調忿忿地說了：

——我不太懂妳的意思。

其中流露出隔閡，以及……

——但這樣會有什麼問題嗎，蕾娜？

困惑。

而且是發自內心。

他那種眼神，就像不明白蕾娜在擔憂什麼——甚至連蕾娜在難過什麼，都完全不能理解。

就好像無論語意還是心意，都沒有半點相通。

好像他是個徒具有人類外形的，純潔無垢的異質魔物。

突然被蕾娜那樣說，或許辛一時也有點混亂。希望是如此。

蕾娜不想認為自己跟他有那麼大的差距——即使講的是同一種語言，看的是同樣的事物，站在同樣的場所，竟然還是無法互相了解。

……不對。

不只如此。

那時候，他那紅瞳之中帶有憤慨，在隔閡之下凍結，最後異質的困惑蓋過了這一切——但在瞳孔的深處，確實搖曳著小孩子心靈受傷般的光影。

就好像一個意想不到的對象打了他。

就好像從來沒想過蕾娜會對他說那種話。

過去蕾娜聽他們說過，戰鬥到力盡身亡，前進到最後一刻是八六的驕傲，也是自由。

彷彿要證明這一點，他們即使抵達了聯邦，仍然在最前線戰鬥至今。

而蕾娜卻對這樣的辛說：

——你們仍然被困在第八十六區。

像那樣說他們還困在第八十六區，連一步都沒有前進，會是多大的侮辱？

自以為是為他們憂心，其實是踐踏了他們僅有的驕傲。

蕾娜不願承認……自己傷害了辛。

而一承認的瞬間，強烈的自我厭惡感襲向了蕾娜。

簡而言之，其實根本是自己在躲著辛，逃離辛的眼前。

逃離自己侮辱了他的事實……傷害了他的事實。

「……上校？」

真要追究的話，兩年前不也是如此嗎？

蕾娜自以為與他們並肩奮戰，能理解他們的心情，其實根本一無所知，連他們的名字都沒問過。

自以為是出於善意，其實是單方面強迫他們接受自己的感情與感傷。

弄到最後，還傷害了辛。

「米利傑上校。」

什麼都沒變，自己從那時到現在根本毫無長進。

丟臉死了。

真是可恥。

「上校，我在叫妳呀。」

……應該說……

要是因為這樣被辛討厭了該怎麼辦…………！

「妳有在聽嗎？我說蕾娜，妳冷靜點啦。」

蕾娜霍地抬起臉一看，只見葛蕾蒂與阿涅塔都在盯著她瞧。

這時蕾娜才發現自己不知不覺間抱著頭，趴到桌上去了。

葛蕾蒂苦笑起來。

「……看來比想像中還嚴重呢。」

「真、真抱歉……」

「好吧，畢竟你們才剛見面，會產生誤會或吵架，都是很正常的啊。」

說完，葛蕾蒂一如平常，用仔細塗上口紅的嘴唇微笑了。

「諾贊上尉不會直接前往基地的新單位，而是會跟我們一起去王都。在作戰開始前有足夠的時間講講話，你們就趁這段時間和好吧。」

「……對了，我說你啊。」

由於萊登漫不經心地望著依然黑暗無光的車窗，講話口氣就像在閒聊，所以辛一時毫無戒備。

「是不是跟蕾娜吵架了啊？」

當辛反射性地回看萊登時，就等於是他輸了。

手肘支在窗框上撐著臉頰的萊登，只用視線瞅了一眼辛，看似得意地揚起一邊眉毛。

「……你怎麼知道？」

「竟然這樣反問我……你該不會以為自己隱藏得很好吧？你真的是對自己一無所知耶。」

萊登愕然的語氣讓辛有點火大。

辛忍不住瞪了一眼他那雙鐵青色的眼睛，嘆了口氣後望向陰暗的車窗。

「……我是覺得還不到吵架的地步。」

對於比起吵架，幾近廝殺的亂鬥經驗比較豐富的辛來說——畢竟在第八十六區，開啟戰端的帝國的血統有時會受到嚴重的嫌惡——所以一點意見上的相左算不上爭吵。

本來應該是不算，但是……

「照她的說法，我們八六到現在還被困在第八十六區。」

萊登一瞬間沉默了。

「……是喔。」

他不悅地犀利瞇起一眼，但憋著沒發火，想必因為這話是蕾娜說的。

因為他知道這話不是出自惡意。

但即使知道，聽了還是讓人很不愉快。辛很明白他的心情，因為辛自己也有過同樣的反應。

——這讓我——好哀傷。

聽到這句話的瞬間，辛不假思索地想反駁。

然而最後內心湧起的只有強烈的困惑，以及一抹痛楚。

一方面當然是因為他無法理解蕾娜在擔心什麼。但更主要的理由是辛不知道自己的反感究竟來自什麼感情，這令他打從心底困惑不已。

為了認定人類就是下流。

為了能夠死心，認定世界就是如此冷酷——……？

然而……

不是本來就是這樣嗎？

人類跟世界都是這樣。世界不是為了人類而存在，因此冷眼看待人類，冷酷到了無可救藥的地步。更何況人類跟世界不同，還會惡意對付別人。

在強制收容所，以及第八十六區的戰場，辛學到了這點，一再體會到人世間不過如此。

被蕾娜指出這一點……自己有什麼好不愉快的？她不過是在陳述事實罷了。

是因為她覺得哀傷——因為她在可憐自己嗎？的確，就像辛以前跟葛蕾蒂說過的，別人沒必要來可憐他們。但坦白講，事到如今就連這點，他也已經不在乎了。只會單方面看扁他們的人愛怎麼想都不重要，辛也沒義務搭理那種人。

既然如此……為什麼？

真要說起來，辛連蕾娜為什麼感到難過都不太明白。

辛當然不想害她傷心，但不明白原因就沒有辦法應對。而且辛總覺得她好像有點躲著他，事實上兩人這陣子也沒講到幾句話。

結果雙方就好像互相敬鬼神而遠之似的，維持著難以言喻的尷尬狀態。

「——辛，喂。」

一回神才發現萊登就在他眼前頻頻揮手。

看來自己想事情想太久了。辛回看萊登，他露出了苦笑。

「怎麼說呢，你真的變了耶。」

「？」

「沒什麼啦。」

萊登好像懶得解釋。

「哎，反正照你的作風，一定又會把『送葬者』搞到全毀，到時候再找機會跟她談談吧……誰教你的座機完全是個機庫皇后嘛。」

這個俗稱的意思，指的是成天故障，動輒擺在機庫讓人修理的機體。

小規模出擊姑且不論，每次遇到大型作戰，到目前為止「送葬者」沒有一次不是被用到缺手缺腳，所以這個蔑稱算是實至名歸。

「……記得阿爾德雷希多那個老頭也常常這樣罵你吧。」

「是啊……」

——我要聽的不是對不起，是叫你改進！

——像你這樣亂來的戰鬥方式遲早會送命！

瑞圖說過他死在大規模攻勢裡了。手下那些整備人員也是，死於同一天，無一倖免。

辛並非毫無感覺，但也早有一絲預感。

以戰場為故鄉，以戰友為同胞，以戰鬥到底為傲，才是八六的作風。

八六是遲早會戰死的存在。

那位身為白系種，卻選擇活在八六身邊的老整備班長也不例外。

儘管如此……

「……他要是能活下來，該有多好。」

萊登望了過來，辛沒看他，繼續說道：

「要是能撐到援兵抵達，搞不好至少能看一眼家人的照片。雖然要找到遺體應該很難，但說不定可以去看看她們最後的戰場。」

不像自己甚至不記得……阿爾德雷希多一直希望能與妻女重逢。要是能成全他這些小小心願，應該多少能成為一點救贖。

八六是遲早會戰死的存在。

但這不表示……他們希望戰友送命。

在眼前死去的所有人都一樣。

「……的確，等『軍團』戰爭結束後，要掃個墓應該不成問題。」

萊登呼出一口氣後，突然挺出了上半身。

「實際上到底是怎樣，辛？你看到的那個什麼『瑟琳』，像是想結束戰爭的樣子嗎？」

「……我也說不準。」

那個仿照女性外形的流體奈米機械，並未具有語音輸出功能。當然，也無法藉由語氣傳達聲音中的感情或思維。

她只是拋出了一句話。

來找我吧。

辛不知道她有何目的，甚至不知道那句話是不是說給他——給活人聽的。

「先不論交涉或情報提供等目的，老實說，我覺得把那麼一句話當成結束戰爭的可能性未免言之過早。就算聯合王國那邊還有情報尚未公開……我還是不覺得戰爭打到現在，能這麼輕鬆簡單地結束。」

這場漫長到讓辛幾乎不記得開戰前的生活，讓大陸全境無處可逃的「軍團」戰爭，不可能這麼輕易結束。

只不過……

「……不過，假如戰爭能夠結束……我覺得那也不錯。」

——想帶她去看海。

讓她看到未知的，不曾看過的事物。只願能讓她看到在這個遭到「軍團」封鎖的世界無緣一見的事物。辛說過要用這個當成戰鬥的理由，而他至今仍未忘記自己說過的話。

他不抱期待……反正不可能實現。

但是假如，有一天這場戰爭能夠結束的話。

萊登沉思默想了一會兒。

「是啊，假如戰爭結束了……」

話只講到一半，就沒再接下去了。

辛好像稍微猜得到原因。

他們雖然會希望戰鬥到最後能夠終結戰爭，但目前除了戰場之外一無所知的他們，還無法想像那片光景。

列車發出轟然低吼，突然衝進了亮光之中。

花上長達二十年歲月開挖的隧道，高速鐵路的列車用不到二十分鐘就跑完了。適應了黑暗的視網膜，剎那間被陽光刺得眩目，最後慢慢習慣，外界的景觀在白色黑暗中逐漸現形。兩人一語不發，注視著車窗外的那片光景。

防彈設計的厚玻璃透光率略低了點，景色帶點暗淡的藍色。

即使到了不同國家，這種荒涼景觀似乎一樣不變。非戰鬥人員不能待在戰線腹地。原本在那裡生活的人，將被迫拋棄家園與故鄉遷居他處。

在銀灰色的厚厚積雪與飄落的雪花下，皚皚雪原上有著零星幾處棄置已久的廢墟。與第八十六區極其相似的蒼涼戰場——就像直接無聲地結凍了一般，鋪展出一片無人的遼闊荒野。

列車來到羅亞．葛雷基亞聯合王國——羅格沃洛德市鐵路總站。

「——那麼，我們直接去新單位了。叫什麼來著，好像是列維奇要塞基地？」

「對……不好意思，麻煩事都丟給你們。」

「沒關係啦，畢竟我們也算前輩啊，而且具體的轉運工作有參謀少校他們幫忙。辛你才是，上校跟蕾娜的護衛工作要加油喔。」

賽歐輕輕揮著手走向轉搭的列車，在他的背後，人員已經開始進行「破壞神」貨櫃的裝卸與轉運工作。今天之內要處理好部隊的一半，剩下的一半則在下一趟轉運時處理完畢。多達數千的機動打擊群全機甲與車輛，將會前往聯合王國的最前線，列維奇要塞基地。而且為了騙過警戒管制型（Rabe）的監視，會趁著部隊輪休換班時進入基地。

辛目送他們離開，然後回頭望向背後的羅格沃洛德市區。

如同在列車內聽到的，位於龍骸山脈山麓的這個地方都市下著小雪，相當寒冷。據說羅格沃洛德市是目前聯合王國一般民眾居住的最南端地區，市區由於進行燈火管制而昏暗無光，無言地述說著能源供給吃緊的現況。市郊地區有座巨大圓頂方形建物剪影在星光下朦朧浮現，大概是這氣候嚴寒的北方王國特有的區域暖氣用核電廠。

背後傳來踩踏月台薄薄積雪的「沙」一聲。

「……諾贊。」

眼睛一看，是個配戴車隊徽章的少年。他是蕾娜乘坐的「華納女神」的管制官之一——與辛在特軍校同梯的埃爾文・馬塞爾。

「你沒有退役啊。」

「橫豎都不能再駕駛『破壞之杖』了啦。這條腿在大規模攻勢中廢了。」

馬塞爾低頭看看軍服下光聽腳步聲似乎不影響走路的右腳，不屑地說。他用同一種語氣，又接著說是複雜性骨折……大概是在折斷的骨頭刺破皮肉時，把神經也一併扯斷了。即使不影響日常生活，在僅僅〇・一秒都攸關生死的機甲操縱上，腿傷後遺症造成的些微反應遲鈍也會致命。

「是說，誰跟你退役啊。一般特軍軍官不像你們八六，不當兵可就沒飯吃了。」

「我看編隊後的第一七七師團機甲部隊名簿上沒有你的名字，也不記得國營廣播的戰死者名單有叫到你，所以才以為你退役了……沒想到會在機動打擊群車隊的名簿上看到。」

「……想不到你還滿關心別人的嘛，我還以為你都不會搭理其他人。」

馬塞爾從在特軍校認識辛以來，就很不擅長面對他那種淡漠的情感或關心。

即使面對有如地獄的戰場，辛仍然一副超脫的樣子……讓馬塞爾覺得彷彿內心的恐懼被他看透、譏笑。

「……關於妮娜的事。」

突然其來提到的名字，讓辛瞇起了眼睛。在大規模攻勢爆發前，兩人的同梯尤金捐軀了，妮娜就是他年幼的妹妹。

只是她寄來逼問辛為什麼要殺她哥哥的譴責信已經被辛撕毀，不復存在了。

「我不該告訴她尤金是怎麼死的……也不該在那種可能送命的作戰前，讓她寄那種信給你。尤金死了，我感到很遺憾。本來只要這樣講就夠了，我卻口無遮攔。我想把那傢伙的死怪在別人身上，所以就拿你頂罪了……是我不好。」

馬塞爾深深低頭致歉。辛略為搖了搖頭。

然後他問道：

「她還好嗎？」

先是連雙親的長相都沒見過，然後又失去最後僅剩的哥哥，尤金的妹妹現在怎麼樣了？

「喔……哎，她很好……共和國那件事，讓白系種現在在國內的立場很艱難，不過她因為哥哥生前是軍人，所以還好。聽說她並沒有被人欺負或是怎樣，也沒有一直為了尤金的事所苦。」

辛悄悄閉起了眼睛。只要她沒有為那件事所苦，沒有明知道哥哥再也不會回來，仍然苦苦等待的話……

「……那就好。」

馬塞爾露出稍顯意外的神情，然後淡淡一笑。

「……這樣啊。」

馬塞爾離去後，剛才一直靜靜旁觀的芙蕾德利嘉走了過來。

「……這樣好嗎？那個人，就是……」

「我沒放在心上……現在已經不介意了。」

由於她抬頭半睜著眼時有點像在瞪人，所以辛聳了聳肩，補充一句。

繼而辛低頭看了看她的小腦袋瓜。

前往王都阿庫斯．史泰利亞的人員有旅團長葛蕾蒂、作戰指揮官蕾娜，以及阿涅塔等數名技術軍官，再加上先任戰隊長辛、西汀與副長萊登、夏娜。

「現在問這個也晚了，不過妳跟我們一起去王都沒問題嗎？」

真要說起來，就連她參加這次與外國軍人協同進行的作戰，都讓辛有點疑慮。

縱然是在「軍團」戰爭爆發前夕剛出生就進行加冕，現在長相不可能有人認識的前女皇帝，只要異能是來自繼承的血統，辛不認為可以讓她在國外拋頭露面。

芙蕾德利嘉用鼻子哼了一聲。受到運送貨櫃的機械運轉聲掩蓋，距離不這麼近是聽不見聲音的。她似乎看出辛是因為這裡不用擔心遭人竊聽，才會提起此事。

「余就在這裡，這就是最好的答案。」

意思是，不用擔心被人發現。

「齊亞德皇室早在兩百年前就淪為大貴族們的傀儡了。真要說起來，自帝國的黎明期開始，王室就不得不與流入國內的外族通婚。皇帝的長相別說黎民百姓，就連下級貴族都沒見過，王族的異能也在重複通婚之下漸漸淡化，蕩然無存。恐怕就算是伊迪那洛克的『紫晶』也沒想過……余就是奧古斯塔女帝吧。」

她又補充說，這是伊迪那洛克的異能者世世代代以來的綽號。她說那種血統異才輩出，例如能夠獨力開發出全新的人工智慧模型等等。

「再說，西方方面軍有幾名將軍知道余尚在人世……否則汝誅殺了齊利亞，然後與那個米利傑談話的語音紀錄，不可能就那樣在眾將軍面前播放出來。」

辛不禁皺起了眉頭，因為他回想起自己被迫同席參與那些將官的任務報告，度過了一段拷問般的時間。

由於那段記憶辛既不想再去深究也不願回顧，因此至今他都沒想過，但經她這麼一說，當時那份語音紀錄直接播放出來的確很奇怪。雖說任務記錄器只會記錄處理終端的耳麥聲音與來自外部的通訊聲音，但與他一同待在駕駛艙內的芙蕾德利嘉的聲音並不是完全錄不到。

沒錯，那時候恩斯特還叫了芙蕾德利嘉的名字。

「因為知道，所以事到如今不用擔心遭人背叛？」

「應該說……」

芙蕾德利嘉微微偏頭，像為某事憂心，又像心懷憂懼。

「汝應該也隱約察覺到了吧……他是一頭火龍，只將理想奉為圭臬，為了達成理想，不惜燒燼自身或世界——這世上沒有一件事，能讓他這頭龍留戀或回心轉意。」

「…………」

辛想起文件上的養父不時露出的，與平時的好脾氣恰恰相反的表情。

想起他那種看似關懷他人卻空洞無實的話語，以及只有表面工夫的，淺薄的篤實態度。

想起曾經聽他說過的話語當中，那種沒得商量的冷酷無情。

——要是為了這種理由殺死小孩子才能存活下去的話，人類還是早點滅亡才好。

「假若有人想擁戴余為領袖推翻聯邦政權，在『軍團』戰爭終結之日遙遙無期的現況下，利慾薰心地讓聯邦……甚而整個人世陷入險境的話……這麼愚蠢的人類索性滅亡算了。他那人一定是這麼想的吧。」

†

政體轉移為民主制，同時代表財富的轉移與分散。

原本集中於王侯這種少數人口的金銀財富，將會分散到群眾中。這樣雖然能提升大多數人的生活水準，然而揮金霍玉地打造的那些絢爛豪華的奢侈品，也會隨著民主制的發達而逐漸式微。

羅亞．葛雷基亞聯合王國作為自古以來的強國，又是現代碩果僅存的君主專制國家，如今只有該國仍維持並繼續生產著王公貴族的這類奢華享受。

作為這些的象徵，王城令人目眩神迷的玉樓金閣，讓蕾娜受到了不小的震撼。

一行人被領進的房間雖是供迎賓之用，但並非公用場地。然而室內卻有著將陽光折射得光彩奪目，仿造垂落的黃花藤、爬藤薔薇與藍花西番蓮的水晶吊燈，以及鋪滿磨得晶亮的黑瑪瑙，光亮如鏡的地板。大小家具全統一為鑲嵌著孔雀石的黑檀木，水晶或砂金石的花瓶中插著在這北方大地想必極其珍貴的大朵玫瑰爭奇鬥豔。牆角暗處有隻玻璃孔雀獨自散發朦朧的翠綠光澤；如狩獵戰果般掛在牆上裝飾的蛋白石頭骨，莫非是由真正的恐龍化石變化而成？

於白堊牆上描繪出銀藤花紋的紙灰粉刷工藝，纖細且精密得讓人目眩神搖，沉默無語地述說著耗費其上的龐大時間與勞力。

以及能夠命人打造、蒐集、維持至今，令人無從想像的——權力。

那種威懾之力。

米利傑家在共和國雖然也是擁有不小資產與歷史的望族，但終究不過是在三百年前的革命中失去地位與徵稅權的前貴族，跟此處所見的豪奢享受，可說是名符其實地格局不同。

蕾娜不至於丟人現眼地將驚愕寫在臉上，但還是有點坐立不安。

相較之下，她悄悄瞄了辛一眼，只見他跟平常毫無不同，顯露出不感興趣的冷靜沉著。

辛背部稍微靠牆，似乎習慣性地雙臂抱胸，若有所思地低垂著血紅雙眼。

四處張望一下，就看到擔任護衛待命的萊登與西汀也是。萊登像隻閒得發慌的野狼般吞下呵欠，西汀則是把玩著領帶，好像嫌打得太緊，都沒有特別受到震懾的樣子。至於跟來的芙蕾德利嘉，更是簡直當自己家似的，坐在貓腳沙發上放鬆。

在八六的價值觀當中，重要的是養育他們長大的戰場，以及日常生活的戰鬥。對於一般世人重視的權威或地位，他們似乎毫無敬畏之意或是受到震懾。

反正室內裝潢或家具又不會咬人。

蕾娜很容易就能想像到這種回答，輕聲笑了一下。假如問辛會不會被這些家具嚇到，他八成會這樣回應。

對他們而言，只有長年對峙的「軍團」才是該害怕、畏懼的存在。

只有幫助他們戰鬥到底的本領與知識才有價值。

人類社會或是其中的規範，對他們而言大概都毫不重要。

儘管他難得地——應該說蕾娜是初次看到他穿起儀式典禮用的軍禮服。

想起這些，讓蕾娜緊繃的情緒稍稍得到了緩解。

在這場人員派遣中，只有旅團長葛蕾蒂可以謁見國王與王儲，阿涅塔帶著夏娜當護衛去技術院致意，而準備與第五王子會面的蕾娜他們，表面上的理由也只是基於軍人立場讓雙方見個面。

即使如此，對方畢竟是王族，穿著必須得體。

蕾娜不用說，辛他們也都穿起了聯邦軍的禮服，飾緒、袖章、臂章、武裝帶一個不少。平時連動表都沒配戴的幾枚勳章，在西裝外套的左胸前一字排開。

蕾娜偷偷做個深呼吸。好。

「我第一次看到大家穿軍禮服呢。」

辛慢了半拍才回話，可能是因為他先用紅瞳回看了一眼蕾娜。

「……我想也是，畢竟除非有什麼典禮，否則也不會穿。」

回答的話語帶有不愛理人的冷漠聲調，讓蕾娜心裡鬆了口氣。因為這就是辛平常說話的口吻。

「典禮？」

自己回問的聲音也還算自然，語氣跟平常一樣。很好。

「就是入伍典禮……或是頒獎典禮之類的。」

「噢。」

無論是哪國的軍隊，都會為了激勵、安撫或提振士氣，而表揚有功之人或是傷兵。

剛被分配過來的西汀姑且不論，在聯邦軍已從軍兩年的辛與萊登，徽章數量意外地多。年資應該還沒長到能領服務獎章，所以大概都是資格章或勳章吧。感覺兩人的「軍團」總擊毀數好像都高出別人一等，或許是擊毀獎章之類的。

「真希望我也在場……如果向大總統閣下問問看，會有照片或影像紀錄可以看嗎？」

說到辛文件上的監護人——聯邦臨時大總統恩斯特・齊瑪曼先生，感覺就像是會積極留下這類紀錄的人。

結果辛一聽皺起了眉頭，顯得非常不樂意。

「請不要這樣，沒什麼好看的。」

聽他這種口氣，一定是留下了一些東西可看。

蕾娜決定回國後問問看。雖然不太可能直接拜託恩斯特，不過找葛蕾蒂商量或許會有辦法。

總之久違的閒聊過程還算順利，讓蕾娜暗自鬆了口氣。太好了，辛好像沒有討厭自己。

接著蕾娜問起一件讓她在意已久的事：

「那個……從剛才到現在……好像有某件事讓你分心？」

應該說自從進入聯合王國領土以來，就一直是這樣。

在抵達羅格沃洛德市鐵路總站時、駛往王都的列車中、於王城的一個角落，還有讓人帶他們前往備妥的宿舍時，辛有好幾次忽然將視線轉往截然不同的方向。被帶來這個房間之後也是，辛一直在為某事分心，就像獵犬聽見人類耳朵聽不見的聲音。

「喔……」

辛講到一半，閉口不語了半晌。

他的沉默就像有所困惑，好像他自己也不敢確定。

「……因為附近有『軍團』的聲音。正確數量不明，但有一定的數量。」

「什……！」

蕾娜一瞬間差點叫出聲來，急忙要自己克制點。

蕾娜側眼瞧見在牆角待命的金髮翠眼的翠水種侍衛納悶地看向她，壓低聲音說：

「你之前怎麼都沒說？聯合王國也知道上尉的這種異能，好歹警告大家預防襲擊——……」

她的語氣不免變得有點尖銳。

毫無防備地受到「軍團」的突襲，以及事先料到而做好準備迎擊敵人，兩種情況下的傷亡人數完全不能相提並論。無論是哪個國家，都還沒研發出像辛的異能這般準確，探測範圍又廣大的搜敵技術。

辛仍然是一副不敢確定的困惑神情。

「因為太近了。聽聲音這麼近，很明顯是在王都之中。距離最近的聲音甚至就在這座王城裡，就算考慮到潛入的可能性也說不通。」

這裡好歹也是一國首都，從聯合王國最前線到王都阿庫斯．史泰利亞之間，有著相當長的距離與相應的防備措施。就算讓敵人入侵了，哪怕是一架自走地雷也別想抵達這裡。

「如果說是誤闖的阻電擾亂型，數量又太多了點，所以我想應該是俘虜來作為研究之用的，至少我認為不會立刻發生戰鬥。」

「——大致上猜對了。就如你所說的沒有危險性，可以忽略無妨。」

一道陌生的聲音說了。

那聲音柔美悅耳，屬於一種悄悄溜進意識深處，慣於演講的男高音。其中尚餘一絲與他們年紀相仿的少年高亢嗓音。

一位身穿聯合王國紫黑立領軍服的少年，從侍衛打開的門走進來。

他有著二十歲以下青少年特有的纖瘦軀體。剪短了聯合王國王侯習慣留長的頭髮，露出北方民族獨有的雪白透亮肌膚，以及眼角上翹的猛虎般雙眸。兼具纖細與冷酷，略偏中性的面龐充滿貴族色彩。

然而面對他那俊美的身姿，蕾娜不知為何，卻聯想到細長的黑蛇。

那種有著帶來夜晚氣息的濡濕鱗片，以及雷火般美麗眼眸的生物。

無法理解人類情感的……冷血動物。

那人瞇起如寶石般冰冷的帝王紫眸，冷然地微笑了。

「久等了，諸位。我叫維克特．伊迪那洛克，從今天起就是你們的同袍了……首先，容我歡迎各位蒞臨我們的獨角獸之城。」

王子殿下毫無顧忌地把軍靴鞋跟在瑪瑙地板上踩得喀喀作響，發出本身就堪稱優雅的衣物摩擦聲，走向他們幾人。一陣淡淡飄香隨之傳來，那似乎是用以薰衣的南方乳香。

蕾娜一時忘了行禮，不禁直盯著對方瞧。他有著秀麗的相貌五官，然而合身的軍裝卻呈現出恰好相反的威嚴與肅穆。

「真的是王子殿下——御駕親征呢。」

王子殿下誇張地揚起了一邊眉毛。

「妳應該知道我國的弱點才對吧……聯合王國是『軍團』的起源『瑪麗安娜模型』的開發者。就算『軍團』戰爭能夠平息，之後各國仍然可能對我國投以不友善的目光。」

「…………」

「瑪麗安娜模型」的開發與「軍團」戰爭之間，並沒有直接的因果關係。

但很可能真的會像他說的一樣。人們總是喜歡追究災禍的原因，就算提出的理論只是牽強附會，只要能把自己遭受到的不合理怪在別人身上就好。

「雖然比起推翻『軍團』的開發者帝國而成立的聯邦，已經算不錯了就是……就算有人向我追究責任，我也無意認錯或做出回應，但總得表現出一點免於讓人追究的誠意。況且比起連自家國民都保護不好的政府，平民百姓對伸出援手的外國總是比較信服。」

王子殿下說完，悠然自得地聳聳肩……也許是因為軍旅生活過得久了，他從剛才到現在，舉止都不太像個王族。

「所以說我這王族就得親自南征北伐了……聯邦應該也是吧，第八六機動打擊群是以援救他國為任務，全以少年少女組成的精銳部隊。同樣一件事讓一群大老粗來做既不美麗也沒話題性，但是換成具有悲劇背景的無辜少年兵來做就另當別論了。」

「……！」

意想不到的一番話讓蕾娜忘了呼吸。

蕾娜親眼看過部分聯邦國民對八六們表現出夾雜著優越感的憐憫，也知道有這件事。

然而王子殿下竟然說就連聯邦政府都是以被人可憐為前提，為了博取外國的同情，而利用他們當作外交工具——……？

人類不管到哪裡，都不會有所改變。

忽然間，一道冰冷的聲音與歪扭的笑臉重回腦海，她急忙將它趕跑。

沒有這種事，人類不是全都這麼陰險歹毒。可能只是因為現在處於戰時，人們被逼得走投無路，所以才會盡是暴露出醜陋的一面。

所謂的人類，所謂的世界，其實——……

「殿下……可是，這……」

「噢。」王子殿下露出社交性的微笑。

「叫我維克就好，敬稱跟繁文縟節都免了，這在軍中只是浪費時間。我也會用姓氏稱呼你們，如果這樣會冒犯到你們再告訴我吧。」

在聯合王國，只有關係極其親密之人才能以小名相稱。

更何況對方還是王族，可見得這算是相當大的禮遇了，然而就這次的狀況來說恐怕不是為了表示親密，而是如他所說的重視效率。畢竟他雖然准許大家叫他的小名，自己卻見外地用姓氏稱呼他們。

蕾娜正要以自我介紹當作回應，王子殿下卻舉起單手阻止了她。

「我說過繁文縟節免了，芙拉蒂蕾娜·米利傑上校。你們的資料我已經請聯邦提供過，事前也都瀏覽了，你們不用特地報上名號。」

順便一提，關於他則是正好相反，聯合王國未提供任何相關資料，至少蕾娜沒有收到。

「……好吧，雖然以相互交流來說算是有失禮數，請妳體諒我們已經連這點多餘心力都沒有了。畢竟……」

為了要蕾娜看清楚，維克眼睛望向能夠俯視王都街景的大窗外面，揚起嘴角露出了冷笑。

「就如妳所見，我們聯合王國陷入了水深火熱的狀況。」

沒錯，就如她所看到的。

窗外天空籠罩著又厚又低的銀色雲層，明明時值晚春卻飄著片片雪花，降在一切色彩上將其塗白。

到了這個時期，聯邦已不再有氣溫陡降的日子，若是在共和國，還會稀稀落落綻放幾朵心急的夏季玫瑰。就算是北方大國，應該不至於還處在大雪紛飛的嚴冬時節。

蕾娜抬頭一看，在她的視線前方，雲層不時閃現幾點銀片，反彈著地表的光線。

就像無數的細小金屬片造成的光線漫射。

又像千千萬萬枚蝶翼的振翅。

「阻電擾亂型——……」

「沒錯。縱然是受到白緦女神所愛的我國，也不至於到了這個季節，還被幽禁在她的薄紗之中。」

維克用聯合王國形容冬天與降雪的代名詞作答，此時臉上已無笑意。

那冷漠透徹的眼神，讓人聯想起北方大地凍結靈魂的冬天。

「在那片金屬雲——阻電擾亂型的超重層展開下，聯合王國正在急速寒冷化。包括王都在內，國土南側的大約一半已經在那東西的翅膀下了。」

阻電擾亂型是能夠對包括可見光在內的所有電磁波做出散射與干擾，令其發生折射的電磁干擾機。它們在第八十六區展開時會形成減弱陽光的銀色薄雲，而在鋪展得更密實的聯邦西部戰線，最前線的天空經常籠罩著一片沉重的銀色。

然而像這樣厚重而廣範圍地展開，足以遮蔽掉大量太陽光造成晚春異常降雪，卻是前所未見的狀況——……

「這狀況是從什麼時候開始的？」

「從你們稱為『牧羊犬』的量產型智能化『軍團』主力化之後就開始了。換言之，就是今年早春。」

果然——是這樣。

「再這樣下去，南側的產糧地區可能就要鬧饑荒了……我國原本就欠缺太陽的恩惠，能源的

「半自律……意思就是，由人類——指揮管制官進行遠端操控對吧？操控是採用無線方式嗎？是如何突破阻電擾亂型的電磁干擾的呢？」

「『阿爾科諾斯特』是以你們稱作知覺同步的技術，與指揮管制官相連。」

蕾娜狐疑地皺起了眉頭。

知覺同步是經由全體人類共有的集體無意識，主要讓聽覺進行同步，以超越物理性距離與障礙的通訊手段。

這雖然是一種劃時代的先進技術，但由於必須經由人類的集體無意識，因此無法與人類以外——當然，也不能與不具意識的機械進行通訊。

理應如此才對。

「是怎麼辦到的……」

「嗯，我現在就讓妳看看——蕾爾赫，妳在嗎？」

對於這不算大聲的呼喚，從厚重門扉的後方傳來回應：

「當然，下官就在您身邊。」

「我介紹你們認識，進來吧。」

「是。」

門打開了。

在以對話距離來說略嫌遠了點的位置，一個人影行動機敏地下跪。

「初次拜會各位，下官乃是維克特殿下的劍與盾——近衛騎士蕾爾赫。」

有如小鳥啾鳴般，高亢清澈的嬌柔嗓音說了。

「共和國的『鮮血女王』閣下，以及聯邦的『死神』閣下、『狼人』閣下、『獨眼公主』閣下，久仰各位的大名。特別是死神閣下，還望您不吝指導下官幾招戰鬥技巧。」

重複一遍，是以有如小鳥啾鳴般的嬌柔嗓音說的。

「還有那邊那位可愛的小公主，歡迎來到我等白雪之國。想玩雪或是其他任何遊戲，下官都願意相伴，還請隨時吩咐。」

恕一再重申，是嬌柔的嗓音在說話。

「……抱歉，麻煩等我一下。」

維克輕輕舉個手，離開原位。

他邁著大步走到那位人士面前，對著下跪的她的頭頂喝道：

「蕾爾赫！我不是說過，叫妳趁這個機會改改妳的講話方式嗎！」

將金髮綁成辮子緊緊綰起，擁有一雙翠綠大眼睛的翠水種少女猛地抬起了頭來。

她的年紀與維克……也就是說與蕾娜跟辛相仿，身穿胭脂色布料搭配飾繩的古風軍服，腰際佩帶著儀式性質的軍刀。

整體而言小巧可愛的相貌五官，耿直地豎起細眉反駁了：

「這……殿下何出此言！此乃出自下官的一片赤膽忠心，縱使是殿下的要求，恕下官難以從命！」

「哪有人像妳這樣，把主子不愛聽的講話方式說成赤膽忠心啊！妳這七歲小孩是笨蛋嗎！」

「常言道良藥苦口，同樣地忠言也是逆耳的，殿下！因此下官才會含悲忍淚，刻意以嚴厲的態度面對殿下！而殿下卻對下官有所誤會，真是遺憾……！」

維克抱住了頭。

「啊啊啊啊真是夠了我講一句妳回十句……！是誰把這傢伙的言語規範調整成這樣……！」

「……恕下官直言，殿下，下官的調整全是由殿下親手……」

「我知道啦，我只是想抱怨一下！當作沒聽到就是了！」

「是，下官失禮了……」

少女沮喪而拘謹地回話。

兩人牛頭不對馬嘴的對話實在逗趣，蕾娜雖然覺得不好意思，但還是忍不住笑了出來。

聽到「屍王」這個外號，還以為是多可怕的人物。不過他跟這位隨從的感情似乎不錯，與她鬥嘴的模樣，怎麼看都只是個年紀與蕾娜相仿的普通少年。

「……該怎麼說呢，外人的評價與實際情形，果然是有出入的呢。」

蕾娜小聲地說，只讓身旁的辛聽到。

但沒有反應。

抬頭一看，只見辛用有些僵硬的表情，凝然注視著門前的那一對主僕。

正確來說，是只注視著名喚蕾爾赫的胭脂色軍服少女。

「……上尉？你怎……」

辛打斷蕾娜的話，開口道：

「……殿下。」

維克像是拿人取樂般瞇起眼睛。

瞇起他那彷彿壞心眼的老虎，又彷彿只是佯裝壞心眼，其實毫無感情，如蛇一般的帝王紫瞳眸。

「我再說一遍，叫我維克就好，諾贊。」

「那麼，維克……那『東西』是什麼？」

「上尉……！」

蕾娜聽出「東西」指的是蕾爾赫，責怪了他一句。

至於維克，則是冷冷地嗤笑。

「哦，看來死神不是浪得虛名啊……蕾爾赫。」

「是。」

「讓他們看看。」

「是。」

蕾爾赫動作敏捷地站起來，然後就像騎士摘下頭盔般……

把自己的頭拆掉，往上舉起。

蕾娜一時不禁後退兩步，但以這情況來說，想必沒人會怪她。

「什……！」

芙蕾德利嘉睜圓了大眼睛當場凍住，萊登與西汀也挺直了靠牆的背脊。就連遇事總是保持冷靜態度的辛，都嚴峻地睇起一眼。

只有維克一人顯得泰然自若。

「讓我為各位介紹，她是人造妖精『西琳』一號機，是我們聯合王國的技術精粹暨護國大要。」

隨著他手輕輕一揮，不知安裝在房間哪裡的感應器產生反應，在他細瘦身軀的旁邊展開了全像式影像。這大概就是「阿爾科諾斯特」了。3D圖像上的機甲比「破壞神」更纖巧，甚至讓人懷疑究竟有無配備裝甲。胴體部位有著小小一個，內部只能勉強乘坐一人的駕駛艙。

「也就是半自律戰鬥機械『阿爾科諾斯特』的——控制用核心單元。」

因為八六不是人類，所以讓他們駕駛的機體不是有人機而是無人機。

就跟共和國「破壞神」的——出發點一模一樣。

蕾爾赫的頭部與胴體之間，以讓人聯想到血管或神經的管線相連。

「她是……人類嗎？」

維克啞然失笑了，表情像是在苦笑。

「都看到她這模樣了還這樣問？『鮮血女王』……剛才諾贊是怎麼說的？妳以為……為什麼只有他能當場看出差異？」

蕾娜心頭一驚，倒抽一口氣。

辛能聽見「軍團」的聲音——正確來說，是能夠從滅亡之國遺留的機械亡靈身上，聽出受困其中的戰死者之聲。

眼前這個呈現少女模樣的存在，想必不是「軍團」。「軍團」不會採取人類的外形。因為太過類似人類的兵器是受到禁止的，做不出來。

既然這樣，那麼她——……

就好像要阻止蕾娜講出答案似的，辛開口說了：

「是用了死者的腦部……不是直接使用就是複製，以作為中央處理系統嗎？」

血紅眼瞳帶著連蕾娜都是初次看到的嚴峻，定睛注視著維克。

辛能夠聽見受到「軍團」束縛的戰友們的悲嘆，又為了誅殺同樣受困的親哥哥而戰鬥多年。眼前的少女以及聯合王國製造出這種存在的行為，對他來說或許屬於一種罪無可赦的褻瀆。

侵犯生者與死者的界線……

捉住本該在死亡安息之中永眠的死者，當成戰鬥工具再次關進戰場之中，是一種——……

換作一般人面對這種眼神早已嚇得無法動彈，然而維克無動於衷。

「答對了，第八十六區的死神。她的——她們的中央處理系統，是以人類的腦組織複製重現而成。」

湊巧。又或者是故意加以模仿。

這跟獲得智能化的「軍團」——「牧羊人」並無二致。

「請等一下，假如說原本是人類的話，那麼……」

蕾娜的聲音變得僵硬而尖銳，連她自己都聽得出來。

聯合王國是整片大陸唯一由君主專政的國家。

全體國民都是王公貴族的資產。

「作為原型的人類——是從哪裡來的，又是出於何種理由……」

維克像拿人取樂般偏了偏頭。

「妳以為是驕橫的專制君主，就會把人民抓來肢解的嗎？很遺憾，伊迪那洛克王室沒昏庸到那種程度。無意義的暴政最後只會換來斷頭台（小聖吉約丹）的親吻，這點道理我們有學過……原料只採志願形式，而且要等戰死之後才取出腦部，嚴密而論是在死前的最後一刻就是了。只有志願捐獻腦部給『西琳』的軍人，會在檢傷分類（Triage）判定為存活無望（Black Tag）時送去對腦組織進行掃描。我們不會因為是志願者就把還有救的生命送進掃描機，也不會強迫軍人志願。」

在戰場這種危險地帶，相較於需要治療的傷患，醫師人數總是不足。在這種場合下，為了有效率地拯救更多人的性命，所做的措施就是檢傷分類。藉由這種傷員的分診程序，醫師會將性命無恙或是可稍後救護的傷患延後處理，從需要緊急治療的人先處理起。

其中「存活無望」指的是那些已經無法救活的傷患。因為加上的標籤是黑色，而有這樣的稱呼，也就是已經回天乏術，儘管一息尚存但已準備迎接死亡的人員總稱。

「經過數據化的腦組織會以人造細胞進行重現，刪除記憶並灌輸模擬人格後收納進『西琳』的頭顱。換句話說，她們雖是以戰死者為原型，但並不是戰死者本人。沒想到這樣還是聽得見，真令我意外。」

「可是，為什麼……要這樣做……」

雖說同樣是利用戰死者的腦部，但「軍團」是兵器，不具備倫理或正義，所以還能理解。

但維克是人類……應該是人類才對。

「為什麼？這還用說嗎？相較於怎麼打都打不完的『軍團』，人類是有限的，重新生產也有其限度。如果不能減少死亡人數，不就只能拿死者回收利用嗎？獵殺野狼當用狼犬，獵殺吸血鬼當用吸血鬼（Vjedogonia）。」

獵殺亡靈（軍團）當用亡靈（西琳）。

簡直是令人發毛的錯亂，也是褻瀆。

維克好像對蕾娜感覺到的戰慄絲毫不覺，獨自嗤笑。宛如毒蛇，宛如不懂什麼感情，不具人心的惡獸。

「屍王」。

不具情感，因此也就不解人倫的——冷血的死者之王。

「這……這種東西，能稱為無人機嗎……！」

「真是直言不諱。不過妳必須習慣，不然我就傷腦筋了。我先講清楚，聯合王國提供給機動打擊群的兵力就是『西琳』與『阿爾科諾斯特』，因為這就是我的直轄部隊。」

說完，北方大國的王子悠然自得地笑了。無論是深感戰慄的蕾娜或以嚴峻眼光凝視他的辛，看在他眼裡都像小石子。

「直到我們驅逐『軍團』，或是那些傢伙驅逐人類前……我與她們，就請各位多關照嘍。」

畢竟是在大陸西北部獨攬大權的強國，王城一隅分配給他們當作宿舍的離宮起居室，自然是舒適、奢華而美觀。

西汀躺在與第八十六區強制收容所或前線基地粗糙床鋪都不可相提並論，說是裡面塞了羽毛的床鋪上，覺得自己還真是跑到了好遠的地方來。她並不會因為待不慣而坐立難安，但有點覺得如果待太久可能會變遲鈍，身心都是。

布里希嘉曼戰隊的副長夏娜兩隻手掌壓過帶有花朵跟香草芬芳的床單，爬到仰躺著的她身上。

「吶，西汀。」

西汀也沒看她，有氣無力地答道：

「嗯——」

「沒關係嗎？」

「喔……」

問句少了主語，不過兩人交情已久，不用明說也能懂。

那件事造成的打擊大概是真的太大了。自從白天會見過王子殿下，蕾娜一直悶悶不樂，整個人陷在宿舍客廳的沙發裡不動。辛擔心她，現在應該正陪在她身邊。

「沒辦法啊，是女王陛下選擇要他的。」

「可是……」

西汀用左右異色的雙眸，仰望正好位於頭頂上方的窗戶。

「如果死神弟弟是個更不像話的傢伙，我是會考慮一下。不過像他那樣的話，還可以啦。」

不過只是勉勉強強尚可接受，絕不表示西汀接受他了就是。

「……就算到了現在，我們都不知道這一切什麼時候會結束，就跟以往一樣。既然如此……當然會希望她把握機會，跟想要的人在一起啊。」

「——雖然天寒地凍，不過……還真繁榮呀！無法想像這會是戰時的都城。」

聯合王國王都阿庫斯．史泰利亞是個歷史與聯合王國同樣悠久的古都。

重複著繁榮發展與戰亂頻仍而複雜交錯的街道，參雜著少說長達幾百年歲月，樣式五花八門的建築物，形成了獨特的景觀。牆面傾向以明亮色彩粉刷得鮮豔奪目，也許是來自於一年當中有半年深陷風雪的北國風土民情。

這天阻電擾亂型的薄雲依然遮住了陽光，帶來細雪紛飛的氣候，不過在大街上還是有大量行人往來，也有熱鬧的商店與攤販群集的市場。

蕾娜在共和國軍服外披起了聯邦的黑色大衣，瞠目環顧這種生氣勃勃的群眾喧囂。同樣穿著大衣的阿涅塔、葛蕾蒂與芙蕾德利嘉，還有擔任隨扈跟來的萊登也都好奇地東張西望。

今早用完早餐後，瘦成了皮包骨的技術院長官對他們說：「若有時間的話，不妨參觀一下我們的王都，各位女士應該會想買買東西吧。」這話一半是好意，一半恐怕是基於外交的一環，目的是向十多年以來首度來訪的外國校官級軍人不落痕跡地誇示母國的從容與繁榮——以及足以維持這一切的強盛軍力。

西汀與夏娜回絕了，辛則是不知道為了什麼事被維克叫去，留在王宮裡。西汀她們後來受到幾名近衛兵的邀請，參觀軍事博物館去了。

「不愧是……北方大國羅亞．葛雷基亞的千年王都呢……」

「我正想出來透透氣，所以很感謝長官的貼心提議。總覺得他們那項技術，要當成一般的技術看待，心裡還是會有點抵抗感。」

「雖然知覺同步方面雙方都有收穫，算是件好事……唉，即使聽他們說都是志願的，也會做好安全措施，但看到那麼多人體實驗的紀錄，還是有點……不，是相當那個……」

葛蕾蒂與阿涅塔交換一個含糊的苦笑，談論的是「西琳」與她們的相關技術。聽到那件事讓葛蕾蒂大感頭痛，覺得實在不太可能拿到聯邦運用。

構成壯麗街景的建物當中，有幾棟是兵營、武器庫跟王都防衛師團本部等軍事設施，來往的行人也大多身穿聯合王國紫黑軍服。跟聯邦一樣，軍人在這個國家似乎會受到某種程度的尊敬，陽金種的年輕女性軍人跟青紫眼色的宵堇種壯年男性打了聲招呼後擦身而過。

阿涅塔環顧四周說：

「我記得紫系種是臣民，屬地的外族則是隸民對吧？不過說是隸民，大家好像都是正常過生活耶。」

純正的紫系種血統——臣民的子女雖與隸民子女屬於不同種族，卻理所當然地在一起玩球。色彩各異的兩人在咖啡廳坐同一桌喝咖啡聊天，在市場一隅可以看到擺攤的天青種老奶奶跟一位淡藤種女士，為了一大瓶蜂蜜的價格爭吵不休，最後好像總算在價錢上取得共識，熱情地握手後一手交錢一手交貨，笑瞇瞇地告別，還能聽到雙方說著「我下次再來」、「請多光顧」這種心滿意足的對話。

整體來說隸民主要屬於勞動者階級，臣民則多屬於中產階級，服裝或隨身物品的品質或格調也就有所差異，不過隸民看樣子並未被當成奴隸或不可接觸者——例如八六這樣的劣等種。

隨行擔任嚮導與口譯的王宮衛兵笑了笑……聯合王國的官方語言跟聯邦或共和國只有方言程度的差異，不過原本屬於不同文化圈，出身於被征服地區的隸民當中，也有些人講著完全不同的語言。

「這是因為臣民是從軍之人，隸民則是負責生產之人。說穿了差別就在於盡的是徵兵義務，還是納稅義務。不過近來由於戰爭局勢的關係，王室成員正在獎勵隸民的志願從軍。」

「例如那邊那個人就是。」他指著一名衛兵說道。一位二十來歲的緋鋼種青年配戴著簇新的少尉階級章，內斂但驕傲地面露微笑。也就是說，這個國家似乎也開放人民接受高等教育，至少家境不錯的人有這種機會。

看來就如同維克所說，聯合王國雖為君主專制國，但並未施行暴政。也沒有超乎必要的階級差別，造成國民之間反目成仇，埋下叛亂或內亂的火種。

不像共和國把鐵幕的建設工作、資金的提供與兵役等義務全都塞給八六，最後還替他們蓋上劣等種的烙印。

「……米利傑？妳怎麼了嗎？」

「沒什麼。」

蕾娜搖搖頭含混帶過，然後微微偏了偏頭。

「話說回來……維克找辛不知道有什麼事呢？」

難怪他會特別提醒要穿上大衣過來，通往地下的這座階梯實在冷得刺骨。

「這裡就是從王國最北邊的雪禍連峰一路綿延至王國地下，修建於冰窟深處的陵廟。此處的冰層永不融化，所以即使在夏天一樣寒冷……一旦哪個傭人的小孩誤闖這裡，那可會是一大騷動呢。」

本身就有如蒼白薄冰的寒冰石階梯，描繪著和緩的螺旋曲線向地下深處伸展。一路可見月光螺的鑲嵌裝飾反彈著光芒，散發水潤的七色彩光。

聯邦軍制式的戰壕大衣（Trench Coat）是為了因應位於大陸北方的聯邦寒風刺骨的雪地塹壕戰而設計的，具有高度防水與防寒性能。然而這種每次呼吸都會刺痛肺腑的寒氣，仍讓辛不禁皺眉。

在前頭帶路的維克，呼氣也同樣泛白。

「……在過去的太古時代，貴種就等同於王侯，君王被當成肉身神，是身懷異能的存在。焰紅種的精神感應、夜黑種的武力、白銀種的威嚴。這些異能大多跟血統一起隨著歲月淡化消逝，不過在自古以來的王室或貴族依舊保有權力與血統的地區，還殘留著部分的異能。齊亞德帝國如此，我們聯合王國亦然。其中紫瑛種的異能是智慧過人，說成白話，大概就是容易誕生出特異天才的血統吧。」

迴盪的跫音只有一道，辛不會發出腳步聲，而這裡除了他以外，就只有維克一個人。

身為指揮官的他有事應該只會找蕾娜，但辛卻一個人被叫來這裡。只叫了一般來說連一枚棋子的認知都得不到，不過是一介處理終端的辛。

不明白他有何意圖。

再加上辛見過「西琳」之後心中就懷有強烈的厭惡感，使得詢問的聲調變得非常冷淡。真要說起來，辛本來就不覺得有必要對權勢或威望之類的事物付出敬意。

「……為什麼要跟我說這個？」

「嗯？你不也是焰紅種的異能者嗎？包括你那身為邁卡血親的母親在內，我聽說你跟其他八六一樣，在迫害下失去了家人……我以為你多少會有點興趣，是我誤會了嗎？」

「我沒興趣。」

「哦？」

維克轉過頭來，帶著某種納悶的神情抬頭看著辛，但最後還是轉回前方，聳了聳肩。

「也罷，即使你不感興趣，很不巧，我要談的事情需要這段開場白。你可能會嫌無聊，但就稍微聽我講講吧。」

維克走下漫長階梯的最後一個台階。喀——……軍靴的跫音與回音，消融於冰冷的石造空間之中。

走過年代久遠的通道後，顯得相當突兀的最新式金屬門對維克身上的某種東西做過認證，自動開啟。跟階梯完全不能相比的冰凍空氣無聲地流出，但維克毫不介意，走入門內。

「——我們王室身為紫瑛種最後的異能血統，決心執守同樣逐漸失落的，遍及一切領域的睿智。」

光線照進無明的黑暗。

透明光芒照亮了那個空間，使它散發出燦爛的光彩。

那是個放眼望去一片透明湛藍，僅以寒冰構成的巨大圓頂廳堂。

由於冰層實在太厚，完全看不到後方該有的岩壁。只有無限透明，深不見底的幽邃碧藍。

宛如異教禮拜堂的圓頂天花板上垂落著無數冰柱，從廳堂往深處的另一條冰封走道延伸而去。就連這種地方都施加了精緻到令人傻眼的孔雀羽毛花紋，幾個重點部位鑲嵌著孔雀石或紫水晶，在冰牆表面熠熠生輝。

然而辛的雙眼最先注意到的，不是那些自然與人工造型的鬥巧爭奇。

沿著圓頂建築的冰牆，以及深處走道的兩側，如同水晶簇般一字排開的物體，是數也數不清的冰封——

靈柩。

靈柩形如鳥蛋，附有白銀與玻璃的精密雕飾。每具棺材當中，都封入了一名身穿紫黑軍服或禮服的人影，大多是成年人的體格，但其中也有一些孩童或嬰兒。還能零散看到幾具靈柩當中僅有疑似部分遺體的布包，甚而只有遺物。內部填滿了高透明度的冰塊，使得以雷射雕刻描繪出獨角獸徽章的玻璃表面結了一層薄霜。

在這一切的中心，維克回過頭來，讓雪白的長袍衣襬微微翻飛。

「作為其象徵，我們保存了遺骸。伊迪那洛克的全體直系血親，都被保存在這冰封陵廟當中，不過始祖那幾人好像已經成了乾屍就是……回到正題。」

維克伸出一手，指出正好位於他背後的靈柩。隔壁還是一具空柩。他指出一位女性在那當中柔和地闔眼，彷彿浮於水面般張開雙臂的靈柩。

「這位是瑪麗安娜·伊迪那洛克——我的母親。」

密封於冰柩中的女性遺體，相貌與站在她面前的維克十分神似。

若不是有年齡與性別帶來的差異，甚至可以說長得一模一樣。年紀大約在二十歲後半到三十，身穿聯合王國王族在正式場合穿著的紫色華麗禮服，額上配戴著鑲有精美切割寶石的銀製頭冠。

看到這裡，辛覺得有點奇怪。

瑪麗安娜王妃的遺骸，配戴著華麗耀眼的銀製頭冠。

在這裡的所有死者當中，只有她戴著頭冠。就連不懂珠寶配飾的辛，都覺得那個位置不太對勁。再怎麼說，應該也不會把頭冠戴在眼睛的正上方。

而在那璀璨銀光之下，有一條紅線筆直橫越白皙的額頭。

不同於生者，死者的傷口不會癒合——切開的傷疤永遠不會消失。

維克冷冷地嗤笑了。

「你發現了啊……沒錯，母后的遺體沒有腦子，被我在十三年前摘除了。」

這番話辛不可能聽不懂。

那是在「軍團」開發問世的兩年前，而且……

瑪麗安娜。

「瑪麗安娜模型……是吧。」

「沒錯，就是全人類災禍『軍團』的原型，作為一切開端的人工智慧。材料來自——我的母后。」

正確來說，是她的腦部。

難怪。辛抱著一絲苦澀心情做如此想。

難怪「軍團」會天馬行空地想到吸收死者的腦組織，作為中央處理系統的替代品。而且還一如它們所料地正確發揮功效。

假如歸根結柢，它們本來就是以人類腦部為原型，是在嘗試重現人類腦部的話……

但是。

「……為什麼？」

簡短的問句，其實含有種種的疑問。

你怎麼會想到去開發那種東西？

不惜損毀母親的遺體，侵犯生死的界線。

雖說已是遺體，但不惜拿母親——當成實驗對象。

維克恬淡地聳了聳肩。

「因為我很想見到她。」

與據說跟辛同年的年齡，以及俊秀的外貌恰恰相反，他的聲調與口吻就像個小孩子。

「母后生下我之後，很快就辭世了……死因是難產，出血量過多。生產本來就會伴隨這種危險性，而且父王做過調查，已經確定沒有任何犯罪的可能性。只是……」

講到這裡，維克仰視了背後靈柩中的母親。

仰視那說不定從未撫摸過他的白皙玉手。

「我連母后的聲音都沒聽過。」

脫口而出的低喃，飢渴地追求著某種從未得到過的事物——因而聽起來格外落寞。

「縱然是伊迪那洛克的異能者，也不可能記得剛出生沒多久的事。父王、扎法爾哥哥與奶媽們都會將他們記得的母后的事情盡量講給我聽，但我內心的空白無法用這種方式填滿。」

「…………」

「——不過，既然如此……」

這時他的薄唇，忽然間咧起嘴角，露出淒絕而凶惡的笑臉。

維克沉浸在追憶之中，帝王紫雙眸炯炯有光地笑著。宛如魔物，宛如惡鬼。

不知為何，辛很明白十三年前那個從如今模樣已經無法想像的年幼維克，必定也露出了相同的笑臉。

那種凶惡到天真無邪的笑臉。

「我心想，不知道的事物、失去的事物，讓它復甦就是了……因為母后的遺體——腦部連同她的記憶與人格，都被保存在這裡……！」

妄執。

在他身上不具備該有的限制。切開一個人的遺體，將其記憶與人格密封在機械容器裡，扭曲生死的道理……在他那帝王紫瞳當中，沒有半點對於觸犯此種禁忌所感到的罪惡感或恐懼。

也沒有善惡的區別。

只將自己的欲望視為無上準則。

那種——冷血。

辛有種從來不曾感覺到的，近似寒意的反胃與戰慄。他看不見自己的臉，但知道必定是一副嚴峻的表情。

眼前的存在不是人。

是不把人倫或道理放在眼裡，只為了一己私欲而行動的——純潔無垢的天生怪物。

辛壓抑著情緒問了：

「……然後呢？」

維克毫無留戀地聳了聳肩。

「嗯，失敗了。」

生者與死者之間無法有交集。

縱然天資聰穎如維克，也無法顛覆這項真理。

「母后的腦部白白喪失，我因為毀損王妃的遺骸而失去了王位繼承權。雖然我本來就不想繼承王位所以並不在乎，不過……關於母后，我那時還沒有死心。」

他以為是自己年紀太小，所以才會失敗。

以為是知識不足，理論有破綻——弄錯了某個部分才會失敗。

那時候的維克，對世界還抱持著這種觀點。

以為只要正確地實行正確的做法，就能得到正確的結果。

以為世界應該是如此精緻而準確地運作的，天真無邪地如此相信。

以為事情一定會順利進展。

「於是我將所有資料上傳到公用網路。」

當時他萬萬沒想到，那樣做可能會撼動各國的軍事平衡。

雖說只是么子，但維克畢竟是當時一大強國的王子。無論名字還是僅僅五歲的年齡都廣為人知。文章連個像樣的論文體裁都沒有，再加上死者復生這種天馬行空的目的，那時幾乎所有研究者都以為是年幼王子殿下的惡作劇，看也沒看一眼。

「所以——你就因此認識了瑟琳．比爾肯鮑姆少校……」

「沒錯，有幾個國家的好事者找我談這件事，她就是其中一人。」

有些人不為作者的年齡與稚幼文章所惑，發現到這種全新人工智慧模型的有用之處，其中一人就是當年在帝立軍事研究所參與自律兵器研究的瑟琳。

「我當時就知道瑟琳在研究什麼，也知道她是基於何種想法在研究自律兵器——『軍團』。但是……」

直到那種東西對自己刀槍相向，對帝國以外的所有國家露出獠牙。

他才終於明白，那是他為了實現心願而採取的行動所造成的後果——

「但聽說帝國向各國宣戰時，瑟琳已經過世了……雖說只是間接，不過正是我奪走了你的祖國與家人。你恨我嗎？」

維克輕輕張開雙臂。從衣服的晃動方式可以看出他沒佩槍，連個護衛也沒帶，毫無防備。

這大概算是他的一點誠意吧。因為維克找辛出來時，並沒有叫他不准帶槍。

辛在第八十六區總是隨身佩槍，到現在仍然留有這個習慣。他一面將意識放在那份熟悉的重量上，一面答道：

「——不。」

辛從來沒有把共和國當成祖國。

家人以及他們還在時的情景，幾乎都已經不記得了。

如果說是維克奪走的，或許正是如此吧。

即使如此，那一切對辛而言……早已連失去的事物都稱不上。

那些事物就像根本不曾存在過一樣——因此辛沒有理由怨恨他。

也沒有能憎恨他的深厚感情。

「我不認為有被奪走了什麼……就算有，也跟你沒關係。」

「……聽你這副完全不在乎的口氣，好像你本來就不需要那些事物似的。你明明曾經擁有過，原本跟我並不一樣。」

維克苦笑著搖了搖頭。紫瞳剎那間閃過一絲豔羨與嫉妒，但眨眼間就壓抑了下去。

「好了，我這番對你而言似乎無關緊要的懺悔就到此為止。接下來才是重點，共和國第八十六區的無頭死神。」

這時維克露出的表情，該如何形容才好呢？

既像懇求，又像恐懼。期望得到斷罪，又祈求一線希望。同等地企盼著肯定的答案與否定的話語，同時卻又深感畏懼，儘管如此仍然非問不可——就是這種神情。

「母后……是否還留在這裡——……？」

在祈求生母死後安寧的同時——卻仍然渴望能見到生母。

辛產生一種奇妙的空虛感。找我出來，原來就為了這個啊。他的異能可以聽見死後遺留的亡靈悲嘆，只要有這份能力，就能知道母親是否還留在這裡。屍體遭到切開的母親，是否還能獲得死後的安寧？或者是如果再試一次，是否能讓母親重回人世？只要一聽……就能得到答案。

辛漠然地想，有必要這麼執著嗎？辛不記得母親的長相，也不會因為想不起來而感到惋惜。然而維克卻對連聲音都沒聽過，也沒接觸過的母親……

有著如此深沉的執著。

目睹這一切的辛，搖了搖頭。

表示否定。

「沒有。」

哥哥、凱耶還有眾多八六的戰死者之所以留在戰場上，是因為他們的腦組織被「軍團」吸收作為中央處理系統。是因為他們死後本來能夠安息，卻受到囚禁而被迫滯留。

並不是有所遺憾或執著，更不是出於什麼情愛。

用感情無法顛覆真理。

這個世界對死者、生者或是任何人，都沒有溫柔到——能憑著那些感情就留在人世。

一心想著誅滅與芙蕾德利嘉為敵之人的齊利亞，在電磁加速砲型遭到擊毀時一起消逝了。

哥哥也是——一直等辛等到最後的哥哥，在失去重戰車型(Dinosauria)這個憑依體之後也不見了。

已經不在了。

找不到了。

「令堂的遺體就只是遺體，聽不見聲音……令堂已經不在那裡了。」

「那麼，蕾爾赫呢？」

第二個問題來得唐突，讓辛眉頭一皺——蕾爾赫？

「『西琳』們呢？你不是聽見了她的『聲音』嗎？蕾爾赫——她們還在那具軀殼裡吧？她們在那裡面——是否期望著能回到該有的死亡？」

「…………是啊。」

對他而言，她們應該只是無人機的零件，為什麼連她們的事也要關心？辛感到無法理解的同時，點了點頭。因為他能聽見她的聲音。

儘管既非尖叫亦非痛苦呻吟，只是平靜的嘆息罷了，然而其實未曾謀面的少女之聲……那些眾多陌生士兵的聲音……

「都說想回去……一直在哭泣。」

維克淡淡地，露出了一絲苦笑。

像是自嘲的笑容。

「……這樣啊。」

辛看他一眼，開口了。雖然辛對眼前的這個人還是一樣，既不能理解也無法感同身受……

「我也可以問個問題嗎？」

維克眨了眨眼，顯得頗為意外。

「……可以，只要是我能回答的問題。」

「你連令堂的聲音都沒聽過，為何會這麼想見到她？」

辛已經知道維克不會忌諱於解剖遺體。

但是，那畢竟是一個人的遺體，有著一名成年女性的重量。更何況頭蓋骨很硬，不太可能由年僅五歲的維克自己搬走並解剖——而維克為何寧可處理這麼多麻煩問題，也想見到母親？想見到連聲音都沒聽過——什麼都不記得，只是有著母親頭銜的陌生人？

維克一時之間愣了愣。

「這……不是當然的嗎？先不論使用的手段，孩子都是仰慕父母親的。越是見不到，思慕就越深……我倒想問你。」

講到這裡，維克瞇起了一眼。

「你不會想見到他們嗎？」

「死人是見不到的。」

這是辛的……身懷異能而能聽見亡靈之聲的他所知道的，不爭的世界真理。

是聽得見聲音，但那是死前瞬間的臨死慘叫。不能對話，也不能溝通……不管雙方有多希望可以如此。

死者與生者之間，絕對無法產生交集。

「原來如此，所以你想都不願想起就是了吧。」

辛尖銳地瞇起一眼。又是這種話。

——你不是想不起來。

——而是不願想起吧。

「……你為什麼這麼認為？」

「對於過世令堂的家世不感興趣，遭人剝奪卻毫無恨意。最重要的是，你臉上寫著『不希望別人來碰，自己也不想碰』。就好像那裡留下了不想碰、不想看，連想都不願去想的傷痕。」

「…………」

說什麼傷痕……

維克好像看透一切似的笑了。帶著冷酷無情地拒絕他人，甚至反而顯得慈悲為懷的冷漠。

「只要你覺得這樣沒什麼不好，我一個外人是沒道理插嘴……不過父母親傳給孩子的事物，講得極端點也不過就是一個人生的例子。如果你覺得連這個都忘掉也沒關係——的確，你的雙親與你是再也無緣相見了。」

第二章　天鵝堡壘

聯合王國南方戰線，列維奇觀測基地。

這是個典型的易守難攻型要塞。

四方的斷崖峭壁高低差最大可達三百公尺，最小也高達一百公尺。要塞具備南北縱長的菱形頂部，險峻地矗立於岩山之上。地區特有的純白岩石表面如今覆蓋著厚厚一層陡峭的冰雪斜坡，岩壁頂端環繞著強化水泥與裝甲板的城牆。自北方頂點更有將近一百公尺高度的岩山延伸出去，厚重堅固的岩盤天篷以此處為支柱，宛如展翅的天鵝般覆蓋住頂部。

閘門與通往閘門的攀登路只修了一條，位於面對軍團本部西北的斜邊，而且坡度異樣地陡，還得一路九彎十八拐地慢慢往上爬。閘門周遭無數槍座的嚇人砲口，俯視著如野獸內臟般蜿蜒的攀登路。

「——這裡原本是國境線上的一座堡壘，現在用來當成著彈觀測陣地。」

覆蓋頂端的天篷有許多地方破洞，如同腐朽的羽翼。維克率領著蕾娜等人，沿著薄暮雪天淡紅色的日柱微光一路前行。這種教人驚異的造型，據說是在太古時代由冰河切割岩山而成。

蕾娜一邊尾隨其後前進，一邊環顧要塞基地的地面區域。於執行龍牙大山入侵作戰之際，這座要塞將成為機動打擊群的據點。

如同維克說過此處原本是座堡壘，它具有古老城塞特有的結構，設置了以隔牆細微區隔的階梯狀內城。一行人逆時針前進，登上作為堡壘主樓的北邊岩山。據說這座主樓具有觀測塔的功能，是挖穿北邊岩山內部建造而成，能夠將要塞周遭的戰場景觀盡收眼底。

雖然從這裡看不見，不過在平緩的下坡前方，北邊是聯合王國軍砲兵陣地，南邊是交戰區域，東西兩邊則是聯合王國軍機甲部隊的兵營。周圍有著長達數公里的雪地平原，不過再往前會唐突地變成針葉樹林，然後是遙遠龍骸山脈的山脊線。那是成為聯合王國最後護盾的北方山脈，以及如今淪為「軍團」巢穴的南方山脈。

遮蔽微弱陽光的天篷，加上狹窄區隔內城的又厚又高的隔牆，使得地面區域昏暗而窄小到讓人透不過氣。辛環顧一圈後瞇起眼睛，可能是在想像這裡萬一發生戰鬥時的情形。

「你說——著彈觀測？」

「因為在這座要塞周遭，就屬這附近地勢最高。雖然跟過去的城塞一樣，對於空襲毫無招架之力，所幸『軍團』不會拿天空當戰場。這種古老的要塞視狀況而定，還是派得上用場的。」

「軍團」儘管保有對空戰力，卻沒有航空戰力。

飛行型「軍團」不會搭載兵器，從觀測到的事例來看，也不具有遠程飛彈之類的武器。這些似乎也是它們的禁規（防護裝置）之一。

所以，才會採用這種……避實擊虛的手段？

仰望銀色與鉛灰色的天空，可以看到時節已是晚春的天空還是一樣，下著紛紛細雪。

從觀測塔中不知為何開在三樓的入口，沿著狹窄的螺旋狀階梯往下走，通過三層防爆活板門進入地下的居住區域後，高亢歡喜的女聲迎接一行人到來。

「歡迎您回來，殿下。」

「嗯，我回來了，柳德米拉。」

跑上前來的高挑少女，有著一頭異樣鮮豔，如火燃燒的緋紅頭髮。周圍其他身穿胭脂色軍服的少女也跟了過來。

聯合王國的軍服為紫黑色立領款式，胭脂色的古風軍服是「西琳」專用。

換言之集合於此的少女，全都不是人類。

她們有著即使染髮也無法重現的，玻璃般透明的蒼藍、翠綠或桃紅色的頭髮。額上嵌入了據說深入人造腦部的知覺同步以及思考控制用仿神經結晶，散放出深不見底的紫羅蘭色幽光。

蕾娜四處張望，眨了眨眼睛。

能夠製造出這般與人類無異的一群少女，維克的能力的確堪稱異能，本人的特異才華也讓人驚嘆，蕾娜雖然好奇這樣的能力是否真的不需付出任何代價，但更令她在意的是……

「全都是……女性呢。」

「做一群臭男人出來，也只會傷眼而已嘛。」

看來維克也注意到蕾娜忍不住露出的白眼了。

「開玩笑的，至少一半是如此……剛開始將她們投入戰場時，前線仍然以成年男性為主。為了做出區別，才會採用少女的外形，不過如今戰況已經緊迫到連女性及少女也得從軍了。幸好當時為了保險起見，連髮色也做了改變。」

真要說起來，不採用人類外形不就好了……？蕾娜一瞬間產生這個念頭，隨即為自己的想法感到可恥。

儘管是虛擬人格，但竟然只因為是機械，因為只是複製人腦組織，就覺得可以把這種存在當成零件處理。

更何況一定是有其必要性，才會特地做成管理或姿勢控制上都比較麻煩的人型。

假如有一天，自己突然變成一隻醜陋的大蟲子……

到時候的精神狀態，恐怕不只是混亂或絕望這麼簡單。六隻腳、背上的翅膀、複眼的視野與名為觸角的感覺器官。面對與人類截然不同的感覺，維持人性的大腦想必會無法承受，在轉瞬間發狂崩潰。

……雷也是。

那個明明說過深愛著弟弟，但在化為「軍團」與辛重逢時卻想手刃弟弟的青年，說不定也是如此。

說不定也是被與人類差異太大的「軍團」——重戰車型的驅殼逼瘋，受到殺戮機器的本能所侵蝕。本來一心期望能見到弟弟，最後卻想殺了他……

蕾娜有點想拿這個問題請教一下維克，但不便在辛面前提起這種事。就算隱瞞個人姓名，聰明的他也一定聽得出來……就算聽不出來，蕾娜也不覺得可以當著他的面講。

蕾娜偷瞄一眼辛時，他正好開口了：

「……只能從軍服與頭髮的顏色，還有額頭的神經結晶做分辨嗎？」

「假如你是問戰鬥中的救護問題，基本上座機不同，就算在最糟的情況下，拉一下手就知道了。她們幾乎全由機械組成，也像機械一樣重。製造工廠有腦組織的主資料，戰鬥紀錄也會定期備分，所以棄之不顧無妨……還有——」

維克傲慢地哼笑了一聲。

「別小看她們了，死神。她們是天生的戰鬥存在，怎麼可能在戰鬥中輸給人類？」

「——啊，辛，還有萊登跟芙蕾德利嘉也來啦。原來你們是今天過來啊，歡迎回來……這樣說好像也怪怪的，總之好久不見了。」

賽歐在一字排開的長桌一角輕輕揮手，在他的對面，背對這邊坐著的安琪與可蕾娜也轉過頭來。聯邦軍的鐵灰軍服與聯合王國的紫黑軍服，在列維奇要塞基地的第三餐廳雜處一室。

要塞基地的基地功能集中於岩山中的地下樓層，幾座餐廳也都設置在地下樓層的居住區塊。餐廳開闊明亮，天花板也很高，但一扇窗戶也沒有，為這個長方形的空間帶來了壓迫感。

整面天花板填滿了莫名富有繪畫才能的碧藍天空，四面牆壁則繪有明顯呈現出畫師憧憬的向日葵花圃，讓辛覺得跟監獄根本是同一套思維。

看到辛、萊登與芙蕾德嘉各自放下餐盤就座，可蕾娜偏了偏頭。

「我聽說葛蕾蒂上校跟……叫什麼來著，阿涅塔？就是那個技術少校的女生會留在王都，那蕾娜呢？」

「去跟聯合王國的指揮官和幕僚等等聚餐了。」

「因為她是指揮官嘛，聽說會需要參加一些社交活動。」

「對耶……我想起來了，她剛來聯邦時也是這樣。」

安琪說著的同時，把放在桌子中央的幾個小罐子一一打開，都是用來塗麵包的果醬或蜂蜜之類。她聳聳肩說：「推薦莓果果醬。」

聽說他們國力吃緊，看來的確如此。儘管不到第八十六區那麼嚴重，但餐盤裡的料理有一半以上是自動工廠的合成培養品，有點乏味。這下子要是連糧食生產都癱瘓……的確是撐不過今年冬天。

辛默默把淡然無味的酸奶油燉肉與馬鈴薯泥塞進肚子時，隱約聽見了其他餐桌的說話聲。

這座基地的兵力，除了第八六機動打擊群之外大多是「西琳」，但並不代表沒有人類。「西琳」

的指揮管制官自不待言，還有負責守衛基地的步兵、整備班人員、指揮所主要人員，以及操縱基地固定砲塔的砲術班。

一如聯合王國只有紫系種須服兵役的法律規定，大多數軍人都有著紫色眼睛。萊登看看他們，皺起了眉頭。

「聽說在王都，臣民與隸民只差在義務不同……但看來他們心裡可不是這麼想的啊。」

雖然無論軍服或餐點都沒有差別，但紫系種與其他色彩的民族並沒有坐在同一桌。視野範圍內隸民的階級章都是從基層士兵到士官，就算同樣是臣民，宵菫種與淡藤種之間似乎還是有著軍階差距與不和。

還有那些紫系種軍人對待其他人的冷漠眼神與口吻。

豈止隸民，終於連外國人都來踐踏我們的戰場了，真是可悲，有什麼顏面去見我們那些英勇的祖先？雖然指揮官好歹還是共和國或聯邦的貴種……

賽歐興趣缺缺地以手托頰，斜眼看著那些人說：

「這裡不像共和國，是身分尊貴的民族在當兵呢……感覺好怪。」

「……？在聯邦也是如此呀。聯邦一樣是以貴族為戰士。現在亦然，軍官階級大多都是舊貴族。」

在古代，軍役曾與參政權具有相同的意義。

只有參戰者才有資格參政，將士的身分地位高於農民。在那個時代，從軍不是義務，反倒屬於一種特權。

「是這樣沒錯，但我不是這個意思。該怎麼說呢，在聯邦還是有選擇權的不是嗎？而聯合王國就跟共和國一樣，是以與生俱來的色彩決定地位或職責，可是……兩者的職責卻正好相反，感覺好怪。」

「…………」

所以，無意間，辛產生了一種想法。

與生俱來的民族色彩(顏色)，決定一個人的職責——決定生而為人必須盡到的義務。

或許因為是這種國家，才會想到利用戰死者打仗，容許專為戰鬥而生的機械人偶存在。

也就是說——因為臣民天生就是戰士，所以他們的屍骸，也理當供戰鬥所用。

就在這時，一名十歲出頭的桃紅髮色少女，走到聯合王國軍人的餐桌旁。她帶著不適合稚嫩容貌的撲克臉，報告了一些事情。看似指揮管制官的青年對她笑了笑，但她連一個微笑都沒回，轉身就走……「西琳」不需進食。聽說為了不浪費能源匣，在作戰與訓練以外的時間，原則上都會收納在專用機庫內。

「……你聽說『西琳』的事了沒？」

「大致聽說了。對了，不可以叫她們『那個』喔，指揮管制官會不高興，很麻煩的，所以最好注意一下。他們把『西琳』當成女朋友或是妹妹之類的，疼愛得要命。」

「這個國家的軍人明明是指揮管制官，竟然這麼寶貝那些無人機。」

可蕾娜不屑地說，好像由衷感到噁心……但也不是不能體會她的心情。在君主專政的——不奉行自由平等理念的聯合王國，指揮管制官把機械少女們當成人類一樣對待。

而在標榜自由平等的共和國，卻把八六當成無人機看待，而且連像樣的指揮管制都不做。這種諷刺意味，恐怕只有他們八六才懂。

就連蕾娜都不會懂。

人類把人當成物品或家畜看待，卻把物品或家畜當成人一般珍惜。她不會懂那種——諷刺至極的，人類這種存在的冷酷無情。

上前應門的維克，一看到蕾娜就變得垂頭喪氣。

「就快到熄燈時間了……這麼晚還來造訪男人的房間，隻身前來不會太缺乏戒心了嗎，米利傑？正是這種時候才該帶諾贊來啊。」

「因為這件事，我不想讓外人……特別是諾贊上尉聽到……我想請你屏退旁人，維克。」

選在辛已經回房休息的這個時間，也是出於這個原因。

維克沒理她，眼睛轉向背後的室內空間。看來他在閱讀或寫字時會戴眼鏡。維克一邊摘下造型簡約的眼鏡一邊說了：

「蕾爾赫，誰都可以，去找諾贊以外的……我想想，依達應該就行了，妳去把她叫來。還有，就是你，在蕾爾赫回來之前，你站在那裡不要讓門關上。」

「是！」「遵命，殿下。」

「維克……！」

維克再度無視於蕾娜的抗議，正好經過的士兵用背部撐著門扉站好，蕾爾赫動作機敏地走到走廊遠處去了。

過了很久之後，西汀一副匆匆忙忙沖過澡的模樣，被蕾爾赫帶了過來。

維克看看她，露出難以言喻的表情。

「……抱歉，打擾了妳的好事……我是很想這樣講，但妳到底在做什麼啊？」

西汀好歹也是面對著王子殿下，卻一副懶得解釋的樣子把臉別到一邊，抓了抓頭。

「想怎麼運用自由時間都沒差吧。所以……呃，看來是不用問了。」

「嗯，麻煩妳暫時當一下米利傑的護衛犬。雖然妳也是女性，但起碼比我能打吧。」

「真虧你有臉說耶，王子殿下。拳打腳踢的鬥毆也就算了，你那手上的繭是怎麼來的？」

「狩獵是王公貴族的嗜好嘛。」

「哎喲，好可怕喔。我還是乖乖躲在角落好了，以免被你當成獵物。」

西汀打趣地舉雙手投降。在人家請她坐下後，她就像放鬆心情的獵犬一樣，一屁股坐到少說可坐五人的沙發上。

蕾娜則是有禮地坐下，維克也隔著矮桌在她的對面位置就座。

蕾爾赫暫時走進裡間，然後端出白瓷茶杯，放上螺鈿工藝桌面的桌子。維克這才終於開口：

「所以呢？妳說不想讓諾贊聽到，那應該是跟他有關吧？……只是，為什麼是找我談？我對他可不怎麼了解喔。」

「不，我想……在我認識的人當中，恐怕就屬維克最懂這件事了。」

相關資料在共和國早已佚失，在聯邦則是藏在名為軍事機密的深溝高壘後方。

「是關於異能。」

維克的表情驀然消失了。

「諾贊上尉能聽見『軍團』聲音的異能，以及羅森菲爾特助理官能看見相識者現在與過去的異能。這些能力在軍事上雖然很有用處……但是對於身懷異能的當事人，會不會造成危害呢？」

對於伊迪那洛克的異能者維克也是。

若是如此的話，或許也不該問他，但是……

「喔……妳說這件事啊。的確，不具異能的人可能會這麼想吧。」

維克一副興趣索然的樣子，翹起了一雙長腿。

「原則來說不會。所謂的異能是在上古時期，貴種正如其名貴為王族的時代，為了指導黎民百姓而需要的能力。這種能力對異能者而言如同五感，是理所當然存在的感覺與機能。具有視力的生物，會因為眼睛能視物就弄壞身體嗎？一樣的道理，異能者不用付出什麼重大代價。」

「即使是像諾贊上尉那樣，與生俱來的異能產生變質時也是嗎？」

「他是這樣嗎？不過，說的也是。我也在覺得以邁卡血親的異能而言，他顯現的方式有點不尋常。」

蕾娜以視線詢問後，「我說的是他母親那邊的家族。」維克補充說明。軍方提供的辛的人事檔案裡，似乎有提到這點。

「他那種例子的確不多……只是呢，既然說他有時會睡得比較久，應該表示他會在無意識之中，自行調整負荷與休息的平衡吧。我是覺得如果他有表示身體不適的話再來擔心就好，現在想這個似乎無濟於事。」

「這……你說的或許沒錯，可是……」

維克稍稍偏了偏頭。

那種目光，就像一條大蛇興味盎然地觀察陌生的小生物。

不帶溫度，不帶感情。

「那我問妳，假如我告訴妳會有影響，妳打算怎麼辦？」

意想不到的問題讓蕾娜眨了眨眼。

「咦？」

「真要說起來，妳既然要問這個問題，為何沒帶諾贊過來？如果妳擔心會有負面影響，不是更應該讓他在場才對嗎？」

「…………是的，但是……」

八六面對無可避免的死亡，仍然以視死如歸為他們的存在證明。而辛——也是以戰鬥到底為傲的八六之一。

「因為諾贊上尉……就算身體會受影響，一定還是不會離開戰場。」

維克緩緩地眨了一下眼睛。

「妳的意思是……被戰爭逼得精神失常的可憐八六無法做出正確判斷，所以要由妳這個正常的普通人幫他們做判斷嗎？」

蕾娜大吃一驚，抬起頭來。

大概是她回看自己的表情與臉色太糟了，維克吊起嘴角輕聲一笑。

蕾娜看著他那暗自炯炯發光的紫瞳，覺得他並不是真的在笑。

「妳還挺傲慢的嘛，簡直跟白緦女神一樣。」

他指的是讓聯合王國一年當中有半年天昏地暗的冰雪女神。

是那絲毫不顧人類的心情，美麗卻冷峭、傲慢的——……

「的確，妳就像是純白無瑕的初雪，但這就表示妳有權利斷定其他顏色是骯髒的嗎？雖說諾贊……還有那邊那隻護衛犬也是，八六們確實是欠缺了某些部分。」

蕾娜反射性地看向西汀，她顯得絲毫不感興趣，正在啜飲紅茶。

不知為何，蕾娜知道她是真的毫不在意。明明有人當著她的面說他們有所缺陷。

「這……是這樣沒錯。可是……」

忽然間。

一種感情湧上心頭，讓蕾娜握緊了放在腿上的手。她覺得好像胸口深處被緊緊揪住般，眼前一片昏花。堵塞的感情疙瘩令她彷彿無法呼吸。

她總算明白了。

明白自己為何忍不住問維克這種問題。

「因為諾贊上尉……辛他……如果放著不管，一定會對自己過度苛刻……」

這一直讓蕾娜感到害怕。

「『牧羊犬』投入戰場後，他有好幾天都起不了床，可是他卻說很快就會習慣。的確，軍醫也已經准他回到崗位了。可是，萬一又發生什麼事，增加他的負擔……」

亡靈的聲音，事實上真的只有辛能聽見。

自己無法分擔辛的痛苦。

假如又發生什麼事增加辛的負擔，說不定這次蕾娜會不慎忽略，放任他磨耗自己的心力。

這讓她……既害怕，又不安。

希望在那之前，自己能幫上點什麼忙。

「——即使如此……」

維克的聲音很平靜。

「妳一個人擔心著他，也無濟於事吧。如果覺得在意，應該先跟本人談談。假如談過之後覺得放心不下……下次妳再帶他過來。哎，我會盡量提供協助的。」

「……好的。」

然後維克靠在沙發的椅背上，偏了偏頭。

「話說回來，妳總是在擔心別人，但妳該擔心的其實是自己吧？好比說妳那國旗畫的是一套，其實只偏愛白色一種顏色的祖國。」

蕾娜一時語塞，閉口不言了。

「……你果然知情啊。」

「當然。妳以為我在接受妳入國時，費了多大的勁安撫士兵們啊？……共和國雖與『軍團』開發毫無瓜葛，但目前最受人厭惡、輕蔑的就是共和國。現在共和國不管在哪個國家都被視為屠殺同胞的惡魔國度，妳無論在何處戰鬥都得背負這個臭名。就連機動打擊群這個洗刷臭名的好機會，共和國都只派遣區區幾名軍官，祖國這種怠惰的惡名就壓在妳肩上……妳才是沒那閒工夫擔心別人吧。」

「…………」

「關於同步裝置也是，我已經將亨麗埃塔．潘洛斯提供的資料過目一遍了，利用八六進行的人體實驗結果也是……施加太多負荷，會對使用者的腦部與精神造成影響。妳如果明白這一點，不會覺得跟一整個旅團規模的人員進行同步太勉強自己了嗎？」

「說是旅團規模，但我只有跟戰隊長同步而已。」

「光是戰隊長就有多少人了？為了運用只懂戰隊規模——小部隊戰鬥的他們，機動打擊群不是採用了以戰隊為基本單位，與一般做法有極大不同的編隊嗎？在聯合王國，我們可不會跟那麼多人同步進行作戰行動喔。我看就算在聯邦也沒有吧，更別說共和國了。」

「先講清楚，我是例外。」他說，一雙帝王紫色的眼顯得冷漠無情。那是橫亙千年的漫長歷史，綿延至今的異能者系譜。是隨手為之的發明就能徹底改變世界的，伊迪那洛克血統的紫瞳。

「知覺同步是在無異能者身上重現異能的技術。以剛才的例子來說，就像硬是讓人能看見紫外線一樣。誰也不知道這會造成何種負面影響。」

「這……可是，我是指揮官，所以這些……」

為了與八六們一同奮戰到底，這些都必須承受。

「我已經有所覺悟了。」

維克大嘆了一口氣。

「對別人慈愛得有如聖女，而且還邊做邊怕是自己多管閒事，對自己卻是這種態度？真是無藥可救……蕾爾赫。」

「是……殿下雖然這麼講，其實自己也很善良……」

「住口，小心我拔了妳的腦袋，七歲小孩。」

蕾爾赫一邊輕聲偷笑一邊退下，從看似寢室的裡間拿了某種東西回來。

維克把東西扔給蕾娜，要她接住。蕾娜一時沒接好，手忙腳亂地把東西拋來拋去，看不下去的西汀從旁伸出手來，看都沒看就一把抓住。

「這是思考支援裝置『蟬翼』（цикада），是為了『西琳』指揮管制官開發的裝置，可以減輕知覺同步造成的負擔。」

「蟬翼」。

與名稱給人的印象不同，它是個頸鍊狀的裝置，內含淺淺紫藤色的纖細銀線描繪出精緻的蕾絲花紋。中心有顆銀線纏繞的淡紫色仿神經結晶，仔細一看，會發現銀線是自神經結晶中延伸出來，如同細細織成的絲線。

「很遺憾，聯合王國軍沒有制式採用這種裝置，不過安全性已經做過確認，未經採用的理由，也只是因為士兵們不喜歡使用罷了。」

不喜歡使用？

「……維克也有在用嗎？」

「沒有喔。」

隔了一段奇怪的空檔。

「呃……這是用來減輕知覺同步負擔的裝置，對吧？」

「是沒錯，但我不能用。指揮管制官那些傢伙更不能用。」

「為什麼？」

維克一本正經地說：
「男人戴這種東西有什麼意義？」
「喔……」
不懂什麼意思。
維克暫時從蕾娜手中拿回「蟬翼」，（戴著剛才摘下的眼鏡）連上挪到身邊的情報終端後輸入了一些訊息，然後摘下眼鏡，把裝置丟還給蕾娜。
「初始化完成了，妳到那邊的休息室戴戴看吧，我會按照計測值幫妳做調整……放心，我沒在自己的房間裡裝監視器。」
「喔……呃，謝謝你。」
「只要戴在脖子上，就會自動啟動了……喔，還有——」
蕾娜在關上休息室的房門之前回過頭來，維克突然把臉別開說：
「它的配戴方式……該怎麼說呢，就是有點特殊。總之……妳加油吧。」
包括蕾娜進去的休息室在內，這整座地下基地都是以隔音建材建造而成。但是沒過多久……
『咦……噫，呀啊啊啊啊啊！』
蕾娜的尖叫聲甚至略為高過它的隔音效果，在司令官室的寂靜中微微迴盪。

西汀一邊當作沒聽見，一邊啜飲人家重新泡好的紅茶。來到聯邦之後，人家告訴過她這樣很沒禮貌，但她改都不想改。

她維持著原本的姿勢，只轉動眼睛看了看裝置的原主。

雖然蕾娜進入休息室之後，維克將裝置的設計理念解釋給西汀聽過……

「……為了保險起見，我還是問一下，那東西沒有危險性吧？」

由於維克面對著休息室反方向的牆壁緊緊摀住耳朵，因此西汀把這句話寫在桌角的便條紙上拿給他看。

「沒有，動物實驗跟運用實驗都做了夠多次。之所以沒有制式採用，就如同我說過的，是因為士兵們反應不佳。」

「好吧……聽起來像是這樣。」

西汀也是，光用聽的都不喜歡。

看到維克在對話中仍然摀著耳朵，蕾爾赫狐疑地偏頭。

「話說回來，殿下，您為何要擺出這種姿勢？」

「妳連這都不懂嗎？聽好了，我還不想死。」

「喔。」

「這件事要是讓那個無頭死神知道，我的腦袋也會搬家。」

「什麼！」

蕾爾赫睜大了她那綠寶石般的眼眸。

「也就是說，死神閣下是愛慕著鮮血女王閣下了！這可真是意外……」

維克與西汀同時用力拍了她那金色腦袋一下。

然後兩人不約而同地甩了甩手。

畢竟蕾爾赫的頭蓋骨是以金屬製成，手還滿痛的。

「我說妳啊……腦袋裡面是不是生鏽了啊，白痴嗎？」

「哪裡不好講，不要偏偏選在這種地方大聲說出來啊。是說妳到現在才發現嗎？妳這七歲小孩。」

「真……真是慚愧……」

所幸蕾娜正忙著哇哇大叫，似乎沒聽見這段對話。

在基地的居住區，處理終端們分配到的一個角落。

四人一間的房間，由於地下空間受限而很窄小。辛正在雙層床的上鋪看書，忽然好像聽到一陣遙遠的聲音，抬起頭來。

也不像是那些「軍團」的沉默之聲，而是在遠處的某個地方——

「……剛才是不是有人慘叫？」

總覺得有點像是蕾娜的聲音。

被辛一問，萊登從下鋪抬起頭來，側耳傾聽了一會兒後搖了搖頭。

「……沒有啊？」

過了一會兒，漲紅了臉，軍服有點凌亂的蕾娜從房間出來。要不是維克是王子殿下，她可能已經一巴掌摑過去了。

維克似乎也猜到了她的心情，但他始終保持著微笑對蕾娜說話，而且看起來既假惺惺又莫名開朗。

「很高興能幫上妳的忙，女王陛下。」

「…………！」

哇啊，幸好辛現在不在這裡！蕾娜瞪視王子殿下的凶惡眼光，讓西汀忍不住做如此想。

蕾娜把「蟬翼」丟到維克伸出的手裡，憤憤地轉過身去。

「失陪了，維克。」

「嗯，晚安。」

蕾娜又羞又氣地顧不得矜持，發出重重的腳步聲走著，但等到怒氣平息下來後，換成讓她想挖個洞躲起來的後悔與厭惡湧上心頭。

——妳的意思是，可憐的八六無法做出正確判斷嗎？

自己又搞砸了。

「……西汀，我……」

蕾娜頭也不回地直接問道。跟在她背後的西汀，似乎揚起了一邊眉毛。

「真的……很傲慢嗎？」

西汀興趣缺缺地用鼻子哼了一聲。

「妳現在才知道？」

面對肩膀一抖的蕾娜，西汀沒特別顧慮她的心情，繼續說下去。就好像只是在道出真實的心聲。

「我是照我的方式活著。王子殿下跟辛應該也是吧。妳也一樣，愛怎麼做就怎麼做吧……這樣的話，會起衝突也是很合理啦。」

「……可是……」

無論是起衝突，還是與你們形同陌路，我都……

†

在列維奇要塞基地的第八機庫。

機動打擊群與聯合王國的兵員，在這座建造於地下最下層的要塞基地最大機庫中整齊列隊。待機狀態的成群「破壞神」深陷於貓道的陰影之下。

「——好了，我想聯邦的諸位將士大多是初次見到我。我是聯合王國南方方面軍的維克特·伊迪那洛克。軍階太複雜了，不用記沒關係，反正再過不久就會有所更替。我不會直接指揮你們，不過呢，把我當作一名長官就是了。」

一瞬間有種難以言喻的氣氛飄過八六們之間，大概是類似「誰啊？」之類的疑問吧。有幾人的目光看看沉默地站在投影作戰圖旁的蕾娜，又看看站在前方的維克。

這種或許稱得上有失敬意的眼光，讓聯合王國軍的副長板著臉孔瞇起一眼，但維克從容不迫，看了蕾娜一眼之後還對她聳聳肩。這位少年不愧是北方大國的王室成員之一，又曾經擔任過南方方面軍的司令官。面對數千人以上的兵員，連一絲畏縮都沒表現出來。

順便一提，維克是「西琳」與指揮管制官的統括部隊長，在指揮體系上算是作戰指揮官蕾娜的下屬，同時在這座基地當中則是基地司令官，擁有最高指揮權。

「本作戰為第八六機動打擊群與南方方面軍第一機甲軍團的協同作戰。作戰目標位於本基地往南七十公里的『軍團』支配區域，亦即完全壓制龍骸山脈的龍牙大山之中的『軍團』據點。」

在軍團戰區的簡略地圖上，與配置的聯合王國部隊對峙的「軍團」部隊當中，一個代表生產據點的圖示呈現顯眼的紅色。這是在經過確認的「軍團」據點當中，位於最深處位置的大規模據點，也是在形成聯合王國、聯邦與共和國的天險國境線，如今淪為「軍團」支配區域的龍骸山脈南部，推測可能為反聯合王國戰線的司令部之一。

「主攻由機動打擊群負責，第一軍團負責支援其挺進行動——具體來說，第一軍團以聲東擊西的方式襲擊『軍團』前線據點，藉此引誘並困住『軍團』前線部隊暨預備部隊。機動打擊群趁此空隙深入敵營，入侵龍牙大山據點，加以壓制。」

配合他的說明，聯合王國軍的機甲部隊圖標往斜方向移動。它一面刻意繞過正面的部隊，一面各自攻打不同的前線據點。趁著「軍團」為了防衛而調動前線部隊與後方預備部隊所產生的空隙，從要塞基地通往龍牙大山生產據點的進軍路徑顯示在地圖上，閃爍光芒。

只是，最重要的生產據點內部地圖卻並未顯示出來。

這個據點是該地成為「軍團」支配區域後，由「軍團」建設的生產設施，人類這邊自然不可能有什麼地圖。雖然派出過幾次斥候，但據說只勉強查出據點建造在龍牙大山內部而已。

「此外，關於該據點的指揮官機——識別名稱『無情女王』，以俘虜為優先。對方是初期生產序號的……這樣講大概也看不出來吧，總之是『白色』的斥候型……儘管純屬推測，不過該機體可能有意從『軍團』提供某些情報給人類，而那可能是間接終結這場戰爭的極重要情報，因此必須以俘虜為優先。多少有點損壞無妨，但必須確保中央處理系統完好無缺……到目前為止，有疑問嗎？」

『所以，換句話說又～～是趁著把「軍團」引開時的破綻衝進去，設法解決掉敵人，再順便把敵方的蟻后抓回來的作戰是吧——……真的有夠亂來耶，哪個國家都一樣。』

不同於在第八十六區占大多數的迎擊作戰，進攻作戰需要充分做好準備。

在進行龍牙大山攻略作戰時，為了騙過攻擊地區的守兵，必須在作戰前進行旨在佯攻的武力偵察。途中聽到賽歐的怨言，讓辛目光往上一看。在積雪的針葉樹森林當中，先鋒戰隊正以小隊楔隊的隊形，於密集的樹林縫隙之間行軍。這句話還不至於是講給整個戰隊聽，而是只跟辛、萊登、可蕾娜與安琪同步下的發言。

以連綿山脈為主戰場的聯合王國戰線，由聯合王國軍與「軍團」各自占據山嶺高處，以夾在中間的狹窄谷地或低地為交戰區域（Contest area），陷入爭戰不休的狀態。這個戰區也不例外，他們先鋒戰隊踏入與三天後攻略作戰路線完全不同的方向，也才剛剛下完平緩的斜坡，現在正在攀登稍陡的斜面。周圍三個戰隊與幾公里外的偵察用「阿爾科諾斯特」的光點（Blip）映照在雷達螢幕上，而在更廣範圍的作戰圖上，則有著聯合王國機甲部隊的成群「神駒」在附近地區展開進攻。

於樹木間前進的每一架「破壞神」都將主砲換裝成輕量的非迴旋砲塔，腳部則裝有可穿透積

FRIENDLY UNIT

[友軍機介紹]

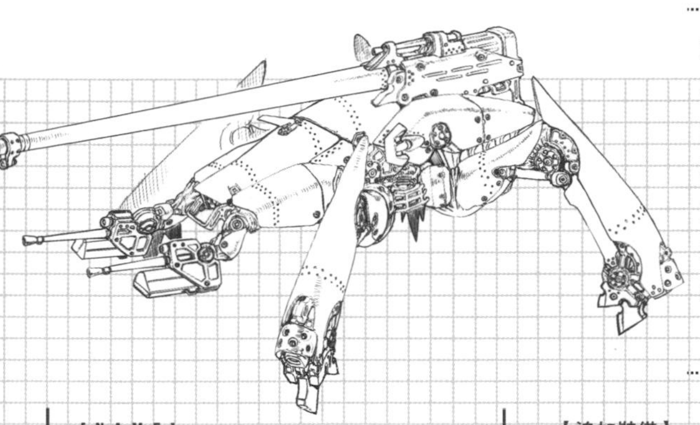

齊亞德聯邦國土多為草原與荒野，開發的機甲原本並未對應寒冷地帶或是沙漠。本次於派兵前往聯合王國之際，對積雪以及零度氣溫以下的運用做了對策，成為此種機型。

[NAME]

「XM2 女武神」

冰雪地帶式樣

【追加裝備】

冰雪地帶用冰爪 × 4（腳部前端）

※此外，以省略砲塔迴旋機構等方式進行部分輕量化，並施加了避免可動部位結凍的各種對策。

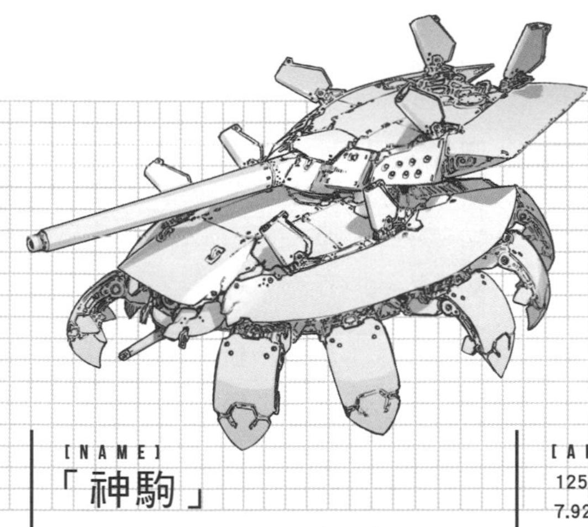

羅亞・葛雷基亞聯合王國製機甲。反映了聯合王國人員損耗激烈的內情，出於單架機體即可應對各種狀況的必要性以及重視人命的思想，成為了重武裝、重裝甲的機體。管制「西琳」的指揮管制官於前線作戰之際也是乘坐本機。

[NAME]

「神駒」

[SPEC]

[製造廠] 王屬技術院第六工廠

[全長] 7.0m／總高度2.7m

[ARMAMENT]

125mm滑膛砲 × 1

7.92mm同軸機槍 × 1（裝備於砲塔右側）

14mm迴旋機槍 × 1

40mm榴彈發射器 × 8

雪刺進結冰地的鋼鐵製長冰爪。鋼鐵抓進於漫長冬季中持續積雪，而在自身重量下凍結出的堅硬冰層，發出尖銳的破碎聲。

蕾娜透過同步問道：

『諾贊上尉……高機動型的位置，今天是否一樣停留在龍牙大山據點沒動？』

「似乎是這樣。」

辛將意識轉向如繃緊弓弦般貫通吸收聲音的寂靜雪地，自戰地彼方傳來的無生命機械尖叫，如此答道。

辛在前往基地赴任後，很快就知道前次作戰中遇到但未能消滅的新型「軍團」出現在這聯合王國的戰場上，也得知它就在壓制目標——龍牙大山的「軍團」據點裡的某處。

內藏「瑟琳」訊息的機體是高機動型，而可能正是瑟琳本人的「無情女王」則是龍牙大山據點的指揮官。兩者會共處一地或許可說理所當然。

『看來最好還是當作高機動型正在負責防衛龍牙大山據點，會比較妥當呢……我想它可能會成為龍牙大山攻略作戰中……最大的障礙。』

「關於應對方式，我想照計畫進行就不會有問題了。」

『是的，不過為了保險起見，還是再研討一下好了，等你們結束佯攻行動回來之後。』

「收到。」

至於另一邊，萊登正在回答賽歐的話。

『意思就是說，每個國家的戰況都是那些臭鐵罐占上風，搶走了主導權啦。從距離、狀況與戰力差距來想，已經比上次的電磁加速砲型討伐作戰好多了。』

『而且因為完全沒有據點內部的地圖，所以斥候工作好像全都是由「阿爾科諾斯特」負責呢。還說今後類似的危險工作，全都交給她們去做就好……可是……』

安琪似乎聳了聳肩。

『偏偏她們外型就像是跟我們差不多年紀的女生，所以心情有點複雜呢。雖然已經看過她們只穿著野戰服，一臉若無其事地在雪地裡走動的模樣就是了。』

當辛他們在此處進行欺敵行動時，幾架「西琳」正在擔任斥候，偵察龍牙大山攻略作戰當中機動打擊群預定採取的進擊路線。而且因為駕駛「阿爾科諾斯特」會被發現，所以僅由「西琳」前往。

辛的異能無法分辨「軍團」與「西琳」。「西琳」躲過幾次「軍團」集團，混雜在散布於支配區域的它們之間，已經聽不出所在位置了，不過……

……觀測到電磁加速砲型的聯合王國的無人機也是。

想到這裡，辛瞇起了眼睛。

——裝載量（Payload）啊。這樣說吧……請當作是一位嬌柔少女能攜帶的那種程度。

在研討反電磁加速砲型對策的會議上，據說聯合王國的王儲曾如此形容他們的無人機。這是在作戰結束後，辛聽恩斯特說的。當時他苦笑著說真不愧是王儲殿下，連在軍事會議上發言都如此風雅。

但並非如此。

那時的無人機恐怕也是「西琳」。不是譬喻，說裝載量等同於一位少女的攜帶量，只不過是陳述事實罷了。

她們體型比機甲小，因此比較容易鑽探查的漏洞。但如果說能夠攜帶的重量也與人類相差無幾，那麼只要扛起通訊器材與備用能源匣，就帶不了武器。為了深入克羅伊茨貝克市這個位於支配區域深處的電磁加速砲型的巢窟，連同擾亂或突破用的機體算進去，想必投入了相當多的「西琳」——然後就這樣用壞了所有機體吧。

無人死亡的人道作戰……戰死人數為零的人道戰場。

「西琳」是死人，所以這樣說或許不算錯，但是——……

至今保持沉默的可蕾娜說了：

『應該說……總覺得有點……不舒服耶。』

明明是只限五人之間的同步，講話語氣卻好像怕被「西琳」們聽見似的。

『雖然這樣好像在講人家壞話，感覺很糟……但是說穿了不就像是屍體在動嗎？我是說……我不太懂那是怎麼回事，而且覺得好可怕。』

『嗯——』賽歐似乎偏了偏頭。

『有這麼需要在意嗎？就跟「軍團」……「黑羊」或是「牧羊人」差不多嘛。只不過是差在把人類腦部的複製品，放在長得像人類的容器裡而已啊。』

『……這根本不是一句「只不過」就能算了的吧……』

『是嗎……？』

賽歐停頓了半晌，好像在稍作思考。

『可是「西琳」其實沒有大家說的那麼像人耶。她們不用呼吸，動作有不自然的時間差，表情就固定那幾種，眼睛也沒對焦。感覺就跟自走地雷差不多，只是外型多少比較像人類，又比較會說話罷了。』

這些辛完全沒去注意的差異點，賽歐卻理所當然似的一一列舉出來。或許該說很像是以繪畫為興趣——習於觀察人事物的賽歐會有的感想吧。

可蕾娜會覺得「西琳」她們很噁心，想必也是出於同樣的原因。

可蕾娜是狙擊手。而狙擊並不是只要瞄準靜止的目標開槍就好。無論是速度多快的戰車砲彈，視距離而定，在命中目標之前總會有零點幾秒到一秒程度的時間差。這點時間已足夠讓目標移動位置，不管是人類還是「軍團」都一樣。

為了命中目標，必須預測其移動方向或距離，為此需要能夠看穿細微預備動作的觀察眼力。可蕾娜想必是身懷這種本領，才會無意識地注意到人類與「西琳」之間的差異。

『而且實際上，聽說她們只是外皮做成人型，內部其實跟機甲差不多。又聽說因為勉強把構造塞進大小與形狀如同人體的容器裡，所以運轉時間跟輸出功率都受到不小的限制。』

『據說她們除了眼睛與耳朵以外都沒有感覺，肚子裡也只有動力系統與冷卻系統……不會吃飯，也不用睡覺……有點難想像那是什麼心情呢。』

『連有沒有所謂的心情都很難說喔——』

『賽——歐。』

『咦，幹嘛？』

賽歐愣了愣，但沒再開口。辛感覺萊登似乎在默默觀察自己的反應。

但辛不懂他的意思。他眨了一下眼睛，過了半晌才會過意來。原來他指的是哥哥的事。

戰死之後失去頭顱，淪為「軍團」的哥哥——雷。

辛漠然地想，其實大家用不著這麼介意。那架重戰車型的確是哥哥的亡靈沒錯，但就連辛也不知道哥哥的思維或意識是否維持原樣保留了下來。來不及援救而被「軍團」帶走的眾多戰友也是。

所以，遭到複製並改造成機械的腦組織，被人視為無情的機械而非人類，也不會特別讓他產生反感。

只是。

無意間，辛陷入沉思。

賽歐說的對，「西琳」跟「黑羊」、「牧羊人」或「牧羊犬」屬於類似的存在。只不過是重現了死者的腦組織，連屍體都稱不上的機械亡靈。

即使如此。

即使是死後被奪走的頭顱，甚至只是它的複製品，對辛而言還是哥哥。

這樣的話，同樣以戰死者腦組織為原料的蕾爾赫……那些「西琳」又是——……

換個話題，與先鋒戰隊隊長們進行的知覺同步，並不會隨時與指揮體系不同的維克相連，但直屬上官與其幕僚則另當別論。

「……莫非是以為余等沒在聽嗎？那幾個小子真是口無遮攔。」

芙蕾德利嘉一邊聽少年少女們閒聊，一邊撇撇嘴。

這次的偵察行動，辛已經事先確認過周遭沒有敵機部署，況且實際作戰時不會走這條路，雖然他們似乎並未因此疏於戒備，但好像也有多餘精神閒扯淡。

地點在列維奇要塞基地的地表區域。由於基地的指揮所尚未完成與「破壞神」的資訊鏈，因此是由「華納女神」進行指揮。

蕾娜坐在車內的指揮官席，整個人垂頭喪氣。

「真是的……雖說指揮體系不同，但聯合王國的人士還是隨時有可能跟我們同步呀。」

「華納女神」旁邊除了為防萬一出來守衛的「獨眼巨人」等布里希嘉曼戰隊機之外，另有一架「神駒」佇立一旁。

它即使揹著長型砲身的一二五毫米砲，仍然比戰車型或「破壞之杖」個頭要矮，有著粗短的十隻腳，外觀顯得有些笨重。它以兩挺重機槍與成排的榴彈發射器將自己武裝得有如魔物城堡，冬毛野獸般的蒼白裝甲與散發暗沉白光的光學感應器，讓人聯想到童話故事中的毛茸茸怪物（巨怪）。說是機甲，也並非以運動性能為重的機種。這種機體的設計思想，是在地形極端惡劣的聯合王國戰場駐足埋伏，以一擊狙殺的射擊戰為基本。

繪於裝甲上的識別標誌，是纏繞蘋果的蛇。

識別名稱「卡迪加」。這是為了進行指揮管制而增強了通訊與運算能力的，維克專用的皇室座機。

他說不好意思只讓客人在戶外待著，於是一起到外面來，現在正與蕾爾赫一同管制於攻略作戰進軍路線上行動的「西琳」斥候們。

「不過，我有點意外。我本來以為辛他們對境遇相同的『西琳』能夠感同身受……」

因為他們八六也有過相同的境遇與立場，作為「無人機的零件」被迫浴血奮戰。

然而實際上卻是正好相反。可蕾娜露骨的厭惡感算是比較極端，但賽歐也表現出一副冷漠的態度。萊登似乎有他的想法，不過基本上對此事並不關心。頂多只有安琪還抱有一點同情心。

就蕾娜看起來，他們以外的八六們，對未知的詭異機器人也大多是抱持著敬鬼神而遠之的態度。

「汝何嘗不是一樣，也不會因為同樣身為迫害者，就對獵巫或進行種族滅絕（Genocide）的獨裁者什麼的抱持親切感吧？境遇相同不會構成感同身受的理由，況且是否真的相同還很難說，對他們幾個而言也是……汝初次遇見『西琳』時不也是嚇得後退嗎？」

是指維克介紹蕾爾赫跟她認識的時候啊。

當時芙蕾德利嘉也是整個人僵住，直到事情談完之前都沒恢復過來，現在倒是隻字不提了。

蕾娜輕聲噗哧一笑。

「……說得……也是呢。」

「是吧……不過呢，好吧。」

芙蕾德利嘉微微偏了偏頭。

「或許不失為一個好機會呢。」

蕾娜低頭一看，芙蕾德利嘉正淡定地抬頭看著全像式顯示器。

「『西琳』是什麼樣的存在？以一個在戰場上探討的問題來說是太拐彎抹角，但對他們而言卻是重要的問題。那些東西是人，抑或不是人？假若不是人，那麼有哪些地方與人不同？所謂的人是何種存在，是憑著什麼而得以為人？……這些事情總有一天，將會成為他們幾個深思自身存在時的重要問題。」

「…………」

她這番話讓蕾娜想起了一件事。

機動打擊群以壓制「軍團」重要據點為任務，是用以援救他國的外派部隊。

砲聲來自龍牙大山攻略作戰時的進擊路線——「西琳」斥候們的方位。

『被發現了嗎，真是粗心……！明明死神閣下已經告知過敵人的初期位置了！』

在支配區域與交戰區域蠢動的「軍團」的悲嘆之聲一齊高漲。它們似乎以部隊為單位聚集於各處，其氣息染上了程式設計出的空虛但激烈的殺意。

其中一群離他們尚有距離的機體發出的吶喊，卡在辛的意識角落。

那是「軍團」特有的，在即將發動攻擊前會有的戰吼。但是距離很遠，位於地平線另一頭「軍團」的支配區域內。會是長距離砲兵型（scorpion）嗎？但以那種機體來說，似乎——……

「……！各機散開，將武裝選擇從主砲變更為副武裝（機槍）——上校！」

辛警覺到一件事，發出了呼喊。現在感應到的這個機體，不是長距離砲兵型。

「即將展開交戰……請警告機甲部隊，敵方有可能派出增援！」

†

自前線後退三十公里處，在「軍團」的支配區域。

於森林盡頭的積雪平原，那些「軍團」將兼作腳部的無數後座力吸收用鏟形元件（spade）打進地面擺好架式。

它們鎖上所有關節，將己身固定於大地之上，展開並伸長背上的滑軌。足足長達九十公尺的大型滑軌，前端呼地破風而過，朝向北方——聯合王國的前線。

一旁待機的斥候型爬上滑軌。這是廢除了七・六二毫米汎用機槍（GPMG），換裝成一四毫米機槍的反輕裝甲機型。它們將安裝在滑軌底部的，類似起跑器的滑梭與腳部連接起來，彷彿準備行動般壓低姿勢。啪滋一聲，紫色電光如蛇一般飛快滑過軌道。

這架揹著滑軌的「軍團」，與長距離砲兵型或對空砲兵型（Stachelschwein）一樣，都不是會出現在前線的兵種。由於它們比起砲兵種，是數量較少的特殊支援機，因此人類尚未觀測到它們的外形。

瑟琳・比爾肯鮑姆等帝立軍事研究所人員擬定了構想，並進入設計階段的這種支援用「軍團」開發代號為……

電磁彈射機型（Zentaur）。

†

聽到這句話，蕾娜懷疑起自己的耳朵。

「交戰！——你是說敵人會越過前方的偵察部隊，直接來到這裡嗎！」

一般來說會懷疑伏兵的可能性，但辛不可能沒發現到。

在知覺同步的另一頭，可以聽到維克不禁嘖了一聲。

『恐怕諾贊說的沒錯。獨立行動的機甲部隊似乎在這一刻突然碰上敵機了……真不知道是用了什麼花招。』

一旁聽著的馬塞爾猛一回神，倒抽了一口氣。

「我想應該是彈射器（Catapult）！斥候型或自走地雷之類重量較輕的傢伙有時會從天而降！」

「從天……？啊……！」

蕾娜會過意來，咬牙切齒。她在聯邦的戰鬥紀錄中看過，偶爾會有報告指出遭遇到輕量級「軍團」的空降行動，並由此推測出可能有種彈射器型「軍團」展開此種行動，但未經確認——也就是電磁彈射機型。

彈射器主要是加裝在航空母艦上，用以彌補長度不足的飛機跑道，讓戰鬥機到達起飛速度的裝置。這種裝置藉由蒸氣或電磁力高速射出滑梭，將連接於滑梭的航空器彈射出去。以手段來說雖嫌粗暴，但能在數秒內將裝載炸彈的戰鬥機加速到時速將近三百公里，是一種輸出功率龐大無比的裝置。要射出比戰鬥機輕的斥候型或更輕的自走地雷，根本不成問題。

馬塞爾的臉孔苦澀地扭曲。

「在特軍校的偵察演習中，我們有中過同一種奇襲，是跟諾贊上尉以及尤金……就是當時上尉的同梯搭檔一起，死傷慘重。雖說是輕量級，但是會冷不防遭到包圍，所以碰上這種情況會非常危險。」

†

轟！它們發出人類耳朵無法聽見的嘶吼。

一群揹著一對長條槍矛的電磁彈射機型，同時啟動它們那長槍般的電磁彈射器。

彈射出的滑梭牽引著收納了十多噸重的斥候型，以及一個小隊數量的自走地雷的投擲用膠囊，剎那間衝過九十公尺的滑軌。滑梭在軌道末端達到最高速度的同時解除鎖定，投擲出的輕量級「軍團」一邊上升一邊點燃加裝的火箭助推器，拖著火焰尾巴往更高的空中飛去。

眨眼間機體已達到所需的高度，燃燒完畢的助推器自動分離。「軍團」在受到重力牽引著墜落之前，展開了拋棄式的透明折疊翼。

掌控萬物的星球引力捉住了機體。張開的翅膀抓住墜落的強風，撕裂大氣進入滑翔態勢。

從結凍的天頂，飛往積雪的地面。「軍團」開始往輸入的座標筆直降落。

†

於地面附近卸除滑翔翼的「軍團」，張開腳部降落在地。斥候型是用上六條腿，而在卸除滑翔翼的同時從膠囊湧出的自走地雷，則如野獸般以雙手雙腳著地。

雪煙與地鳴響徹冰雪樹林之間。負責搜索敵蹤的斥候型，將它高感應度的複合式感應器炯炯有光地朝向四周——

接著。

「——開火。」

隨著辛一聲令下，埋伏的一群「破壞神」站起來，用格鬥手臂的機槍掃射敵群。

斥候型與自走地雷都是對人戰鬥用機種，裝甲輕得可以用彈射器投擲，因此防禦薄弱。面對連堅固車輛的引擎都能射成碎片的重機槍子彈風暴，它們無計可施，連遇敵的報告都送不出去就被射成蜂窩，癱然倒地。

確定亡靈們的叫喚全數止息後，辛將意識轉向下一批「軍團」的降落預測位置。

不同於長距離砲兵型描繪出拋物線的砲擊，空降行動能藉由滑翔時的姿勢控制改變降落地點，難以預測落地位置，不過在這座森林戰場上另當別論。著陸需要某種程度的開闊空間。在這恐怕有幾百年樹齡的針葉樹繁茂生長的森林裡，適合的地點實在不多。辛能夠追蹤滑翔的軌跡，要預測目標地點不是難事。

「——瑞圖，方位三三〇。滿陽，戰隊正面……一落地就開火。」

『收到～～』

『收到嘍！』

跨越森林樹群的壁壘，重機槍緊咬不放的咆哮轟然響起——只是，數量很多。在迎擊的過程中，樹林之間又增加了更多其他悲嘆。用部分人員擔任誘餌，其餘繼續進軍。這是「軍團」特有的冷酷計策。

漸漸就要來不及應對了。

彷彿看清了這點，知覺同步啟動，維克說話了。

雖然是越權行為，但包括蕾娜在內，誰也不介意。

『諾贊，彈射器由我們這邊擊潰，你們專心對付那些硬著陸的傢伙。』

在他的聲音後方，隱約聽得見砲聲連續響起。那是多架榴彈砲的射擊聲，應該是要塞基地的固定砲塔。

疑似彈射器的一群敵機不再發出聲音。辛猜出是被榴彈掃蕩了，於是將意識放回周圍的敵機身上……原來如此，訓練真精良。不愧是十年來在這條山脈遏止「軍團」犯境的軍隊。

「——收到。」

『——砲術班呼叫「卡迪加」。壓制已完成。』

「在原處待機，一有人員提出請求就給予支援。」

『遵命。』

聽了基地砲兵部隊長的報告，維克點點頭，意識轉向他的近衛騎士。

「蕾爾赫。」

『下官在。』

透過共和國或聯邦稱之為「知覺同步」的特殊通訊方式，對方反應迅速地做出回應。行軍中交由她指揮的「西琳」們，陸陸續續切換為由維克掌理。

通常指揮管制官一次能夠管制的「西琳」人數，約為一個分隊四人到一個中隊六十人。相較之下，維克能同時管制一個大隊兩百多人，找遍聯合王國無人能及。

「讓他們見識一下吧。」

「謹遵吩咐，吾主。」

蕾爾赫在她的「阿爾科諾斯特」——識別名稱「海鷗」的駕駛艙內做出回應。單色光學螢幕的幽光，映照在沒有眨眼的翠綠雙眸中。

據說她那仿造得一如人類的人造眼球，就連維克也是費了一番工夫。

然而機能與原理，實際上就跟機甲的光學感應器沒兩樣。能夠聽見主人聲音的耳朵也是……至於味覺或嗅覺，以及溫度感覺或痛覺等等，更是根本沒做重現。

自己與其他人，終究不過是模仿人形的機械罷了。

不是人類。

「『西琳』一號機，蕾爾赫——前來候教。」

躲過迎擊，成功與友機會合的「軍團」如泉湧般從陰暗森林爬出之後……

『——展開夾擊……請注意不要誤傷自己人！』

「阿爾科諾斯特」從樹林狹縫中犀利地一躍而出，蕾爾赫的警告聲同時在無線電與知覺同步中響起。

儘管如此，辛仍然緊張了一瞬間，是因為從「阿爾科諾斯特」身上聽得見亡靈們的悲嘆。那是據說以麻醉讓瀕臨死亡者失去意識後摘取的腦部發出的臨死之聲。不是話語，是伴隨著寧靜的聲音，哀切地持續懇求得到安息的，亡靈們的悲嘆。

辛嘖了一聲，覺得實在很難應對。他無法分辨差異，特別是在這種敵我不分的混戰當中。

加強冰原戰場性能的「阿爾科諾斯特」們，絲毫不受結冰的立足點影響，以機敏的身手散開，從三個方向接近「軍團」部隊的最後排。

它們與「神駒」同樣擁有五雙總共十隻的腳，但具有截然不同的節肢狀腳部。再加上讓人懷疑究竟有無裝甲的小型胴體駕駛艙，外觀讓人聯想到幽靈蜘蛛。蒼白的烤漆與冰雪陰影融為一體，機體配備著與冰雕般身姿格格不入的，巨大的一〇五毫米口徑火砲式短管發射器。

喀鏘！機體發出鋼鐵爪子貫穿冰層的獨特足音，以小幅跳躍在樹木狹縫間穿梭，或是迅速爬上粗壯的樹幹，在樹上疾馳。機體重量似乎比「破壞神」更輕，設計思想近似於著重高機動戰鬥的「女武神」。

不只後方，還來自爬上樹林的高處。冰雪蜘蛛們宛如飢餓的冬日野獸，襲向正要回頭的「軍團」。

只要趁著空降部隊彈射完畢前用火砲擊潰電磁彈射機型，再來就剩戰鬥能力較差的斥候型與自走地雷。除非數量太多，否則身經百戰的八六們不會輕易輸給這種對手。

然而獨立行動的機甲部隊除了應付「軍團」空降部隊，還得對付蜂擁而來的，以戰車型為主體的「軍團」機甲部隊援軍，似乎稍稍陷入了苦戰。

「——諾贊上尉，別動隊被敵軍超越了。兩個中隊規模，其中包括近距獵兵型（Grauwolf）與戰車型，屬於一般編隊，請留意。」

『收到，上校，我去迎擊……可蕾娜，妳掩護我。萊登，這裡交給你了。』

『蕾爾赫，妳帶兩個小隊跟上。好好跟人家學學。』

『遵命。』

在「華納女神」的主螢幕中，「破壞神」與「阿爾科諾斯特」的混成部隊開始移動，不久就與「軍團」兩個中隊開始戰鬥。他們繞到「軍團」前進路線的側面埋伏，先故意讓敵機通過，再咬住其側腹部來個開腸剖肚，這是辛的常用戰術。

大概是在「神駒」的駕駛艙看到同個戰況了，維克透過知覺同步說：

『……真是驚人。汎用機型……而且還是有人機，竟然能善戰到這種地步。』

他的聲調中帶著明顯的感佩，讓蕾娜無聲地笑了一下。研究班與整備人員都為了應對雪地戰盡心盡力，而且八六們的本領受人敬佩，也讓她好像是自己被稱讚一樣高興。

『能與「阿爾科諾斯特」——無人機的機動戰鬥比肩的駕駛員，就算找遍聯合王國也沒幾人，而且還是用趕工打造的雪地式樣……如果有時間，真希望能請他們教教「西琳」。她們毀壞了有辦法替代，但也因此傾向於強行突破困境，而不是磨練本領。』

「謝謝稱讚，不過我也很吃驚……沒想到偵察部隊的四十人與八名斥候，竟然全由你一個人操縱——」

『一些細微的判斷會交給「西琳」自行決定。不過擊破的優先順序或進軍路線就得由我這邊下指示了……比起妳在第八十六區對八六做的指揮，我只是多做了點細部指示罷了。』

「那麼維克，由你來看『女武神』有沒有需要改進或令人不安的地方呢？」

維克想了幾秒。

『如果可以，我會想替雪地裝備做點細部調整。到攻略作戰還有幾天時間，我可以抽空派人做調整……不然乾脆讓八六們試用看看「阿爾科諾斯特」如何？我認為也該聽聽他們使用後的意見。』

意想不到的提議讓蕾娜眨了眨眼。

「可以駕駛嗎？我是說……人坐得上去嗎？」

『妳以為「西琳」們為什麼要採取人類外形？如果沒有互換性，當搭乘者或機體短缺時不就糟了？而且駕駛員在戰場上失去座機時，附近的「西琳」也可以讓出座機……我們聯合王國的戰場，實在不適合讓一個血肉之軀長時間待在外頭。』

這番話……

以大陸最後一個君主專制國的統治者之一，冷血無情的毒蛇來說，算是稍微帶有不協調感的……純粹惋惜人命的發言。

『真要說起來，戰場本來就不是人類該待的地方。如果可以，我很希望至少能用「西琳」取代駕駛員，但想成為指揮管制官需要天分……而士兵們也有身為士兵的尊嚴與反感。一旦他們表示不想把王國的命運託付給噁心的機械人偶，那我也沒轍了。』

雖然不同於哀憐或哀悼……但似乎也不像是牧場主人捨不得損失家畜的心態。

「……維克，可以問你一件事嗎？」

『嗯？』

「關於蕾爾赫，她為什麼──為什麼只有她維持著人類的外貌呢……？」

她有著宛若人類的金髮，額上也沒有仿神經結晶。

而且雖說是兼任護衛，但不像其他「西琳」平常會關閉電源收納，維克總是帶著她在王宮甚至個人房間走動，其原因究竟是……

『──喔……』

維克第一次含糊其辭了。

『……抱歉，我可以不回答嗎……？』

畢竟是高機動力的機甲兵器之間產生激烈衝突。互相躲避正面砲火的機甲戰，必然會呈現敵我不分的混戰場面。

在地形惡劣的雪地戰場，辛著重於近身白刃戰的「送葬者」多少比較吃虧。他避開近身戰鬥，徹底進行搜敵與誘敵，將敵機引誘至戰友們建構的包圍網當中。榴霰彈與機槍掃射、狙擊與砲擊的輪番攻擊，將踏碎結冰地面猛衝的戰車型玩弄於股掌之間一一擊毀，又將即使在積雪森林裡照樣展現出自在高速機動性能的近距獵兵型逼入絕境，給予痛擊。

一旁的「阿爾科諾斯特」們也以四機分隊與「軍團」對峙，按照基本戰術反覆進行戰力分割與各個擊破。

看來果然是與「女武神」同屬輕裝甲的高機動戰式樣，而且還是近似於「送葬者」，以近身戰鬥為重的機種。運用可以從同個砲身發射成形裝藥彈（HEAT）與反戰車飛彈的一〇五毫米火砲式短管發射器，以極近距離的砲擊接連屠戮「軍團」。

只是……

『——以損耗為前提啊。』

萊登低聲喃喃了一句。

幾架「阿爾科諾斯特」即使被機槍炸飛腳部，照樣抓住戰車型，就像成群禿鷹活生生撕裂一頭野獸般同時開火。

為了攔阻前去掩護友機的成群近距獵兵型，就憑一架機體擋住它的去路。

當近距獵兵型追殺到樹上時，它們主動抓住敵機，一起墜落高達十幾公尺的高度，又或是憑一架機體吸引成群自走地雷的注意，被十架以上抓住，最後衝向附近的戰車型一起炸燬。

跟八六或聯邦的「破壞之杖」部隊那樣，以多架機體聯手與「軍團」對峙的方式並不同。打從一開始就是以犧牲部分隊員進行誘敵、拖延或捨身突擊為前提的作戰與行動。而任何一個「西琳」對這都沒感覺到任何疑問或恐懼。就是差在這種果斷與毫不遲疑的地方。

是甘願成為消耗品之人才有的態度。

『這下子看來，最好考慮一下運用方式喔。照這樣削減下去，攻略作戰的去程還好，回程會出狀況。』

「嗯……」

辛回話到一半，注意到一件事而停了下來。在左前方，描繪出急轉彎曲線消失於樹林遠處的山野小道前面，他的異能捕捉到與「阿爾科諾斯特」們交手的部分「軍團」突破了它們的防線。

他視線銳利地轉向該處，只見兩輛戰車型沿著山野小道現形了。

戰車型的感應器能力很差。可能是原先沒偵測到「送葬者」就在彎道前方，戒備著另一方向的砲口於一瞬間空白後旋轉過來。然而當它瞄準目標時，以最大戰速突擊的「送葬者」早已接近到它的極近距離內。

「送葬者」以倒樹為立足點，壓低姿勢銳利飛出，在跟第一輛的側面擦身而過之際一刀砍去。接著再以其後腳作為踏腳台，一個跳躍躲開第二輛的砲擊，對著砲塔上部賞以八八毫米砲彈還以顏色。

兩輛戰車型不約而同地頹然倒下，「送葬者」也幾乎於同一時間掀起雪煙著地。

急急忙忙追上來的「阿爾科諾斯特」呆愣地站在原地的模樣映照在螢幕上。

繪於機身的識別標誌為白色海鳥。是「海鷗」——蕾爾赫的座機。

『……真是驚人，不愧是第八十六區的死神閣下……想不到人類居然能單騎打得戰車型無法還手。』

「妳們那邊剩下的『軍團』呢？」

『咦？……噢，隊員們在解決它們了。非常抱歉，我等疏忽大意，還勞煩閣下動手。』

她說話的同時，「海鷗」的藍白色光學感應器左顧右盼，在兩輛戰車型的殘骸上來回梭巡。

確定兩架機體皆已完全停止運轉後，藍白色的光芒換成在「送葬者」身上打量。

『真佩服您如此從容自若，能將這架簡直不受人類控制的悍馬駕馭自如。』

「習慣了。」

辛淡定地回應。

在第八十六區戰鬥就是不習慣就得死，而無法適應的人——身體跟不上的人，早就無力戰鬥而一一死去了。

『習慣了……原來如此。那麼第八十六區，想必是相當嚴苛的戰場吧……』

蕾爾赫分明不具有呼氣的功能，卻嘆息似的說道。「海鷗」的光學感應器再次轉向「軍團」的殘骸。

『……死神閣下，假若……』

就在這時，她那小鳥啾鳴般的嗓音……

純粹像是問一件芝麻小事般，結結巴巴地問了：

『假若捨棄您那人類肉身，能夠獲得更高度的戰鬥性能，死神閣下會為了戰鬥到底選擇捨棄嗎？』

一瞬間，辛沒聽懂她在說什麼。

然後一會過意來的瞬間，就連辛也不禁感到一陣戰慄。

「妳是說——」

『在循環系統加裝搏動輔助器，再將下肢換成收縮力較強的人工肌肉，就能預防黑視症。將血液替換成人工培養品，就能提升氧氣的搬運效率。真要說起來，不易承受衝擊的內臟，在現代的高機動戰鬥中只會礙事……這一切在聯合王國雖然還在實驗階段，但都是可能實現的技術。儘管只有腦部的脆弱無法解決，然而我等「西琳」就連這點都克服了——假若能夠得到這些，您會想要嗎？得到這份力量，藉此戰鬥到底？』

「…………」

這的確是……

為了對抗「軍團」——如果只為了戰勝它們，這的確是有用的手段。

「軍團」之所以能讓人類兵敗如山倒，全都因為它們是只為戰鬥而製造出來的存在。人類具有一堆在戰鬥中派不上用場或是於己不利的功能，自然不可能與整個存在全著重於戰鬥的「軍團」平分秋色。

但是假如將這一切全數廢除……戰鬥中不需要的內臟，以及不適合戰鬥的血肉盡皆拋棄，替換為更具效率的機械，確實是可以提升戰勝的機率。

然而——即使如此。

就連辛沒有特別保護什麼，也沒有特別獲得什麼，身為純粹以戰鬥到底為驕傲的八六，都不這麼覺得。

不覺得——寧可捨棄血肉之軀，也要戰鬥到底。

對於無法作答的辛，蕾爾赫笑了。

笑意中夾雜著些許嘲弄。

同時，也帶有淡淡的安心。

『——說笑罷了，請您忘了吧。』

「妳……」

機械少女淺淺地，淡淡地笑了。

『敵人要來了，死神閣下……請您忘了吧。』

「破壞神」與「阿爾科諾斯特」會合後，很快就展開了「軍團」空降部隊的掃蕩戰，稍晚之後聯合王國的機甲部隊也成功擊退了「軍團」的機甲部隊。

在那冰雪地帶戰鬥的空檔。

『——一群急著尋死的鳥妖。』

巧的是處理終端與聯合王國軍駕駛員低聲說了同一句話，但沒人聽見。

辛聽見飄零粉雪般輕細的亡靈悲嘆，目光反射性地轉去一看，只見倒臥在那裡的不是「軍團」，而是「阿爾科諾斯特」的殘骸。

辛鬆開扣住扳機的手指嘆口氣，覺得這樣實在很棘手。「軍團」與「西琳」的悲嘆，由於原本同樣都是死者，導致辛無法聽出差異。當然，「破壞神」的系統會將「阿爾科諾斯特」判定為友機，但機體像這樣半毀時就很難判斷了。

既然聽得見悲嘆之聲，可見駕駛艙內的「西琳」應該還沒死。

或許還有餘力拉她出來。

確定周圍沒有「軍團」會立刻接近過來後，辛打開了「送葬者」的座艙罩。

打開「阿爾科諾斯特」的座艙罩費了一點工夫，不過那是因為座艙罩不在正面，而是採用背面裝甲往上彈開的形式。考慮到正面防禦的問題——以保護乘員為第一考量的話，或許是該這麼設計，但以辛的感覺來講，老實說他覺得很恐怖。

輸入緊急用的共通密碼後，伴隨著壓縮空氣洩漏的聲音，座艙罩向上彈開。在窄小的駕駛艙裡，「西琳」將上半身轉過來，拿突擊步槍——聯合王國制式的七・九二毫米口徑——對準了辛，然後顯得很尷尬地把槍口放下。

她有著以少女來說較高的個頭，以及紅得過火的髮色。記得識別名稱（名字）應該是叫柳德米拉。

「失禮了，諾贊上尉。我以為是自走地雷爬到了我背後。」

沒錯，將背面裝甲做成座艙罩時，萬一被敵人強行撬開，乘員就會遭受到來自背後的襲擊。再加上座椅限制了射擊角度，碰上動作迅速的「軍團」絕對來不及應對。

「提高警覺是當然的，不用放在心上……妳能動嗎？」

看到辛伸出手來，柳德米拉先是一愣，然後苦笑了。

「殿下明明告訴過各位，我們『西琳』是無需救助的齒輪人偶了。」

「你們戰況不是已經告急到需要跟聯邦聯手了嗎？……至少不用連好端端沒壞的東西都廢棄

重做吧。」

柳德米拉沒回答，只是加深了苦笑。

辛拉著她交給自己的手，從半毀的「阿爾科諾斯特」裡將她拖出來。的確很重。

而且一碰就知道，手掌很冰。

是不具生命之人的冰冷溫度。

她的原型似乎是一位年輕男性。與眼前少女截然不同的低沉嗓音，用不具言語的人類聲音悲嘆不已。

訴說著思歸之意。

「軍團」以及其他眾多「西琳」都是……就跟如今已然逝去的哥哥亡靈，以及少數仍舊留在戰場上的戰友們的亡靈一樣。

「……還是說——」

問題一不小心脫口而出。

辛想都沒想到自己會問這種問題。

「妳其實並不想獲救？」

寧可就這樣遭到棄置，然後毀壞。

繼而——迎接該有的死亡？

柳德米拉一瞬間睜大了眼睛，然後笑逐顏開。

「怎麼可能？我這具身軀是聯合王國的劍與盾。」

那種聲調與表情，彷彿由衷感到光榮。

別說辛這個沒有祖國的八六，就連在聯邦遇過的幾名軍人，也不具有這種言論與感情。

生為供人利用的工具，不是接受現況而是引以為傲。

非人存在的……驕傲。

「當我劍斷盾毀之時，必拖著我等祖國的敵人共赴黃泉。因為我們就是為此，才會希望能留在戰場上呀。」

……儘管封閉在她體內的亡靈，悲嘆的是不同的心願。

「——大致上好像都解決乾淨了，是不是該撤退了？」

安琪環顧失去敵機蹤影的戰場說道。層層重疊的樹木，堵塞了冰雪戰場的視野。左手邊的樹林對面似乎有條大型溪澗，附近的水流似乎都匯聚於此，轟轟低吼的流水聲在岩壁間迴盪，斷崖的高度似乎相當高。

這次武力偵察的目的純粹只是欺敵與聲東擊西，可以說與敵方部隊接觸並發生戰鬥時，就已經達成了目的。能夠得知敵軍部署了電磁彈射機型，也算是一大收穫。

『就諾贊上尉的搜敵能力來看，這附近還有敵機嗎？』

相隔約莫十公尺的距離，駕駛「射手座」前進的達斯汀問道。這位小隊當中訓練程度最低的共和國人，都是跟安琪組成兩人小隊(Buddy)展開行動。

總而言之，安琪聳了聳肩。

只有當待在辛附近的時候，直接分享辛的異能捕捉到的「軍團」位置資訊才有意義。因為藉由知覺同步傳來的亡靈位置是以辛為基準，而且……

「每次有新人加入，我們都會提醒這一點……就是最好不要太依賴辛。雖然辛的異能確實精確到教人害怕……但也不是每次都能對大家提出警告。」

因為，假如有一天，大家陷入失去辛的狀況時……以前一味依賴他的人，以後就會失去戰鬥能力了。

過去在第八十六區時安琪會接著說完這句話，但現在她吞了回去。那時他們註定會在從軍之後的五年內死亡。因為這是早已確定的，所以她會這麼說。

但現在不是了。

既然如此就不用說了，她也不想說。

她不願想像那個沉默寡言的少年同胞死去的模樣——正因為他一天到晚陷入生死垂危的狀況，所以更是如此——而且據說講出口的話，當中會隱藏著化為真實的力量。

她是聽凱耶說的。

那個在第八十六區第一戰區的最終處理場，頭顱落入敵軍手裡，淪為「黑羊」的戰友。

達斯汀似乎在細細斟酌這句話的含意，沉思默想了片刻後點點頭。

『……說的也是。況且如果一直依賴上尉，他負擔一定也很大。』

安琪稍微張大了眼睛，繼而露出微笑。

據說達斯汀原本是個優秀的學生，還在共和國的建國祭負責演講。事實上他吸收學習得很快，而且總是自己動腦，進一步深思別人教他的事情。

即使如此安琪還是沒想到，共和國出身的達斯汀會顧慮身為八六的辛。

「就是呀，希望你可以盡量——不要讓他太勉強自己……啊。」

在對話當中仍然眼觀四方的安琪，這時發現到了某種東西。在視野邊緣，樹林的另一頭，有個東西正在往斷崖下方移動……是森林裡的野獸，或是……

『我去。』

「拜託你了……小心點喔。」

接著「射手座」移步前進。他壓低姿勢以提防槍擊，慢慢地探頭看過去。

『————什麼東西……？』

「少尉？報告狀況要精確……」

『不是「軍團」，沒有類似的東西，只是……』

「射手座」光學感應器的影像透過資訊鏈傳送過來。由於達斯汀正在凝視目標的關係，畫面自動跟著擴大。

那是個高低差大到讓人毛骨悚然的斷崖。河川在遙遠的下方滾滾流過，於遠古時代由冰河削切出的鋸齒狀岩壁，在左右兩邊傲然聳立。

而在兩面岩壁的各個地方……

「砲彈……！」

不知是一二〇毫米戰車砲彈，還是一五五毫米的同種子彈。只勉強露出圓形彈殼底部的砲彈，隔著間隔一字排開，埋進了岩壁上。

既然彈殼還在，就不會是試射或什麼射在上頭的砲彈。是某人——恐怕是「軍團」為了某種目的埋進去的。

一發現到連接引信部分的帶狀物體的瞬間，安琪起了一身雞皮疙瘩。這是——……

「葉格少尉，快退後！上校、辛，你們當心！」

安琪等不及重新連接知覺同步就大聲喊了出來。某種東西映入了「射手座」的視野。從受過複雜切削的岩石表面縫隙間爬出來的自走地雷一認出「破壞神」，就伸手去抓連接火藥的導火線，將它抱進含有高性能炸藥的胴體懷裡。

「退路被設了陷阱——……！」

啪地一下放射出閃光與衝擊波，自走地雷自爆了。火苗沿著導火線燒到砲彈的引信，點燃彈藥並接連將其引爆。

兩人站立的附近一帶——針葉樹林與結凍的大地，在一瞬間內坍塌下陷。

†

看來自己被沖走了很長一段距離。

安琪千辛萬苦才爬上堆積著倒樹或砂土的河岸，看看座艙罩打開而一半淹水的「破壞神」，嘆一口氣。

「……有沒有受傷，少尉？」

「還好，沒有。」

幸好駕駛的是「女武神」。假如是設計與組裝偷工減料，座艙罩與本體之間留有空隙的——遑論什麼防水性的共和國鋁製棺材，現在早就溺死或凍死了。

即使如此，爬出機體時仍然稍微弄濕了身體。太陽在他們昏倒的期間早已西沉，在停止下雪卻反而變得更冷冽的空氣中，安琪撩開快要結冰的頭髮四處張望，隨便哪裡都好，想找到一處可以勉強遮風避寒的地方。

在陡峭斷崖圍繞的谷底河邊，有一間彷彿陷進懸崖岩壁的圓木小屋，兩人姑且先到裡頭避難。

大概是狩獵小屋之類，在聯合王國的冬季山野之中，用以度過幾天時光的設備。

室內陳設雖然粗陋，但蓋得很堅固，在僅此一間的房間深處有個大壁爐，似乎還能用。運氣真好。

「要在這裡等待救援嗎？」

「只能如此了吧。『破壞神』沒能源了，而且現在也不能使用知覺同步。」

氣溫低於零下，同步裝置又是金屬製品，害他們剛才差點沒凍傷。

「待在這裡可以遮風避雪，我想應該不至於凍死才對……不過……」

安琪想起一件事，嘆了口氣。駕駛艙裡備有折疊式槍托的突擊步槍，雖然跟槍套裡的手槍一起帶來了，但是……

「自走地雷也就算了，假如其他『軍團』跑來，就有點難對付了呢。」

「——遇難？」

「大概就是這麼回事。」

儘管時值晚春，但這麼少的人數在雪山裡孤立，辛自不待言，就連平時從容不迫到傲世輕物的維克，表情也不免顯得僵硬。

地點在列維奇要塞基地的會議室。一行人雖然得知安琪與達斯汀兩人摔落懸崖，但因為需要補給，再加上支配區域深處的「軍團」有發動攻擊的徵兆，於是不得不撤退，一回到基地就召開了這場緊急會議。

萊登、賽歐與可蕾娜都還穿著機甲戰鬥服，準備好一做完最低限度的補給，就立刻外出搜救。神色不安的蕾娜與神情嚴峻的維克，正在從地形研擬搜救範圍。

摔落的地點是一座深谷，因此收不到「破壞神」的訊號，知覺同步也連不上，目前就連兩人是生是死都無法確定。

「唔嗯。」芙蕾德利嘉傲慢地鼻子一哼，站了起來。

「汝等所有人似乎都忘了，此種時候正該輪到余上場啊。」

「啊！」蕾娜叫了一聲。

「只要有羅森菲爾特助理官的異能，就能找出兩人的所在位置了呢。」

「嗯，儘管交給余吧，米利傑，看余三兩下就把迷路的大姊姊與達斯汀那小子找出來。」

芙蕾德利嘉得意地盡量挺起平坦的胸脯，睜開了「眼睛」——

然而。

「瞧，找到了！這裡是…………………」

沉默降臨四下。

一段極其漫長的沉默降臨室內。

「……………這裡是哪裡啊！」

屏氣凝神地等著她下一句話的蕾娜，虛脫得差點沒摔倒在地。

辛嘆一口氣問個問題。雖然他早有預感……

「芙蕾德利嘉，總之妳先看看周圍有什麼東西。」

「呃呃……」

芙蕾德利嘉似乎正在拚命環顧四周。她讓一雙紅瞳繼續散發微光，小腦袋瓜轉來轉去。

「……有雪！還有山！」

那是當然了，畢竟是雪山嘛。

「有沒有什麼能當成目標的顯眼物體？」

「呃呃，這個嘛，兩人待在一間老舊的倉庫裡…………右手邊有棵大樹！」

那是當然了，以下省略。

她所謂的倉庫八成也是狩獵小屋或類似的什麼，但這種小屋其實到處都有，算不上太有用的線索。

「看得見星星嗎？」

「看得見，可是，呃，余不會觀星……」

那倒也是。

「北極星……可能也認不出來吧。如果我跟妳解釋，妳有辦法找到嗎？」

「呃呃，這……星星太多了，看起來都一個樣……」

原來如此，完全行不通。

其實想也知道。辛有過雪地山野的戰鬥與潛伏經驗，也曾經在孤立無援的狀況下險些遇難，覺得並不意外。雪山這種地方，就是會讓人完全無法掌握自己的所在位置。

順便一提，維克從剛才就趴在桌上一抖一抖地痙攣。

看來是笑到發不出聲音了。

「我了解了，那就只能一步一步慢慢搜索了。」

「抱歉……」

芙蕾德利嘉垂頭喪氣，顯得很氣餒。

辛輕輕拍了拍她那顆小小腦袋，完全是無意識下的動作。

「能夠得知兩人平安無事，而且看得見星星……表示天氣放晴，這樣就夠了。假如他們那邊在颳暴風雪，就無從找起了。」

「……嗯。」

好不容易笑夠了的維克也站了起來，不過眼角還泛著淚水。

「話雖如此，但晴朗的夜晚反而比較冷，不趕緊救出他們就糟了……我這邊也派出人手，得盡早找到他們才行。」

使用從駕駛艙帶來的求生工具包裡的防水火柴與固體燃料，配合小屋牆角剩下的木柴替壁爐生火後，其他就沒什麼事好做了。

安琪脫掉弄濕的戰鬥服外衣，改為披上同樣取自求生工具包的毛毯，注視著燒得還不夠旺的壁爐。

孤身受困於戰場或是險些遇難，在第八十六區都是家常便飯。所以安琪雖然急忙找了個地方避難，但並沒有特別感到焦慮或不安。

只是。

安琪緊緊抿起了嘴唇。

那時候……有另一個人，從最初的戰隊就一直陪在她身邊。

現在已經不在了。

不在人世了。

「……艾瑪少尉？」

「沒什麼……噢，叫我安琪就可以了。記得我們應該是同年齡吧。」

安琪也看過去，只見達斯汀也一樣脫掉了外衣，披著毛毯。搖曳的火光映照在白銀色的瞳孔裡。

那是白系種特有的，具有銀白色素的眼睛。

要是自己也擁有那種色彩的話……

安琪看著他或蕾娜的時候，有時會忍不住想——那樣的話，自己跟媽媽就不用被趕進強制收容所了。

她並不想當一隻白豬，在牆內過活。

在第八十六區遇見的夥伴，每個都是無可取代的摯友。

即使如此，假如問她是否慶幸能被趕進去並關在強制收容所與第八十六區……答案絕對是否定。

外貌一如月白種的母親，為了設法保護幾乎與月白種如出一轍的女兒而染上了疾病，像一塊破布般死去。

還有本來應該是父親的男人，說過的那句話。

至今仍無法抹滅的那句話。

「可以問你一個問題嗎？」

問句無意識地脫口而出。

「為什麼志願加入這個部隊？」

白銀眼瞳偷偷回看她一眼。

「理由我不是說過了？我必須洗刷共和國的汙名。」

「我不認為就只有這個理由。」

你明明有理由不用戰鬥。

「…………」

達斯汀注視著爐火不說話。

就在安琪快要忘記自己問過的話時，他輕聲說了：

「我雖然是白銀種，卻是出生於帝國。」

安琪心頭一驚，睜大雙眼。

達斯汀只注視著壁爐的火焰，不看安琪。

「我在毫無印象的小時候，就跟爸媽一起搬到共和國，然後直接獲得了公民權，所以沒有半點帝國人民的意識。但我本來——其實是帝國人。」

「我以前居住的地方是第一代移民群居的新市鎮，在小學甚至只有我一個白系種。然後……『軍團』戰爭開打，只有我跟我的家庭，沒被列入強制收容的對象。」

達斯汀邊說邊回想。

那天晚上，他覺得外面好吵。母親看過外面後，鐵青著臉叫他絕對不許往外看，然後到了隔天……

達斯汀一如平常地去上學……發現全校只剩下自己一個學生。

「這不是很奇怪嗎？比方說諾贊上尉只是爸媽在帝國出生，上尉本人明明就是出生於共和國。他跟我一樣都是帝國血統，跟我不同之處在於他是出生於共和國……可是上尉卻被送進收容所，而我不用。照理講應該是反過來吧，因為他們是拿帝國血統當藉口，可是結果並非如此。學校那些同學也都一樣，明明只有我一個人留下來說不過去，卻只有我一個人能躲在牆內。」

只因為達斯汀……因為他們一家人是白系種。

「所以，我不覺得這件事跟我無關，一直覺得應該設法阻止……只可惜太遲了，而且到頭來我什麼也辦不到。」

——這種狀況要持續到什麼時候！

那天晚上，他在建國祭的演講中喊出了這句話。就在那沒能得到現場國民們半點反應的祭典之夜，共和國滅亡了，原因是「軍團」的入侵。

「……這樣啊。」

安琪將臉埋在雙腿間，只回了這麼一句。但達斯汀聽出她是想不到其他話可以回答。

沉默再次落入戰地夜晚角落的一小間狩獵木屋之中，帶著比之前少了一點尷尬的寧靜。

話說回來，木柴火堆要燒得夠旺需要時間，當然，小屋裡的空氣還是冰冷的。

身旁傳來一個小小的噴嚏聲，一看，安琪似乎覺得有點冷，在摩娑自己的肩膀，於是達斯汀果斷地把披在身上的毛毯遞給了她。

「……這給妳。」

他把毛毯硬塞給愣愣地眨眼的安琪。

「兩條都蓋上，這樣應該會好一點……聽說女生的身體不適合受寒。」

「……謝謝你。」

但是安琪考慮了一下，她似乎是覺得帶點藍彩的銀髮還是濕的，會弄濕人家借她的毛毯。她在後腦杓將整把頭髮用力扭轉盤起，緊緊纏繞好之後再將髮尾塞進去，靈巧地固定住。

當她舉起雙臂時，毛毯與襯衣的衣襟稍稍滑落了一點。

看到在黑暗夜色中依然眩目的白皙肌膚露出一部分，達斯汀急忙想別開目光，然而不巧看到的傷痕讓他倒抽一口氣，變得無法轉移視線。

那傷痕似乎寫著——妓女的女兒。

疑問不禁直接衝口而出：

「那個不能消掉嗎？」

共和國過去曾經擁有相當先進的瘡疤治療技術，聯邦想必也是一樣。也許沒有辦法完全去除，但至少應該能比現在淡化一點。

安琪看看達斯汀的視線方向，然後露出一絲笑意。

笑得有點虛偽不自然。

「哎呀，真對不起，很難看吧。」

「啊，不是，我不是那個意思……」

該怎麼說才最能夠避免碰到她的舊傷？達斯汀邊想邊開口，但到頭來還是沒能整理好想法，就直接說出了真心話：

「因為看起來……很痛。」

安琪頓時露出了大感意外的表情。

「那應該不是什麼重要的傷痕吧。既然這樣……我只是覺得或許沒必要特別去背負它。」

意想不到的一番話，讓安琪眼睛眨啊眨的。

然後她緩緩地露出了微笑。

「……也是。」

比方說對辛而言，脖子上的傷痕是哥哥留下的。

那傷痕對他來說想必意義非凡，讓他在誅殺了哥哥後願意繼續背負，但又隱藏起那罪孽的遺痕不讓他人睹見。不過……

「也是，或許可以消除掉了呢。我也想穿穿看背後挖洞的洋裝……」

雖然還不想剪掉這頭留長的頭髮。

「而且也滿嚮往穿比基尼什麼的。」

「比基尼……」

達斯汀一聽，表情變得既僵硬又呆板。

「妳是說……呃，想穿給某人看……之類的嗎……？」

達斯汀戰戰兢兢地問道，讓安琪起了點惡作劇的念頭。

「為什麼這樣問？……難不成你喜歡我嗎？」

「喜……」

達斯汀一瞬間支吾其詞。

然後他以半自暴自棄的心境，激動地一口氣說出來：

「對……對啦！不行嗎！」

安琪只是開個小玩笑，然而意外的肯定讓她張大雙眼僵住了。

「咦……」

「這沒什麼好奇怪的吧，妳長得這麼漂亮，而且……我是白系種，妳卻這麼照顧我，不喜歡上妳才奇怪吧。」

隨著達斯汀越說越激動，安琪的臉也越來越紅。不知怎地，達斯汀不好意思再看著她而別開了目光，但還是擠出勇氣接著說下去。乾脆就全說出來吧，反正事情都變成這樣了！

「我從一開始遇到妳時，就覺得妳的眼睛顏色很美。所以，妳如果要穿洋裝或什麼的話，也可以從搭配眼睛的顏色開始挑。」

安琪紅著臉蛋，心神不定地低下頭去。

「那個……呃呃，這是我的……榮幸？」

不知為何句子變成半帶疑問，看來她相當動搖。她將臉埋進雙腿之間，隱藏起泛紅的臉頰。

「可是——不行……我已經不會喜歡上男生了。」

語氣有點像在規勸自己。達斯汀銳氣受挫，退縮了一下。

「……為什麼？」

「我有過一個喜歡的人。」

「！……」

有過。是過去式。而安琪是八六，也就是說——

「他很溫柔，我一直到最後都喜歡著他……不管我喜歡上誰，一定都無法忘了他，一定會忍不住做比較。這樣對對方很不好意思，所以，我再也不會喜歡上別人了。」

達斯汀眼睛看向壁爐裡的火焰。

「我覺得——這樣想不對吧。」

只有這點，他敢肯定。

「無法遺忘是理所當然，如果是個好人就更不用說了。因為無法遺忘，會忍不住做比較也是在所難免。可是，如果說因為無法遺忘，因為會做比較，所以就不再喜歡上別人，我覺得這樣很奇怪。這樣的話……妳今後就再也無法獲得幸福了。」

達斯汀一面從視野邊緣感覺著天青色雙眸的視線，一面刻意看著爐火說下去。就算這份心意得不到回應，那也是沒辦法。可是如果她說再也不會喜歡上別人，再也無法獲得幸福，像這樣作繭自縛的話……

「所以……我覺得妳不用遺忘，也還是可以喜歡上其他人……至少，我不會叫妳……忘記那個人……」

藍色眼眸回看著達斯汀。

那是天空最高之處的蒼藍。

「————我是來找你們的。」

辛說了。

「不過，是不是打擾到你們了？」

兩人猛地跳離對方身邊。

達斯汀動作太急，後腦杓狠狠撞上牆邊的某個架子，痛得他縮成一團。安琪則是一邊毫無意義地攏緊胸前的毛毯，一邊看向對方。

「辛，你……！」

站在小屋入口的辛，用一種就連交情已久的安琪都是初次看到的超————輕蔑的目光看著他們。

安琪腦袋空轉的同時，模糊地想起辛有走路不發出腳步聲的習慣。看來習慣不發出來的不只腳步聲，例如開關門的聲音也是。

「還滿從容的嘛。應該說真不好意思，我不夠貼心。」

「你、你是什麼時候來的！」

辛想了一會兒後回答：

「比基尼。」

「那不是幾乎從一開始就在了嗎！討厭————————！」

安琪抱頭尖叫。

辛不理她，眼睛看向門外的斜上方。

他似乎是將「破壞神」停在懸崖上，然後在機體上綁了條鋼索還是什麼的降落下來。

「菲多，看樣子不用救人了，麻煩把我拉上去。」

「嗶……？」

「啊！等一下等一下等一下辛！不要走，救救我們嘛！」

菲多有些焦急的電子聲，與安琪拚命挽留的聲音幾乎是同時發出的。

好吧。

這裡還在「軍團」四處晃蕩的交戰區域內，而且是在天寒地凍的黑夜裡，假如一邊提高警覺一邊搜救的對象，竟像這樣搞不清楚狀況地歌頌青春，任誰都會有點火大。

所幸辛似乎是在開玩笑，他只打個手勢向菲多要求了某種東西，然後將掉下來的物品直接扔給安琪。是用防水塑膠袋包好的替換軍服與大衣。

他一定是在擔心兩人可能渾身濕透了。

「謝謝你……對不起。」

「不會。」

接著菲多把另一包軍服丟下來，辛接住後，達斯汀伸手要拿，但下個瞬間包裹就砸到他的臉上，讓他跌個四腳朝天。

布料包裹照理來說應該很難扔，它卻一瞬間就剛速飆過辛與達斯汀之間不算短的距離，可說是一記毫不客氣的全速投球。

達斯汀僅憑腹肌的力量霍地坐起來，大聲嚷嚷：

「喂！你做什……」

「這是戴亞敬你的。你如果害她哭泣，我就代替他把你丟進『軍團』裡。」

這句口氣平淡的話語，讓達斯汀把抗議話吞了回去。他是初次聽到這個名字，不過從語意上推斷，就知道指的是誰了。

「——我知道了。」

至於安琪，則是被這番話惹得再次羞紅了臉。

「那、那個，辛，我跟你說，我並沒有忘了戴亞，真要說起來也並沒有喜歡上達斯汀，我是說……」

儘管沒到戴亞那麼久，但辛這個少年對安琪而言，仍是共度了漫長歲月的家人般存在。她真的對達斯汀沒有那個意思，而且……也不希望辛覺得她水性楊花。

看到安琪慌慌張張的模樣，辛聳聳肩轉過身去。

「我不知道妳有沒有喜歡上達斯汀，不過當著本人面前講這種話似乎不太好，而且……戴亞已經過世兩年了不是嗎？我想那傢伙也不會想一直束縛著妳。」

聽到這番話，安琪露出隱含著淚水的笑容。

想起那個樂天開朗的好好先生……曾經那般溫柔的他。

「……你說得對，或許是這樣吧，可是……」

我現在還是……

辛轉身背對她，達斯汀則是別開目光，不去看她喃喃自語時滑落的淚滴。

話說回來，辛的無線電一直是開著的，所以兩人自比基尼之後的對話全被出來搜救的整個部隊聽見了。

歸返基地後，安琪是還好，達斯汀倒被萊登、賽歐、可蕾娜還有西汀等人狠狠嘲弄了一頓。

「……『雪女』與『射手座』好像也在剛才回收完成了。他們說一回去就要進行修理與整備。」

看來是回收部隊傳來了訊息，維克透過知覺同步聽完報告後說道。

「包括外出搜救的『女武神』在內，由於整備延遲的關係，可能會稍微影響到三天後的龍牙大山攻略作戰的出發時程。大概會晚兩三個小時。」

蕾娜放心地呼了一口氣。

「……幸好沒事。不過，真對不起。」

「沒什麼，進攻作戰會花上三天，幾小時程度還在誤差範圍內……況且幸好兩人歸隊，讓我們得知了地面崩壞陷阱的存在。現在已經讓『西琳』們去確認了，不過交戰區域內可供運用的所有路徑似乎都設了同種陷阱。她們說其中兩處位於攻略作戰時機動打擊群的預定路線上。」

蕾娜的表情變得僵硬。幸好及早發現，否則在進行攻略作戰時，難保不會造成所有部隊的退路遭到斬斷。

更棘手的是不同於普通的地雷，這種陷阱不會因為壓力傳感、聲波或振動檢測而自動啟動。不啟動就難以發現，更何況這種炸彈埋在無從檢測的厚冰與岩盤下，破壞目標不是機甲而是地形本身。

儘管唯一的缺點在於必須使用自走地雷引爆——但只要運用電磁彈射機型，就能輕鬆且不被發現地將自走地雷拋進現場。

「雖然一時之間很難挖出來，不過我先命令她們拆除導火線與引信，用阻燃樹脂埋起來了。儘管只是應急處置，反正只要能撐過攻略作戰的期間就夠了。」

「……你不覺得……有點奇怪嗎？」

聽到蕾娜慎重地說，維克的紫色雙眸閃爍了一下。

「是啊。」

「畢竟『軍團』與聯合王國都混雜在交戰區域裡，想在機甲可能通過的所有路徑設陷阱，並不是不可能。可是，在今天的戰鬥當中，陷阱卻一直等到艾瑪少尉碰巧發現到的時候才啟動，這未免……」

敵人放任「神駒」與「破壞神」通過該處，連部隊撤退時也沒有用來妨礙他們……不會只是區域防衛用的陷阱。

簡直……

「就好像在引誘我軍深入支配區域，企圖使我軍孤立無援——是嗎？」

「阻電擾亂型的寒冷化戰術，會不會也是其中的一環？」

「……有這個可能性。在這慢慢被人勒死的狀況下，聯合王國軍就算苦撐著也得展開反攻，為此投入的人員都是精銳。那些『軍團』已經得到夠多的小兵首級了，接下來想要的恐怕就是這些精銳。」

接著維克沉思默想了片刻，然後輕輕點了點頭。

「——稍微做點準備好了，我會增強軍團的預置戰力。如果有個萬一，可以派這份戰力救出戰場深處的士兵們。」

†

這種事應該早就做習慣了，但不知為何，只有這一次非常需要勇氣。

無論是連上知覺同步，抑或說出這一句話都是。

「——蕾娜，妳能稍微出來一下嗎？」

辛壓抑住前一刻的畏縮，裝出自己平時的聲調，但現在的他，對自己這種無意識的行為與理由都還毫無自覺。

列維奇要塞基地觀測塔是早年挖通支撐基地天篷的岩山內部所建造成的要塞主樓遺跡。沿著異樣陡峭的順時針螺旋階梯不斷地往上爬，就會來到天篷的上面。這裡是供前進觀測之用的觀測所，位於這附近地勢最高的要塞基地頂部，也就是天鵝的背上。

翅膀邊緣一字排開的對空機砲與對地、對空複合式感應器，在夜空中切割出一塊濃黑領域。從這個距離地表有幾百公尺高的位置，必須走到大篷邊緣才能看到地面。

在這有如漂浮於夜空中的場地，辛披著聯邦軍制式的戰壕大衣，等著他呼喚的人現身。雖說時值晚春，但畢竟地點在雪地戰場，這個任憑風吹日曬的場所實在是寒氣逼人。

「嘿咻……」

伴隨著小小的使力聲，聽得見通往觀測塔內部的防爆活板門被人推開的聲響。

輕柔的花朵幽香擔任了引路之責。

那是雪地裡不可能綻放的，早春的紫羅蘭花香。是這兩個多月來問過也記住的……蕾娜的香水味。

「——辛？你找我來這裡有什麼事嗎？是不是有什麼異狀……」

講到一半，待在稍遠處的辛，聽見了蕾娜倒抽一口氣的聲音。

哇……感嘆之聲從她的櫻唇灑落，辛的視線自然地跟著她抬高向上。

他看見那無數的，多到讓夜晚輝煌奪目的——星辰的光輝。

可能是因為必須遮蔽的太陽西沉了，阻電擾亂型的銀雲散去，夜空晴霽……

呈現出堪稱壯麗的——星月夜景。

不知其名的無數恆星，鑲嵌綴滿了黑天鵝絨般的整顆天球，絢爛地散發光彩。一道格外亮白的銀河斜著橫越天空的兩端盡頭，星雲形成了漩渦。

這是個缺乏人工燈光，遠離人群都市的戰地之夜。戰場的夜空又黑又暗，也因此而被星光與雪地夜光照得微亮。

在幾萬年前切削成形，如今仍保持純白的岩石天篷，與淡淡光芒上下輝映。細細的月牙恰如冷若冰霜的女王，坐鎮於天頂的附近。

蕾娜脖子後仰到極限看得出神，再這樣下去恐怕會直接往後摔倒，因此辛拉著她的手，讓她抓住防止墜落的護欄。蕾娜好像完全沒注意到這個動作，搖搖晃晃地照辦，繼續讓星光映入白銀眼眸之中。

過了很久，她才終於嘆一口氣，說了：

「……好美。」

「是啊……妳以前不是跟凱耶說過嗎？說在第一區看不到星空，所以很想看看滿天的星星。」

對著她回望過來的雙眸，辛聳一聳肩。

「只可惜不是流星雨……我去找安琪他們時看到了星星，所以……」

對辛而言雖是看慣了的戰場星空，但那時他無意間想起了蕾娜與凱耶之間的對話。

在第八十六區第一戰區第一戰隊的那間老舊隊舍，那時他們連對方的名字都不知道……從沒想過會像這樣，站在同一個場所。

「所以，你就特地找我來看？」

「是我多事了嗎？」

「不會。」

蕾娜羞澀地笑笑，再次將白銀眼眸轉向滿天的星斗。徐徐吹來的夜風，讓一頭長髮閃亮地飄舞。

她是在早春時節從共和國出發，因此似乎沒帶國軍制式的冬季裝備。她披著出發時緊急請人送來的聯邦戰壕大衣，在追憶之下微笑。

「只有這件事，肯定是在第八十六區生活的一大優點……我記得她是這麼說的。」

蕾娜想起兩年前聽過的，如今已不在人世的八六少女的話語，如此低喃。

蕾娜原本以為第八十六區——那個全塞給八六的戰場是人間地獄。

完全沒想到被困在那裡的他們，會對他們的境遇感到任何慶幸。

明明那時候自己跟他們待在不同的地方，不認識他們的長相，連名字都不知道。

蕾娜偷瞄了一眼站在自己身邊，同樣仰望著天空沉思某些事情的辛。偷看他那被大衣高領擋住，現在看不見的……斬首瘡疤般的傷痕。

蕾娜沒問過傷痕是怎麼來的。

她對辛的了解不過如此，自己與辛的距離還很遙遠，讓她問不出口，辛也不會向她傾訴。

儘管站在同一地方、同一戰場，光憑這點還不足以縮短距離。

——畢竟你們才剛見面。

葛蕾蒂說的沒錯，自己與辛才剛見到面，只互相知道名字，以及……好不容易才剛知道長相。

明明是這樣，但蕾娜內心的某個角落，卻不禁以為雙方互相了解的部分不只如此。

她仰望著夜空呼喚道：

「辛。」

「蕾娜。」

不知為何，在完全相同的時機下，呼喚對方的聲音重疊了。

一瞬間兩人都無法接著說下去。雙方都判斷不了該做何反應，莫名尷尬的沉默暫時降臨在滿天星斗之下。

辛先重新打起精神，說了：

「……妳先請。」

「抱歉……」

由於銳氣受挫的關係，使得第二次開口需要一點勇氣。

「……關於上次的事……」

一說出口，就感覺到辛傳來些許緊張的氛圍。

看來辛也並不是完全沒放在心上。蕾娜不知為何因此稍稍放了心，說道：

「對不起，我說的有點太過分了。」

「……不會。」

「不過，我是真的感到哀傷，這句話我不會收回。你們已經離開第八十六區了，已經從注定戰死的命運獲得了解放。明明應該是這樣的——但你們就只是獲得解放而已。」

分明已經從除了選擇死亡地點與方式之外，毫無自由可言的戰場獲得解放——卻仍然待在同一個戰場。他們說戰鬥到底是他們的驕傲，沒錯，或許這是他們僅剩的唯一一項存在證明，但他們如今應該可以冀求更多事物，卻不去追求。

想去哪裡都行，想成為什麼樣的人都行，他們自由了。

明明是這樣——但他們還不懂得如何追求自己的未來。

「遭人剝奪的事物始終沒能拿回來，所以對於將來也無法冀求同樣的事物，不知道該以何種將來為目標。我有這種感覺……所以很哀傷。」

不懂得如今已經能冀求的幸福為何物。

無法在腦中描繪——那些遭人剝奪的事物。

就如同維克、西汀，以及過去葛蕾蒂說過的，蕾娜或許是相當傲慢。

明明屬於剝奪、傷害的一方，卻要求他們再次追求遭到剝奪的事物。

竟然說「因為牢門已經打開了，所以你們必須跟我來到同一個地方」。

明明不去任何地方，也是一種自由。即使如此，蕾娜仍希望他們來到自己的所在之處。

「只是……」蕾娜接著說了。

如今她會覺得，這句話或許……當時應該一起告訴辛的。

「我認為你們之所以對世界不抱希望，是因為你們……太善良了。」

辛一聽到，頓時眉頭緊鎖。

「……善良？」

「是的。」

「就像妳說的，坦白講，共和國或者聯邦──沒錯，我都不在乎……但我認為這跟所謂的善良並不一樣。」

蕾娜忍不住笑了出來。

雖然她早就料到可能如此。

「辛，你難道沒有自覺嗎？……你是個秉性善良的人。否則你不會記住所有先一步逝去的人，還想帶著他們一起走。應該也不會試著幫助哥哥、凱耶或受到『軍團』囚禁的同伴獲得解脫。」

「…………」

「你是個秉性善良的人。還有萊登或賽歐，可蕾娜、安琪跟西汀，以及所有八六都是。因為最簡單的方式，應該是憎恨這個世界。怨天尤人才是最輕鬆的方式。一切過錯都在共和國身上，所以你們大可以全部怪在共和國頭上，選擇憎恨我們就好。但你們卻……削去了自己的一部分。為了不去詛咒世上的一切，而選擇讓自己受傷。」

選擇自己割捨、燒燬曾經擁有的幸福記憶。

「……因為詛咒世界，才是真的會失去一切。」

就連最後剩下的驕傲，都不例外。

「是的，你們反而是將傷痛視為驕傲。」

即使遭人剝削，遭人踐踏，仍然秉持著驕傲，絕不變得跟那些人一樣低劣。

「如果這份傷痛代表了你們自己，那麼我也無法要你們忘了它。但是……我希望你們的善良能夠得到回報。」

蕾娜仰望星空，自言自語般地說著，宛如低吟悄唱。

在雪地戰場，與漂浮於真空的群星世界，她就像在挑戰人類無從生存的嚴酷天地，提出嚴正的聲明。

「善良的人，應該要獲得幸福才對。公正的人，應該要獲得回報才對。這才是人類世界該有的樣貌，假如現在並非如此，那我希望將來能夠如此……因為人類向來都是這樣，一點一點——實現理想。」

願能實現公正而良善的世界。

總有一天。

聽到這番如歌如詩，嚴正聲明的宣言，辛說不出任何話來。

他認為這是永遠無法實現的理想。

認為這是說得好聽，卻不切實際的空泛妄想。

他的確是這麼認為，要不屑一顧應該很容易，但不知為何，他就是說不出口。

——看海。

半年前，在戰歿者公墓的白雪中，自己說過的話重回腦海。

當時他許下帶大家去看海的願望，想讓他們看看無緣目睹的事物，認為那是自己現在的戰鬥理由。

既然如此，那麼儘管辛知道蕾娜想看到的世界不存在於任何地方，也無法否定她的心願。

「抱歉，我怎麼講到這麼奇怪的話題？而且你剛才好像也有話要說……」

「…………嗯……」

可能因為銳氣受挫的關係，使得第二次開口需要一點勇氣。

是啊，自己原本打算在這裡跟她說什麼來著？

在前去執行龍牙大山攻略作戰之前——在作戰一旦成功就會揭曉的事實確定之前。

「蕾娜，假如就像聯邦或聯合王國的預測那樣，『無情女王』正是瑟琳．比爾肯鮑姆少校，而且她有某種辦法能結束戰爭的話……」

這是絕對不可能的。

說歸說，其實辛對瑟琳完全不抱期待。

戰爭一定不會終結。

即使如此，假如……

「假如這場戰爭真的能夠結束——到時候……」

忽然間。

想講的話唐突地中斷了。

我們去看海吧，去看看未曾見過的景色。如果可以，我們一起。

辛本來是想這麼說的，他聽蕾娜說過想看海，但從未主動向她提起。

辛認為應該告訴她，只有這件事，絕不弄虛作假。

他想帶蕾娜看海，因為這是他現在戰鬥的理由——

但是，無意間……

如虛幻泡沫般浮現的自我疑問，讓喉嚨為之凍結。

辛想帶她看海。不是力有未逮，最終倒斃的死亡戰地，他希望能讓她看看如今受到戰火封鎖的世界無緣一見的事物。這是他的心願。對，他變得能夠冀求一些事物了。

既然如此。

那麼，之後呢——……？

看過了海，然後呢？

蕾娜會有什麼心願？——是否願意對他許下什麼心願？

這……

要持續到幾時？

辛自己並不想看海，這點直到現在仍未改變。

自己沒有任何想做的事。

那種空虛，讓辛莫名地感到毛骨悚然。他急忙停止繼續思考，但疑慮卻遺留下來，未曾消失。

戰鬥到底，是八六的驕傲。
那麼如果戰鬥到底，還活了下來的話——

第三章　不解啼鳥之悲嘆

不幸的狀況，來得是如此簡單。

「——！……！」

在深入交戰區域的重裝運輸車上，辛聽見了那個聲音，抬起眼睛。他們正在龍牙大山攻略作戰的進攻路線上行進。聯合王國機甲軍團於昨晚深夜開始進行佯攻作戰，一路順遂地引誘出「軍團」各部隊，為他們在戰場上開出空隙。

遠處又有一個「軍團」部隊展開行動。但是前進路線不對勁，它們既不去攻擊佯攻部隊，也不朝向祕密推進的機動打擊群前進。

當辛察覺到當中夾雜著一種模糊難辨而不帶感情，卻貫穿整座戰場的激烈尖叫時，他在不祥預感的催促下連上了知覺同步——不是基於理論，而是在長年軍旅生活中經過淬鍊的戰士嗅覺敲響的警鐘。

「全隊停止前進——萊登，你還在基地吧？我要你原地待機。」

『！收到。』

『諾贊上尉？怎麼了……』

畢竟是一整個旅團，由足足幾百架機體組成的隊伍。包括受任殿後的萊登在內，有幾個戰隊還在幾十公里後方的列維奇要塞基地準備出發。

察覺狀況有異的萊登即刻回應。但蕾娜不像他已經完全習慣了辛的異能，反應慢得讓人心急。理應已經遭到殲滅而敗逃的「軍團」部隊調轉方向，與向前進擊的聯合王國軍佯攻部隊展開對峙。支配區域深處的「軍團」開始行動，前去攻擊佯攻部隊，或者是徹底忽視該部隊，開始進攻聯合王國的支配區域。這是在偽裝退卻與迂迴入侵，真正中了誘敵計策的——上鉤的是我軍這邊！

簡直就像配合著機械尖叫行動一樣，「軍團」的其中一陣叫聲提高了音量。位置距離聯合王國軍或機動打擊群都很遙遠，就像是長距離砲兵型，但辛現在才終於知道是其他機種。

辛徒勞無功地追蹤速度過快，在一瞬間內消失無蹤的那個的尖叫——同時發出如今為時已晚的警告。

「——很遺憾，我們力有未逮，讓你特地提出的警告白費了……抱歉，諾贊，列維奇要塞基地淪陷了。」

在一行人固守不出的司令部內部，此時幾乎所有照明都斷電了，一片陰暗。

這裡是列維奇要塞基地的地下司令部。在這從地下四樓到最下層，採取與其他部門半獨立的形式建造而成的中央指揮所，維克如此說道。

要塞的最上面——天篷外緣的複合式感應器仍在正常運作。主螢幕上的雪景冷光，幽幽地映襯出指揮所主要人員的緊張神情。可以看到一群身穿鐵灰色戰鬥服，保持沉默的處理終端，以及領導他們的深藍軍服銀髮少女。

倖存的少數基地人員與整備人員去防衛阻塞通道的隔牆，指揮管制官則守在管制室，都不在這裡。

「更正確來說，是基地功能落入敵軍手裡了。地面所有區域與地下區域的八成都在敵軍的壓制下，我軍能掌控的只有司令部，以及地下最下層的第八機庫。目前我們封鎖了司令部的所有出入口，堅守不出……噢，聯邦軍人全都撤退到司令部裡了，這點不用擔心。」

維克想起對方是聯邦軍所屬的軍人，於是補充了一句。

辛此時在受到要塞城牆與雪地阻擋的遙遠他處，正率領著部隊折返到離基地十公里遠的地點，卻依舊保持著平素冷靜透徹的講話口吻。

他是能夠聽見戰場上所有「軍團」位置的異能者，自然已經掌握到某種程度的現況，但畢竟有些戰友被困在基地內部，然而他完美地隱藏起動搖的情緒。

『我也有所疏失——我想得不夠多，靠電磁彈射機型的推測性能諸元（spec）的話，是可以投擲高機動型。』

即使接到這個警告，如果雷達與光學感應器都無法偵測到那個，其實一樣是無計可施。

辛與維克在指揮體系上，不屬於直接的上下關係，這點傳達上的小小迂迴也誤了事。

敵機似乎降落在保護要塞基地的天篷上。設置的對空、反火砲雷達未能偵測到那個，因此連動瞄準目標的對空機砲，也只能朝著完全錯誤的方向張開為時已晚的彈幕。

等到對空機砲遭到破壞，警報才終於鳴動，緊接著從天篷通往觀測塔的活板門從外面被砍開。受命前去迎擊的基地防衛兵力在觀測塔內遇上入侵的那個——單方面遭到了屠殺。

這是因為在狹窄要塞內的通道縱橫自如地來回飛竄的那個，沒有一個人能用肉眼看見它的模樣。

維克弄清楚了狀況，遠端啟動設施防衛用的破片地雷，硬是撕掉它身纏的光學迷彩，這傢伙才終於現了原形。

被撕裂的阻電擾亂型當中，躲藏著一架漆黑的「軍團」。

高機動型。

就在這一刻，觀測塔宣告淪陷。基地的防衛戰力減半，「軍團」空降部隊趁著混亂狀況，陸續降落在對空砲遭到擊潰的天篷上，開始入侵監視塔的內部。

在這種情況下，維克決定放棄地面區域及司令部以外的全地下區域。他一面依序放下隔牆封鎖與地表之間的通道，一面讓倖存的全體人員與全機甲撤退到司令部及第八機庫。

就這樣，他們與壓制、掌控了基地的「軍團」部隊展開了持久戰。

聽完事情的來龍去脈，辛嘆了一口氣。

「上次的偵察任務中，『西琳』接觸到的敵機原來也是為了偵察基地……通往龍牙大山據點的進擊路線，也等於那邊到這邊的進擊路線。再說……我也早該注意到這個狀況了。」

敵軍運用電磁彈射機型，以單騎特攻的方式壓制了總部基地。

基本上來說，這種作戰是不可能成功的。滑翔翼飛行速度慢而且輪廓巨大，容易遭到雷達偵測。再加上電磁彈射機型的最大投擲重量推測為十噸上下……如此能夠投擲的自走地雷或斥候型，絕不足以壓制防守堅固的基地。

然而如果是重量比斥候型輕，戰鬥能力卻高過近距獵兵型，且身纏阻電擾亂型，能干擾包含可見光在內所有電磁波的高機動型的話……

這是出乎意料的攻擊行動，但全都是已知的情報，應該有辦法推測出來才是。

『——敵軍戰術的分析與推測，是我……指揮官的職責。辛你不用放在心上。』

細柔的銀鈴嗓音加入對話，讓辛暗自鬆了口氣。

是蕾娜。

雖然他剛剛已經聽說所有人都撤退完成了。

『我想妳現在也不用把這事放在心上，米利傑……再說，我覺得就某種程度上來說，這也是無可奈何。儘管以順序而論是可能的，但這座基地並沒有戰術或戰略上的價值，值得實行這種攻擊行動。況且諾贊、我還有妳，都不熟悉天空仍為戰場的那個時代的戰爭。』

「軍團」不會使用航空兵器——辛他們只接觸過「軍團」戰爭，儘管從知識來說知道天空能成為進擊路線，卻沒有過實際感受。

而熟悉航空兵器服役時代的戰爭的人——那些正規軍人大半都在「軍團」戰爭中戰死了。

維克嘆一口氣後接著說：

『言歸正傳，既然你能聽見，我想你應該掌握到某種程度的狀況了，但我還是說明一下——首先，「軍團」空降部隊暫時不會擴大推進範圍。我已命軍團砲兵殲滅了電磁彈射機型，其他可能投擲的位置也在他們的射程範圍內，一開始投擲就能加以壓制。』

就聯邦軍的推定，利用電磁彈射機型能推進的距離約三十公里，勉強在榴彈砲的射程圈內。

『接著講到我軍的狀況。出兵攻入「軍團」支配區域內的佯攻部隊，已遭到迎擊而全軍覆沒。反而是進入我方支配區域的「軍團」部隊，使得其餘軍團各師全數動彈不得。』

辛眉頭一皺。

「……全軍覆沒？」

雖說敵軍有著堅固的重重防禦設施，以及山岳的地利之便，但盟軍已經抵禦「軍團」的入侵長達十年，應該不至於薄弱到只因為中了陷阱就任由敵軍蹂躪。

『根據遇敵的指揮官最後的報告指出，那些「軍團」似乎將重量級集中部署於支配區域內。指揮官表示他們碰上了以戰車型及重戰車型組成的重機甲部隊。』

辛忍不住閉上了眼睛。重戰車型，竟然偏偏是這種機型。

這種鋼鐵怪物有著超乎規格的一五五毫米戰車砲，與重達一百噸以上，堅不可摧的龐大身軀，同時還具有完全不合常理的運動性能。面對這種沒有機甲能單騎與之抗衡的大軍……不難想像盟軍必定是一觸即潰。

『恐怕是混雜在來自後方的補給隊伍中出兵，慢慢與輕量級做了替換吧。我想大概從很久以前，「軍團」就在計畫這項作戰了。』

辛的異能雖能得知「軍團」的數量與位置，卻無法辨別機種。如果敵軍是在受到阻電擾亂型遮掩的支配區域深處交換機種，就完全無法掌握狀況了。

『我已將基地這裡的現況告知了軍團本隊，而且已經命令預備部隊做好準備，他們是表示隨時能夠行動。但畢竟軍團本身處於敵軍的包圍下，按照推測，最短也要五天才能突破重圍前來解救要塞。』

「…………」

換言之，目前的狀況是……

列維奇要塞基地與他們機動打擊群，遭到敵軍斬斷與友軍的聯繫，在敵方部隊的包圍下陷入孤立無援的狀態。

「……我這邊也有一項壞消息。摧毀了佯攻部隊的『軍團』重機甲部隊，兩隊都正在往列維奇要塞基地前進，總數八千。佯攻部隊的殘存兵力似乎正在拖住它們，但是撐不了多久。就算把補給與重新編隊的時間考慮進去……也會在明天到達基地。」

維克彷彿由衷厭煩地嘆了口氣。

『好吧，我想也是…………你那種不讓人抱持樂觀心態的異能，在這種時候也真是不方便啊。只會說些不祥預言卻又百發百中的卡珊德拉，可是會惹人嫌的喔。』

「目前待在基地內的『軍團』總數為一千架上下。」

『別說了。』

維克厭倦地說，辛沒理他，繼續說道：

「我想大半都是自走地雷……其他還有什麼？只有斥候型嗎？」

他們只看到這兩種機型降落下來。

『就逃過一劫的攝影機的影像來說是如此……只是除了這些之外，還確認到它們投下了多個具碰撞防護功能的貨櫃，目前不知道裡面裝了什麼。假如以樂觀的想法來看，大概是彈藥與能源匣之類吧。』

「偵察人員……我想大概是派不出來吧？」

『是啊，抱歉。地下區域上層的每一個地方都在「軍團」的壓制下，還沒上到地面就會被攔截了。』

「司令部的隔牆還能撐多久？」

『雖說是舊型，但畢竟是守城用規格，不用擔心……希望如此啦。我們會想辦法撐住。』

『我們這邊還有直衛的布里希嘉曼戰隊，以及修迦中尉指揮的四個殿後戰隊，用來固守據點足夠了……別擔心。』

聽到蕾娜自己才是一副擔心的語氣，明明場合不對，辛卻覺得有點好笑。雖然還不至於有心情笑。

明明他們那邊的狀況才是最危急的。

「狀況我了解了……那麼，我們該怎麼做？」

『哼。』維克用鼻子哼了一聲。

『你這是明知故問吧……還用說嗎？』

知覺同步的另一頭，灑落一陣冷笑的氣息。

其中混合著等量的戰慄與勇猛，並帶有些微苦澀。

『來打攻城戰吧。』

機動打擊群機甲部隊，基於其獨立實行挺進作戰的特性，以及戰鬥人員大半都是只懂戰隊規模戰鬥的八六，因此是以戰隊為基本單位編組出十四個大隊，形成了經過細分的特異編隊。

包含部隊的大隊長辛在內，十四名資歷最老的先鋒戰隊小隊長們、旅團最上級士官班諾德、代表眾「西琳」的蕾爾赫，以及知覺同步另一頭的蕾娜、維克與萊登，在正對列維奇要塞基地的森林裡設置的宿營，用重裝運輸車的貨櫃當成臨時會議室。

雖然是結果論，不過辛認為三天前安琪與達斯汀遇到山難，對己軍來說算是好事。搜救兩人的行動使得整備延遲，結果也拖延到了今天早晨的出發時間。正因為時間有所拖延，才能這麼快就返回基地。否則萊登他們八成也已經離開了基地，守城一方的防衛想必會變得更嚴苛。

如果沒事先察覺，退路已經被堵住了。能夠事前去除炸燬道路的陷阱也值得慶幸。

俯視著將幾張摺疊桌擺在一起鋪上透明桌墊，寫上敵我部隊配置的戰域地圖，第四大隊長尤德．克羅少尉喃喃道：

「……狀況糟透了。」

總部基地淪陷，己軍在受到敵軍支配的戰域內孤立無援。友軍最快也要在五天後才能到達，而敵軍的增援預定將會比他們更早抵達——……

「根據諾贊的搜敵結果，增援總數在八千以上，最快預定明天到達……換句話說，明天重戰車型與戰車型組成的兩個重機甲部隊總共八千架敵機，就會連同城牆堵住我們的前後退路吧？」

「我軍戰力就算加上『阿爾科諾斯特』也只有六千。而且基地當中還有連諾贊上尉都沒能擊毀的高機動型……」

第五大隊長曆．滿陽一副強忍不安的模樣，接著說道：

「既然敵眾我寡，最好避免兩面作戰呢……是否要由我軍主動出擊，殲滅敵軍的重機甲部隊使其撤退呢？」

『正好相反，滿陽少尉——我們不會傾力於迎擊重機甲部隊。』

蕾娜隔著知覺同步說道，滿陽嚇了一跳，睜大雙眼。

『以突破現況來說，殲滅「軍團」的增援並沒有意義。我們的目的是攻堅，這樣做沒有幫助。不但只會平白消耗戰力，還會引發「軍團」投入更多戰力。』

瑞圖皺起了眉頭。

「妳說目的……？不是只要打倒『軍團』就好了嗎？」

『不是。敵軍的目的是占領列維奇要塞基地。為此它們封鎖了周邊區域，將增援送進來。既然這樣，我軍該做的是阻止它們的目的，也就是……奪回要塞。』

賽歐在知覺同步的另一頭，帶著彷彿偏頭不解的氣息說道：

『也就是說……妳是要我們去攻打要塞嗎，蕾娜？』

「正是如此，利迦少尉……只是在這場戰鬥當中，攻城戰的基本戰術只有一種派得上用場。」

原則上來說，攻城戰以守城的一方有利。

城塞是一種用來抵禦敵軍入侵的軍事設施，也就是經過精密計算，建構成僅對守城軍有利的戰場。光是城牆就做了種種精心設計，能夠彈開攻城軍的弓箭，並讓守城軍可以集中砲轟敵軍。

因此，攻城軍如果情況允許，會採取忽視城牆的戰術。例如心理戰，或是引誘敵軍出城決戰。

儘管是斷糧戰術，現今對付城塞這個巨大的物資集聚處，有時反而會是攻城軍占下風。

或者也可以破壞城牆。像是挖掘坑道連同城牆一併燒垮，或者運用衝車（Ram）或重力拋石機（Warwolf）直接粉碎城牆。

但這每一種戰術，在這場戰鬥中都用不上。

談判或動搖軍心對「軍團」都不管用。它們不會理睬任何挑釁，也不會受到厭戰氣氛所支配。

而因為雙方都無法期待得到補給，針對物資匱乏這點下手將會是雙刃劍，也沒時間慢慢耗。要塞以堅硬的花崗岩構成，而且位於斷崖上，挖坑道這條路是絕對不可行。

既然這樣，能採用的手段只剩一個。

大概是猜到蕾娜想說什麼了，辛聲音略顯僵硬地回答：

『——強襲，對吧。』

強行突破城牆。

就像爬滿食物的螞蟻般仗著人多勢眾攀上城牆，是最簡便，最多人使用的……也是會造成最多傷亡的拙劣戰術。

「是的……一百公尺的斷崖，以及上面二十公尺的城牆。我要請你們攻略這條路線。」

闃寂無聲的沉默，短暫落在臨時的會議室裡。

八六與「破壞神」無論在共和國或聯邦，都是以市區與森林為主戰場，也早已習慣使用鋼索鉤爪進行垂直攀登。

但是……這次高度超過一百公尺。要承受著來自正上方的砲火與自走地雷的襲擊，登上就連「破壞神」也無法一口氣爬完的距離。

「這也太……」

「很困難，而且會造成相當大的傷亡。」

瑞圖臉色有些發青地呻吟，尤德神色緊繃地頷首。

在知覺同步的另一頭，萊登興趣缺缺地說：

『就這樣丟下基地（我們）撤退怎麼樣？』

「不值一提。就算撤退，也沒有足夠物資撐到跟軍團本隊會合。」

辛立即否決。

這個問題與回答，都是為了讓處理終端們了解狀況。儘管身為士兵，八六向來是在特殊環境下戰鬥，不太具有後方供應線——補給的概念，也缺乏長達數日的行軍或戰鬥經驗。

為何非得奪回要塞基地？不讓大家理解這點就上場作戰，不會有好結果。

至於隱藏在問題裡的建言，辛左耳進右耳出。

就算有任何突發狀況，他也不打算那樣做。

「以奪回要塞為第一優先，對於『軍團』重機甲部隊則以阻滯作戰爭取時間。上校，這樣就對了吧？」

阻滯作戰是一面迴避決戰一面妨礙敵軍前進，拖慢敵方行進速度的戰術行動。由於必須反覆進行戰鬥與後退，敵軍與防禦對象之間必須要有距離才能實行，而以目前敵軍增援的位置來說，應該可撐上幾天。

『是的。』

「軍士長，包括砲兵大隊在內，我給你一半的『破壞神』。增援交給你對付沒問題吧？」

「哎，我想大概就是這樣了。」

班諾德淡定地點了點頭。

辛將好歹算是軍官的八六，交給身為士官的班諾德指揮。這在正規軍當中是不可能採用的運用方式，不過軍階這種東西對於八六與傭兵（禽獸）們來說，本來就連裝個門面的意義都沒有。在座的大隊長們也都沒有提出異議。

「五天，只要爭取時間等救兵抵達就夠了，絕對不要想去殲滅敵人。」

「不用說我也知道啦……你們才是，拜託請不要不假思索地衝向敵人，然後三兩下就翹辮子了喔，不然保護你們的我們豈不是像笨蛋一樣。」

大概是因為狀況特殊吧，身經百戰的士官講了句勉強不算失禮的玩笑話。辛對他聳了一下肩膀，然後環顧各隊隊長。

「其餘『破壞神』與『阿爾科諾斯特』全機負責攻略要塞……我們這邊沒辦法耗到五天之久，

要趁司令部那些人全軍覆沒之前奪回要塞。」

作戰一敲定，要塞內部的蕾娜等人與外頭的機動打擊群，都一齊忙亂地展開行動。

鑒於夜間的輪值問題，「華納女神」管制人員也加入指揮所人員當中，就戰鬥定位。指揮管制官在管制室與「西琳」同步，倖存的士兵們負責通道防衛。至於推測可能成為最主要入侵路線的機庫，則由萊登等人嚴陣以待，準備迎擊敵軍。

『這邊也已經開始準備投入方面軍預備隊了。』葛蕾蒂從遙遠王都同步過來說道。

『你們所在的整個南方第二戰線，正漸漸受到「軍團」的壓迫。國王陛下與王儲殿下認為不是吝惜預備兵力的時候，所以決定出兵了。』

「謝謝您，維契爾上校。」

「……感謝妳的傳話，不過……竟然因為軍務繁忙就讓外國軍人代為跑腿，這我之後一定要好好講講父王與王兄。失禮了，上校。」

外頭也是，各「破壞神」有的去迎擊重機甲部隊，有的則似乎開始移動，準備包圍要塞基地。

以腳部冰爪奏響的獨特堅硬足音為背景音樂，辛忽然說了：

『米利傑上校、維克，整體指揮可以交給你們嗎？關於攻城戰，我只知道一點戰史，坦白講實在應付不來。』

「……喔，這麼說來你是特軍軍官嘛。速成的軍官的確不可能知道這些。」

維克回答的同時，正在用熟練的動作替從司令部彈藥庫拿出的，槍矛般又長又大的重型武器驗槍。

蕾娜不禁心想，看來伊迪那洛克王室，的確是崇尚武力的血統。

檢驗的是二〇毫米反戰車線膛砲。這是早年的一種以大量發射藥與長管砲身替彈頭加速到超音速，藉此貫穿裝甲的步兵用反戰車武器。

雖然隨著戰車裝甲的強韌化與重量更輕、威力更大的無後座力砲的登場，使得這種武器遭到淘汰，然而不同於無後座力砲會以後焰（Back Blast）焚燒後方十幾公尺而無法在密閉空間使用，反戰車線膛砲除了特大音量的砲聲之外不會散播任何東西。用來防衛這棟狹窄空間較多的司令部，這種兵器仍有它的用處。

做過確認，將線膛砲交給近衛兵後，維克目送那背影扛著兩門各十五公斤重的兵器，從指揮所走向自己負責的通道位置，接著說：

「我的確是學得比你有系統，但我也沒有攻城戰的經驗喔。窩在屋子裡的經驗倒是多到膩了。」

『有學過系統化的知識，就已經比我好了。只要你有陣地防衛的經驗，要反過來想像應該不難。』

「好吧，是這樣沒錯。」

「……不過……」

無意間，蕾娜注意到一件事而開口。

假如就連目前存活的八六當中戰鬥資歷最老的辛，都沒有相關知識的話……

「如果是這樣，那『軍團』不是更——不懂得如何利用這座要塞戰鬥了嗎？」

紫色右眼瞄了她一下。

「包括城內那些傢伙，現在的『軍團』應該大半都是『牧羊犬』吧。」

「是的，是吸收了共和國民腦組織，經過智能化的士兵機。」

就是捨棄了自衛力量而毫髮無傷地遭到擄獲，最後對「軍團」的戰力提升做出了貢獻的共和國民們的腦部。

「但這也就表示，成為士兵的是一些毫無戰鬥經驗與知識的國民。的確，智能是與人類同等，但是不懂的事情還是無法正確執行。」

躲在虛偽和平裡的共和國民，只把牆外的戰爭當成事不關己或是電影情節，甚至就連大多數的共和國軍人也都不會用槍。

而指揮他們的「牧羊人」，一大半很可能也是八六。只有共和國會放任「軍團」的獵頭行為，聯邦、聯合王國與盟約同盟，自從發現本國的戰死者被「軍團」吸收後，都做出了該有的應對。況且這幾個國家都是傾盡全力進行激烈抵抗，不給「軍團」戰鬥以外的閒暇時間，遺體或傷患也都盡可能帶回國內。

不難想像在第八十六區連一點支援都得不到，甚至連撿回遺體都遭到禁止的八六，必定成了「黑羊」與「牧羊人」的主要供給來源。

而八六別說軍人教育，連像樣的初等教育都沒接受過，盡是些用過即扔的少年兵。儘管擁有豐富的野戰經驗，卻不可能具有攻城戰的知識。

至於「軍團」本來只不過是接受帝國指揮行動的士卒，在這方面也是一樣。它們或許累積並分析了這十一年來的戰鬥經驗，但未曾經驗過的戰鬥自然無從分析。

至於攻城戰早在一百多年前，就因為投射兵器的發達與航空兵器的登場，而逐漸式微的戰鬥形式。

是只存在於知識裡的形式。

維克停頓了一下，像是在稍作思考。

「……原來如此，所以只有知識這方面還是我們略勝一籌，是吧。」

那雙眼眸在幽暗空間裡，隨著壞心眼的笑意瞇細。

笑得有如暴虐君主般愉悅。

「看來正好可以趁此機會教教那些過慣和平日子的老百姓，指揮官這種生物的心眼有多惡毒了。既然這樣，最毒辣的司令部防衛就由我來指揮吧……米利傑，妳就去指揮外頭的攻城行動。『西琳』們的總指揮權也暫時交給妳。」

「好的。諾贊上尉，你都聽見了吧。」

『收到……謝謝。』

葛蕾蒂說道：

『戰術模擬或調查工作我們這邊也能做，有需要的話儘管分配過來……還有──』

葛蕾蒂一時欲言又止。

『我代國王陛下轉達……陛下表示假如狀況不允許，不用救出維克特殿下也無妨。萬一必須見死不救，我國也不會向機動打擊群或聯邦追究責任……』

蕾娜吃了一驚。怎麼這樣，國王陛下可是他的父親啊。

至於維克則似乎覺得理所當然，聳了聳肩。

「我想也是。我是軍人，這裡是聯合王國的戰場。如果還要追究責任，那可是會世世代代遭人恥笑的。」

「我覺得有點奇怪。」

當葛蕾蒂切斷了知覺同步時，阿涅塔對她說道。這裡是羅亞．葛雷基亞王城中的一處。如今蕾娜以及辛等人正身陷困境，而這間王室提供的客房起居室，舒適且奢華到會令人產生罪惡感。

「姑且不論其目的，它們又準確針對機動打擊群發動攻擊了。不管再怎麼說，我都覺得我方的行動被它們摸得也太清楚了。」

葛蕾蒂點點頭，平靜地提問。

列維奇基地是能夠俯瞰低地的聯合王國軍前進觀測基地，對於專門攻打首都的「軍團」來說沒有價值。所以它們的目標是機動打擊群？但這點其實也不太對勁。

「有沒有可能是知覺同步被竊聽了？」

「不可能……既然『西琳』能夠使用知覺同步，我無法斷定同樣身為人腦複製品的『軍團』無法使用，但是想成為同步對象的話，必須要進行相關設定。」

「那有沒有可能就像諾贊上尉能聽見『軍團』的聲音，上尉的所在位置也被『軍團』們察知到了？」

「這點目前尚不明確……不過比起這些，有個更單純的可能性。」

「是呀。」

葛蕾蒂嘆了一口氣。神情憂鬱，且同時帶有軍人天性的冷靜透徹。

「看來最好懷疑聯邦軍內部有人洩漏情報了。」

蕾娜在分配到的一個私人房間裡褪下軍服，將女用襯衫及褲襪也全都脫掉，低頭看著手中的那件物品。

「蟬翼」。這是維克交給蕾娜的思考支援裝置，幫助她減輕同時與一百人以上同步造成的負擔。

上次的偵察任務她沒有使用。因為時間很短，而且同步對象也只有幾個戰隊的隊長與小隊長而已。

但這次恐怕是非用不可了。自己必須指揮外面一個旅團的全體人員，同步人數也隨之暴增。可以想像攻城戰將會是一場激戰，自己萬一倒下，就不能指揮外面的機動打擊群了，而且會給代替自己指揮的維克造成負擔。

「好。」蕾娜打起精神，撩起長髮，將裝置套在脖子上，讓它接觸到已經裝好的同步裝置。仿神經結晶碰到人體溫度與竄過皮膚表面的生物電流，產生了激發現象。「蟬翼」——思考支援裝置悠悠醒轉過來。

構成銀環的銀線鬆散地拆解，自動從捻合的狀態分開，帶著燐光向下傾落。宛如蠶絲、猶如蛛絲的無數細密銀線，恍若光之奔流般滑過背後。它帶著淡紫色彩，散發銀光，恰如縮時攝影的藤蔓植物成長般爆發性增生伸長，也像藤蔓那樣纏繞著肩膀、背部與手臂往下爬行。

「！…………」

像被羽毛尖端撫過，又像被指甲前端遊走全身一般，近似發癢的獨特觸感在皮膚表面爬行通過。

「嗚……嗯……！」

藤蔓一邊反覆進行自我增生，一邊順著全身肌膚往下爬動，將蕾娜的脖頸到腳尖全部包覆住才停下來。

出現的是一件類似較厚緊身衣的，覆蓋全身的服裝。

這種複雜交纏，於表面勾勒出生物般紋路的銀線，其實是具有自我增生功能的仿神經纖維。它以使用者的生物電流為動力來源，憑藉著足以包覆全身的纖維量架構出類神經網路，是展開於頭蓋骨外的人工輔助腦。

可能是其支援帶來的幫助，睜開眼睛時，視野比印象中明亮了些。

蕾娜呼出一口氣，在缺乏燈光的幽暗空間裡抬起頭來。

展開的裝置厚度讓軍服袖子套不上手臂，肩膀也覺得有點緊，蕾娜心想與其因此分心，索性只穿上包鞋就回到指揮所。裝置在離連接位置較遠的腳尖展開得較薄，差不多剛好抵銷了脫掉的褲襪厚度，所以腳很順利地滑進了鞋子裡。

維克聽見鞋子的腳步聲，視線往蕾娜這邊瞄了一眼。他似乎將椅子讓給了年紀還小的芙蕾德利嘉，自己站在副指揮官的座椅旁。

他用一種極端難以形容的表情，就這樣陷入了沉默。

「呃……這……………抱歉，是我不好。」

「…………！」

看到王子殿下事到如今才開始賠不是，而且就只有這種時候講話語氣特別誠懇，讓蕾娜狠狠瞪著他。

維克相當難得地，一面冒著冷汗一面注視著完全不相關的方向。

「其實在有需要的時候，我也會讓蕾爾赫裝備，但…………好吧，我懂了，原來她是因為很多方面都比妳內斂，所以看起來才沒問題…………」

「你這話是什麼意思……！」

「妳真是得天獨厚啊。」

「你指什麼啊！」

就連芙蕾德利嘉都露出一副難以言喻的同情神色。

「看來汝似乎是被那邊那個傻蛋設計了，但就連他本人看到汝這模樣，都忍不住懺悔起自己的過錯…………這個嘛，嗯，對男子們而言視覺上的刺激似乎大了點。」

她似乎已經努力挑選過字眼了，但蕾娜聽了反而打擊更大，好像她的一身模樣不檢點到了讓人難以啟齒似的。

思考支援裝置「蟬翼」。

以仿神經纖維架構而成的，緊身衣式的運算裝置。

但由於它必須以使用者的生物電流作為運轉動力，而仿神經纖維又不具備維持形體的力量，

因此非得在皮膚表面展開不可。換言之儘管它與身體緊密相貼，卻不會支撐使用者的身體組織。

也就是說。

一動就會搖晃。主要是胸部。

指揮所人員們有的是拘謹地，有的是露骨地別開目光。蕾娜環顧所有人，最後眼睛停在其中簡直像抓住儀表板不放一般，凝視著螢幕的少年。

「……馬塞爾少尉，你為什麼硬是不肯看我……！」

好歹也是上校在問話，馬塞爾卻依然不肯把目光調離全像式螢幕。

「妳這不是在拐彎抹角命令我去死嗎，上校？我現在要是回頭，鐵定會被諾贊宰了。」

「……這、這跟辛沒有關係吧！」

聽到這個名字，不知為何讓蕾娜更難為情，她漲紅了臉叫道。

『唉……好啦，總之從下次作戰開始，就準備一件大一號的軍服吧，女王陛下。』

西汀用一種無限同情的口吻隔著同步說道。默默離開房間的芙蕾德利嘉拿了一件聯邦軍鐵灰色的男用西裝外套回來，嘿咻一聲，踮起腳尖披到了蕾娜肩上。

先鋒戰隊就定位後過了一段時間，說要為管制做準備而暫時離線的蕾娜，回來連上同步了。

『打擊群各位人員，久等了。』

「不會……上校？」

辛察覺到異狀，問了一下。在這同步中斷的大約十分鐘之間……

「妳怎麼了嗎？」

『什麼怎麼了？』

果然。

「因為妳的聲音………聽起來似乎不太高興。」

銀鈴嗓音一聽就知道明顯帶刺，好像壓根不打算隱藏情緒。口氣也莫名地冷淡。

『我沒事。』

原來如此，看來有事。

辛決定等戰鬥結束後找人問問，看是問芙蕾德利嘉或馬塞爾都行。

他說不上來，但總覺得不要問本人比較好。

蕾爾赫向他報告狀況。不知怎地，語氣聽起來有些歉疚。

『……死神閣下，那個，「阿爾科諾斯特」部署已完成……』

「……？收到。上校，機動打擊群也已經部署完成。」

『辛苦了，請原地待機，等候進一步指示。』

蕾娜呼出一口氣，似乎勉強重新打起了精神。但平時凜然難犯的銀鈴般嗓音，仍然帶著少許動搖色彩說道。這次的聲調，像是忸忸怩怩地在為某事害臊。

辛皺起了眉頭，總覺得傳來的感情好像有點強烈。透過雙方意識進行的知覺同步，能夠傳達面對面說話程度的感情，但只有這次顯得特別鮮明。

「……妳好像……」

『請等候指示，諾贊上尉！』

「…………收到。」

時刻早已過了正午，雖然離黃昏還有很長一段時間，但天空開始飄雪，天氣陰沉。從刷上一層銀粉的鉛灰色雲層，無聲地灑下漫天飛舞的白色雪片。

列維奇要塞就在雪幕後方，如蹲踞的巨人遺骸般傲然聳立。

陡峭的斷崖絕壁，高低差最大達三百公尺，最小也有一百多公尺。在這細雪紛飛的時刻，斷崖穿起一襲密不透風的冰淩羅裳，鋼鐵色彩的裝甲板將崖頂團團圍起。

在這附近就屬要塞周遭的地勢最高，坡度緩緩往南邊的交戰區域——也就是辛等人此時所在的針葉樹林一路下降。可能是為了從要塞上方迎擊敵軍而刻意砍伐了森林，要塞周遭鋪展著一片半徑數公里的平原，開闊平坦到了不自然的地步。

攻擊目標在南北縱長狀菱形岩山的東南斜坡，那裡高低差最小，距離森林地帶也不遠，只是……

安琪說道：

『……要是從這種地方笨笨地跑出去，就要變成活靶了。』

『話是這樣說，但也只能出去了……如果不是那種城堡，早就可以二話不說開砲炸它了。』

待在四面城牆圍繞的地方，也就等於四方都無處可逃。用榴彈破片掃盪固定範圍的大範圍壓制戰法，正適合用來對付這種目標。

然而這座要塞，具有據說由冰河侵蝕而成的厚實岩盤天篷。

如今以金屬柱子做過補強的天篷，對於砲擊或轟炸等來自空中的攻擊具有一定的防禦力。如果是運用電磁加速砲型或轟炸機進行的超重量、超高速砲擊或轟炸也就算了，半吊子的砲擊是起不了作用的。

賽歐是知道這些才會開玩笑，但要塞裡畢竟還有自己人。果不其然，可以感覺到可蕾娜緊緊皺起了眉頭。

『萊登他們還在裡面耶？……而且，呃，我也有那麼一點點擔心蕾娜啦。』

『只是打個比方嘛。所以辛才會把砲兵式樣的「破壞神」部隊交給班諾德他們啊。』

「女武神」主砲與副武裝都能更換，機動打擊群內也有兩個裝備了榴彈砲的砲兵式樣機大隊，兩者目前都在參與阻滯作戰。正如賽歐所說，是因為攻略這座要塞時用不到他們，而且要分配大火力後援給阻滯戰部隊跟重量級「軍團」對峙。

要塞周遭沒有敵機蹤影，也沒有「西琳」以外的亡靈之聲。辛一面傾聽只位於城塞內部，而且似乎是在要塞地面區域附近的成群叫喚。他一面說道：

「安琪，有沒有辦法將飛彈射進城牆與天篷之間的縫隙？」

『……你難道連自己的城堡裡都設置了地雷嗎……？』

『自己刻意設置的已經算不錯了吧？……假如你以為自軍的支配區域不會遺留未爆彈或地雷，那可是會吃大虧喔。』

『…………』

「射手座」的光學感應器看了看腳邊，動作顯得有點侷促不安。

『所以說，再怎麼不情願也只能爬懸崖了……首先還要做偵察才行，誰要去？』

沉默幾秒後，維克說：

『你們……該不會是還沒弄懂吧？妳說是吧，蕾爾赫？』

原本客氣地保持沉默的蕾爾赫回答了。

而且似乎有些自豪。

『各位忘了嗎？我等「西琳」就是為此而存在的使役鳥啊。』

一個分隊共四架機體的「阿爾科諾斯特」奔出森林。這個地點與攻城部隊本隊保持距離，迂迴曲折，故意不在一條直線上安置宿營或本隊。分隊為了警戒砲擊，採取機體之間隔開約一百公尺的小隊楔隊隊形，發出金屬尖爪刺穿積雪陷入地面的怪聲疾速奔馳。

『……死神閣下，資訊鏈傳來了，下官這就傳送過去。』

MAP 〈聯合王國「列維奇觀測基地」簡圖〉

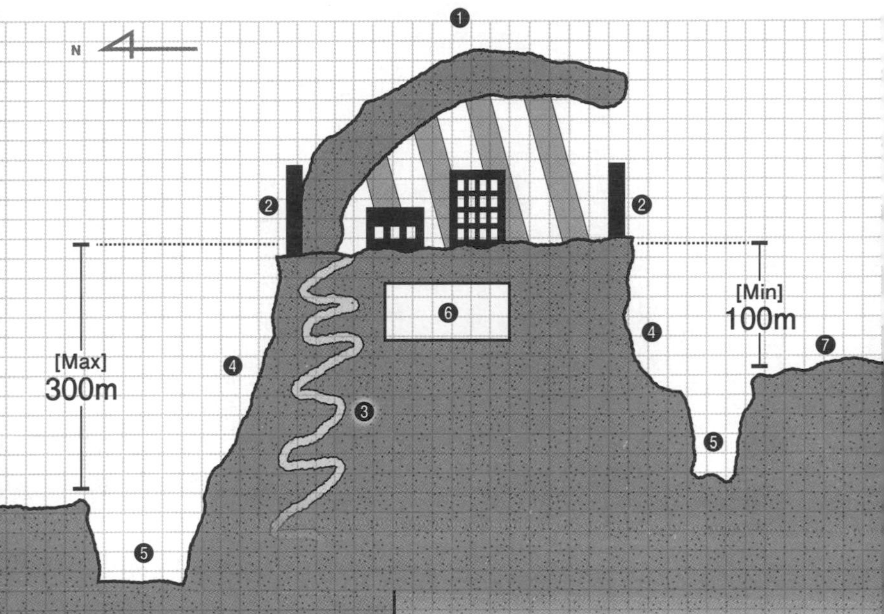

❶**天篷** 以天然岩盤闢建而成的天篷，由多根巨大支柱支撐。

❷**城牆** 由強化水泥與裝甲板組成的城牆。圍繞著整座要塞，阻擋外敵入侵。

❸**基地出入口**（西北部斜坡） 為出入用途設置的爬坡羊腸路。移動距離很長，且無從抵禦來自上方的攻擊，爬坡難度極高。

❹**冰層岩壁** 往內側挖掘的圓弧狀冰岩峭壁。最高約300m，最低約100m。

❺**乾壕** 深約20m的無水壕溝。底部設置了尖銳鋼筋組合而成的反戰車屏障。

❻**基地司令部** 米利傑上校與修迦中尉等人孤軍作戰的地下司令部。除了司令部建築與鄰接的第八機庫外，包含地面部分的所有區域全落入了「軍團」的掌控。

❼**辛耶上尉等人的現在位置**（西南部） 本部隊已於岩壁最矮，離森林等遮蔽物較近的西南部布下陣勢。然而可以預測此次行軍過程將會極其艱難。

作戰概要

聯合王國觀測基地「列維奇要塞」已遭「軍團」以空中強襲的方式奪取，並造成辛耶·諾贊上尉率領之先發部隊，與出發延誤的米利傑上校指揮之後發部隊分隔二地。有鑑於情報指出「軍團」增援即將抵達，先發部隊必須火速奪回要塞，與孤立的後發部隊會合。

※❷、❹、❺環繞整座基地，側面圖上省略。

蕾爾赫話音甫落，「送葬者」的駕駛艙內就彈出了全像視窗。偵察部隊的照相槍影像經過「海鷗」的轉送顯示出來。在距離要塞僅餘幾百公尺的極近位置，斷崖絕壁與裝甲牆看上去高可摩天。

近看之下，更能明白其易守難攻的程度。

足足高達一百公尺的冰層絕壁，上面還有更高聳的，以裝甲板覆蓋的厚實強化水泥城牆。豈止如此，岩壁還刻意切削成往內側緩緩彎曲的形狀，無法直接爬上去。就算使用鋼索鉤爪，也絕不可能一口氣爬上頂端。

再加上前面開挖了寬達十幾公尺，深達二十公尺的乾壕，滴水不漏地圍繞著岩石平台。雖然以機甲來說屬於輕量型的「女武神」或「阿爾科諾斯特」跳得過這段距離，然而前方是又硬又厚的冰壁。一旦鉤爪沒射好，就要摔落地底深淵了。

而且乾壕底部與前面，又釘著滿滿尖銳鋼筋組成的反戰車屏障。

『……不過，好吧，只要從城牆正下方射進鉤爪往上捲，應該勉強爬得上去吧。』

賽歐邊看著同一個影像邊說。

『不過射太多鉤爪進去八成會崩塌，所以只能讓少數幾人爬上去就是了。反戰車屏障可以用砲擊炸出空隙鑽進去，只要壓制住閘門周遭，之後應該可以直接進去……』

講到一半，賽歐忽然噤聲了。

辛的異能搶先捕捉到「軍團」移動的動作。在城牆頂端，鐵青色的巨影出現在鋸齒狀射箭孔之中。可以看到機械兵器特有的威嚇性輪廓，以及背上火砲的長條剪影。

蕾爾赫說：

『女王閣下、死神閣下……就讓敵人用那火砲攻擊我等吧，下官想確認一下該種火砲的攻擊手段與範圍。』

「盡量不要直接中彈。我們得不到補給，我想盡量避免減損戰力。」

『遵命……唔。』

從城牆上瞄準了幾乎位於正下方的「阿爾科諾斯特」，鐵青色的形體探出了身軀。

追蹤視線的系統自動聚焦於目標，放大。遠處敵機的模樣變得鮮明清晰。

大小約莫與反戰車砲兵型程度相當。那是「軍團」特有的鐵青色機體，但明顯地沒有裝甲。四隻腳的本體揹負著直指天際的長管大砲，暴露出它的機構部位，背後拖著一對長如蠍尾的鏟形元件。

從幾乎震破耳膜的亡靈嗷嗷咆哮聽來，肯定是「軍團」。然而就連與「軍團」搏鬥長達七年的辛，都沒見過那種外形。

……不。

的確以「軍團」來說是很陌生，但細部的形狀有點眼熟。像是巨大的長管砲身、厚重而具威嚇性的機構部位，還有殺氣騰騰的砲口制動器，以及砲擊時打入地面以吸收後座力的後部鏟形元件。辛在得不到支援的第八十六區沒見過這種機體，但在砲火支援屬於常識的聯邦，他在戰鬥中的空檔看到過幾次。

那是在戰場上殺傷人數遠勝戰車砲或步槍，卻毫無殺意或殺人自覺的戰場之神——……

榴彈砲！

「蕾爾赫，讓『阿爾科諾斯特』退後，那是——」

辛總算弄懂了。

「軍團」為何要特地將一部分的部隊裝進徒增重量的碰撞防護貨櫃，再進行投擲？

因為它們就算減速，也沒有能靠自己著地的運動性能。那不是以上前線為預設用途的兵種。

「長距離砲兵型！」

彷彿烈火轟雷。

「軍團」的巨砲——一五五毫米榴彈砲，朝向停在乾壕前的「阿爾科諾斯特」同時開火。

「——長距離砲兵型？後衛的砲兵機種來到了最前線嗎！」

也難怪蕾娜忍不住重問一遍了。

長距離砲兵型——榴彈砲雖以強力無比的火力為傲，卻是完全不適合近距離戰鬥的兵種，更別說運用於要塞的攻略作戰。

「它們為什麼要……」

嘖！維克忍不住粗魯地嘖了一聲。

THE BASIC DRONES

[「軍團」的基本戰力]

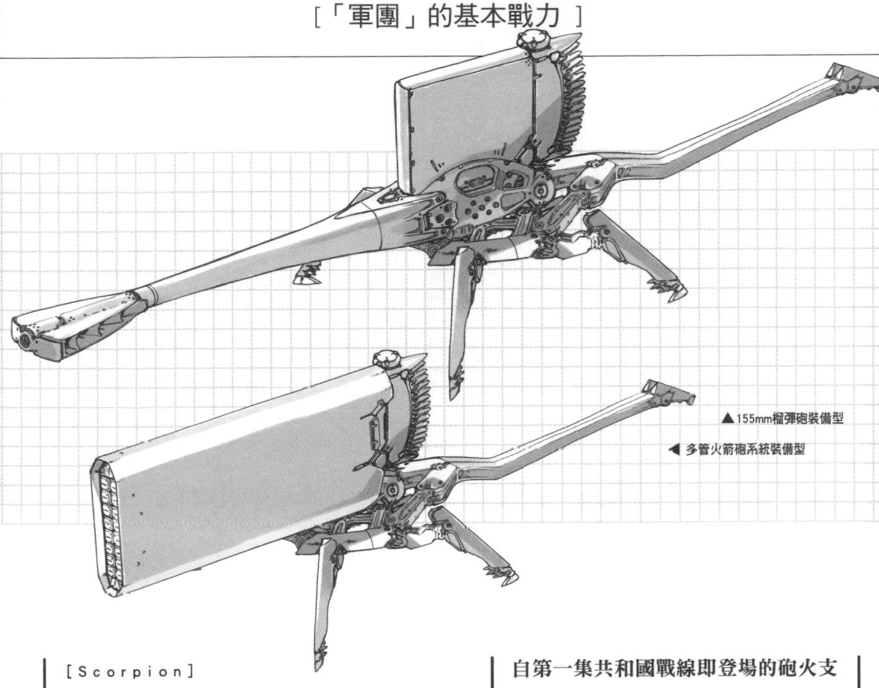

▲155mm榴彈砲裝備型

◀多管火箭砲系統裝備型

[Scorpion]

長距離砲兵型

[ARMAMENT]

155mm榴彈砲or多管火箭砲系統

[SPEC]

[全長] 11.0m／總高度2.2m
※榴彈砲裝備型規格，砲塔水平時

※基本上屬於自前線之遙遠後方進行曲射彈道砲擊支援的機體，但也可進行水平射擊等攻擊。

自第一集共和國戰線即登場的砲火支援用機體。基於不上前線，從敵軍射程外進行砲擊的設計理念，機身幾乎不具裝甲，運動性也極低。此外，由於實質上只具有砲身與固定腳架，因此機體重量與機身大小相較之下非常輕（戰車重量大部分來自其裝甲）。本次由於這樣的輕量性質而成為電磁彈射機型的投擲機種，抵達了列維奇要塞。如同上述，此種做法與原本的運用目的有著大幅差異，從中可一窺「軍團」智能化造成的影響。

「……原來是這麼回事啊。米利傑，不要讓『阿爾科諾斯特』後退。長距離砲兵型的投入目的，是破壞司令部的隔牆。」

啊！蕾娜倒抽一口冷氣。

一五五毫米的巨大榴彈擁有直接命中的話連戰車都能炸個粉碎的破壞力。就連這棟司令部構造堅固的防爆隔牆，一旦遭受到密集砲轟，遲早會被慢慢炸開。

砲彈對於固定目標能夠發揮最大級破壞力，又是電磁彈射機型能夠投擲的輕量機型，敵軍因此才會選上它投入戰局。從經過確認的兵種來看，電磁彈射機型的投擲上限大概在十噸左右。戰鬥重量超過五十噸的戰車型或超過一百噸的重戰車型，光是砲塔就過重了。

相較之下，長距離砲兵型儘管榴彈砲本身很重，但採用砲身加腳部的樸素造型，因此總重量很輕。特別是沒裝上裝甲，在減輕重量上更是大有助益。

因為是滿足了條件的兵種，所以就投入戰局了。其中不具有「砲兵就該放在戰線腹地」的人類常識。

為了整體勝利，甚至不惜用自己的身體清理地雷區的「軍團」，與不願看到同伴傷亡的人類，即使身處同個戰場，遵循的理論卻截然不同，從中衍生的行動也是。

——同樣地。

「……就算是『西琳』，在沒有對策的狀況下，命令她們接近以大範圍壓制為主要任務的長距離砲兵型，是否不太妥當……？」

「一旦沒有必要鎮守城牆，長距離砲兵型就會來打我們了。因此，我們必須讓外面那些人在某種程度上吸引住『軍團』的注意。」

「！……」

指揮人類的蕾娜，與統率非人「西琳」的維克，遵循的理論也不一樣。

然而在戰場上，維克的理論才是對的。不願見到眼前幾個人死去的半吊子心軟態度，只會間接導致麾下所有將士的戰死。

蕾娜忍受著反胃感下達命令，同時祈求這份厭惡與恐懼，不要傳達給以知覺同步聯繫的辛等人。

「……各位指揮管制官，請繼續讓第二班前進。自下一波攻擊起盡可能進行閃避，讓敵軍火砲停留在城牆上，不要讓它們有一刻得閒。」

「……收到。『破壞神』也會試著靠近。」

畢竟是能將半徑三十公尺圈內一擊掃蕩乾淨的一五五毫米榴彈砲，所展開的同時射擊。

辛一面苦澀地注視著不堪一擊地化作碎塊的「阿爾科諾斯特」，一邊回應。

他當然聽得出來蕾娜痛苦地下達的命令有何意圖。長距離砲兵型以防禦城牆來說，絕非最適當的兵種。四十公里的射程太長，間接瞄準與直接瞄準之間會產生空白地帶。之所以將這種機型投入前線，是因為本來另有目的。

不將它們繼續留在這裡，要塞裡的蕾娜等人會有危險。

辛將意識轉向派去支援接近行動的小隊隊長。這是用來排除城牆上「軍團」的部隊，目的是遏止敵機的行動，或是讓敵機後退，藉此讓友軍比較容易接近岩壁。

「……可蕾娜，有能夠狙擊城牆上方的位置嗎？」

聽到這個問題，可蕾娜狠狠咬住了嘴唇。她確認過地圖，待在推算出來的狙擊地點之一——雪地森林裡一處略高的岩石平台上。

「是有幾個，可是……」

她是為了幫助在最前線與敵機交手的辛，才會磨練狙擊的本領。在這種時候排除掉礙事的敵機，正是自己的職責。

只有這個辛絕對會需要，只要有這項本領就能在戰場上陪伴他，不會輸給任何人，就算是蕾娜也一樣，這是屬於她的……只屬於她的職責。

但是，自己現在竟然得做出這種報告。

可蕾娜環顧著陷進岩石平台而覆蓋上一層薄薄積雪，外觀還很新，讓感應器閃爍著燈光的一大堆散布式破片地雷，發出了呻吟。恐怕是趁他們中斷龍牙大山攻略作戰，折返基地時埋下的。

「滿地都是地雷……！到處都撒滿了反戰車地雷！」

轟隆……沉重的爆炸聲，一路傳到這個厚重岩壁圍繞的場所。

萊登往聲音方向瞄了一眼，開口說話。當然靠「破壞神」的感應器一類，不可能看得見水泥與岩壁外頭的狀況。

「通道那邊開始打防衛戰了啊……外面那些傢伙似乎陷入苦戰了。」

『那還用說嗎，叫他們在那種整人懸崖上玩攀岩，就算是死神弟弟也吃不消吧。』

地點在列維奇要塞基地的地下最下層，第八機庫。

這間用上整個樓層的基地最大機庫，是個長寬都超過五百公尺的巨大空間。足以容納一整棟民房的高聳天花板上除了照明設備，還安裝了成排的橋式起重機，以及環繞空間的貓道。他們堆起空貨櫃搭建出屏障，以「狼人」及「獨眼巨人」為首的「破壞神」們躲藏於其後。

在「破壞神」的光學感應器定睛注視的前方，通往電梯的入口此時以防火捲門堵住，從捲門外傳來一陣又一陣的激烈爆炸聲。那是從上面樓層電梯井爬下來的「軍團」進行的自爆攻擊。

自走地雷的爆炸與斥候型的身體衝撞累積的損傷，把堅固的捲門撞到擠壓彎曲。咚！伴隨著一下格外巨大的撞擊聲，成群蠢動的鐵青色機體出現在嚴重變形的捲門隙縫中。

……要來了，是吧。

「——全機解除武裝的安全裝置，等待進一步命令…………」

轟然一聲。

承受不住衝擊的捲門被撞開，飛得老遠。斥候型與自走地雷混雜而成的一群敵機如濁流般湧入機庫。

就在一明一滅的光學感應器環顧機庫的昏暗空間尋求獵物的同時，萊登也喊出了命令：

「開火！」

剎那間，來自側面的槍砲火網殺向敵機。

機砲發出低沉咆哮，各機配備的兩挺重機槍尖聲大叫。斥候型的裝甲碎片、被撕裂的腳部零件，還有自走地雷四分五裂的手腳，以爆炸的黑焰為背景飛上半空。

然而「軍團」踩著頹然倒下的第一排隊伍，絲毫不顧槍林彈雨打在自己身上，繼續果敢地衝進機庫。它們趁著為防槍身過熱而停頓的幾秒時間縮短距離，踏碎友軍的屍骸，默然無聲地在眨眼間逼近敵人。

『哈，跟一群螞蟻似的……大夥兒聽好，不准讓它們通過！背後可沒有地方讓我們後退！』

萊登等人與厲吼著展開迎擊的西汀等布里希嘉曼戰隊員錯身而過。機動兵器之間互相針對死角下手，再加上自走地雷乘隙而入，現場轉眼間陷入混戰局面。

不只「破壞神」，陸戰類兵器的上部裝甲都比較薄。為了從這個弱點下手，部分自走地雷沿著牆壁想爬上貓道——

『看吧，來啦，把它們打下來！』

在「破壞神」的背後，轟碎能夠俯瞰整座機庫的待機室玻璃窗，突擊步槍的全自動射擊襲向了它們。是自告奮勇掃蕩漏網之魚的八六整備人員們，所展開的集中砲火。

他們雖然因為負傷或後遺症而退離第一線，但原本也是戰鬥人員，慣於用槍，也習慣了戰場氛圍以及近在身邊的死亡氣息。

一架斥候型瞄準了他們那邊。在一陣「撤退，撤退！」的喊聲與慌亂的腳步聲之後，一四毫米機槍的掃射迅猛掃過待機室。緊接著夏娜的「蛇女」撲向敵機，將那架斥候型踩爛。

西汀似乎環顧了整間機庫，不屑地說：

『那個啥高機動型的……沒來這邊啊。』

「現在也不希望它來就是了。」

最先攻入基地的高機動型在壓制了觀測塔後，無論在城牆還是各通道的戰鬥中，都沒確認到它的蹤跡。

地下區域有的隔牆設下了高壓電流陷阱對付高周波刀，自從目擊到高機動型中了陷阱使得刀具被彈飛後，就再也沒人看過它了。辛的搜敵結果表示它肯定在基地裡的某處，所以也許是哪裡故障了在修理，或者……

「——畢竟那個八成是『軍團』的最終王牌嘛。」

也許是將基地的壓制交給小兵處理……自己則保存戰力，以備迎接真正有必要的戰鬥。

「它雖然厲害，但無可取代。大概用來對付我們這些小兵嫌浪費吧。」

什麼都能斬裂，什麼都能屠滅，也因此而為——獨一無二。

值得用上它的戰鬥，打個比方，可能只有對付同樣身為獨一無二兵力的辛與「送葬者」時。

哼。西汀似乎凶猛地笑了笑。

『小兵是吧。我倒是很想快點讓它說不了這種大話。』

「勸妳還是算了吧……我們這邊現在人手不足，跟它火拚也打不出什麼好結果。」

「——五號通道，退避到第三區。準備掃蕩現場，三十秒後再次突圍奪取通道。零號，重機槍（HMG）裝備的斥候型要來了。步槍隊後退，支援反戰車線膛砲，敵機一露臉就打擊它們。」

維克一手包辦複數通道同時展開的多場戰鬥指揮，連珠炮般的指示充分說明了司令部防衛戰的嚴苛程度。

通往司令部的所有通道雖然全以厚重的三層隔牆做了封鎖，但若是毫無防備地暴露在攻擊之下，遲早還是會被慢慢打破。為了不讓敵機靠近，守在隔牆前面的士兵們與輕量級「軍團」正在展開熾烈的攻防，以搶奪通往隔牆的通道。

反人員與反輕裝甲破片地雷連續炸開，橫掃通道的巨大聲響搖撼著指揮所的空氣。二〇毫米反戰車線膛砲的激烈砲聲，從另一方向尖銳地響徹四下。

維克瞬息萬變地切換多條通道的影像與某些狀態數值。他粗略環顧半圓形展開的全像視窗後，犀利地呼出一口氣，帝王紫的一眼回看著蕾娜。

「只要讓一架自走地雷通過就死棋了。此處會讓衝擊波來回反彈，讓我們無處可逃。」

「是的。」

蕾娜輕輕點了個頭。

敵機雖然大半都是自走地雷，但在這棟司令部當中，這反而是最可怕的敵人。在密閉空間引爆高性能炸藥時，衝擊波會在牆壁之間來回反彈而擴大。人體當中特別脆弱的腦部與內臟，很容易就會被這種衝擊波摧毀。

所以在上次的作戰，辛為了擊破高機動型而拿「送葬者」當誘餌暴露出血肉之軀，其實只要走錯一步就會有生命危險。雖說當時只有那個辦法，而且辛躲藏於能夠反彈並減少衝擊波的遮蔽物後方，但蕾娜看到報告書時仍然一陣毛骨悚然，覺得他怎麼敢做這種事。

「——有沒有可能有幼兒型從排氣風管爬進來？」

排氣風管對於缺氧就會窒息的人類而言是必需設備，但這裡會直接通往外界。

而在守城戰當中可能成為突破口的，並不只限於正規通道。

「妳能保證不會有小孩抱著液體火焰鑽進來嗎？……這座城堡從當初建造時起，除了通道與起居室以外，就沒有設計任何小孩或大人能鑽入的空間。妳說的風管，裡面也是整束的金屬細管，就連阻電擾亂型都進不來。」

附帶一提，液體火焰指的是以石腦油為主原料調合而成的，中世紀時期的燒夷彈(Napalm)。它具有難以用水澆熄的特性，經常用在海戰或攻城戰之中。

可是伊迪那洛克王室有這麼受到民眾怨恨，需要去擔心小孩抱著這種東西溜進來的可能性嗎？

轟！遠處的爆炸聲微微搖動了指揮所的空氣。在維克面前展開的全像視窗當中，又有一個破片地雷的代號消失了。爆炸地點位於一條戒備莫名森嚴，但整條走道寬敞工整而易於進攻，然而實際上不通往任何地方的誘餌通道。人類總是喜歡針對弱點進攻，容易以為受到保護的地方是重要場所。這種利用人性控制入侵者進攻方向的機關，看來就連「軍團」也上鉤了。

維克瞥了那邊一眼，鼻子一哼。基地當中布滿了無數陷阱，然而這棟建築的防衛卻每分每秒都在減損、消耗、慢慢削薄。

「反正人類光是活著就會妨礙到別人，不管是何種聖人君子都一樣……既然這樣，就算自認為問心無愧，事先做個提防總是沒有壞處吧。」

夕陽西斜，吹襲的風雪越漸轉強，在橫颳的白雪紗幕遮掩下，視野極度惡劣。

斥候型的複合式感應器似乎也多少受到其妨礙，長距離砲兵型與斥候型的砲火大幅失去準確度，多少減輕了接近的難度，但同時覆蓋視野的厚厚積雪也對「破壞神」露出了獠牙。他們被砍伐遺址刻意留下的樹墩絆倒，走不習慣的冰原傷到了腳部，有越來越多的機體失去行動能力。

相較於毫無掩體，斜向灑落的榴彈砲水平射擊，從岩壁底下發動的砲擊，無論是八八毫米戰車砲或一〇五毫米火砲式發射器都被鋸齒狀堞牆擋住，幾乎沒一發打中。專用的強化水泥與裝甲板組成的厚實堞牆，於確保城牆上槍線的同時，還能徹底彈開攻城軍的砲火，正可謂戰鬥要塞的完成形態。

「送葬者」鑽過凌亂但殘忍地射來的猛烈砲擊，終於抵達了岩壁底部。辛將腳部冰爪與鋼索鉤爪打進冰層陡坡，捲起鋼索，讓十噸重的機體向上攀登。

這上面當然也有「軍團」，但是在暴風雪紗簾的阻擋下，它們似乎看不見向上攀爬的「送葬者」。賽歐的「笑面狐」前進得比他稍慢一點，也隨後跟上。兩人指揮的先鋒戰隊前衛小隊也是。

安琪麾下的大範圍壓制小隊為了轉移敵軍目光而故意砲轟其他堞牆，砲聲貫穿肆虐的強風傳到此處。剎那間減弱又增強的冷風，僅一瞬間掀開了白魔鬼的簾幕。

他們與從射箭孔探出機身窺探的自走地雷，目光撞上了。

「！……撤退！會被抓住！」

辛分離掉來不及收回的鋼索，果決地踢踹岩壁跳到半空中。這種高度就連考慮到高機動戰而搭載了高性能避震裝置的「破壞神」都會有危險，但除此之外沒有其他閃避的方法。

向下墜落的自走地雷通過了跳離的眼前空間。反應較慢的友機被抓住，受到自爆波及，與它一併被炸飛……是反戰車地雷型。遇到在緊貼狀態下連「破壞之杖」的上部裝甲都能貫通的金屬噴流，裝甲較薄的「女武神」簡直不堪一擊。

辛在空中控制姿勢，用上四隻腳著地。即使是辛也不習慣這種冰凍戰場與雪地裝備，沒能完全抵消的衝擊透過冰爪深入機身，某種零件龜裂的尖銳怪聲傳進駕駛艙。

警告訊息隨著刺耳的警報聲亮起，辛一瞥之後瞇起單眼。右後腳的關節機構有部分破損……雖然還不至於不能動就是了。

砲口轉來追擊的長距離砲兵型，被衝過身邊的「破壞神」掃射一堆子彈加以牽制。背部砲架的機砲與一對機槍都不怕砲身燒燬，傾盡全力射擊敵機。正好與之相反的冷硬聲音透過同步傳來，是雷霆戰隊的戰隊長，尤德．克羅少尉的聲音。

『諾贊，你退下。憑你機體的狀態，無法進行你平常的那種戰鬥。』

「……但是……」

他的座機「烏魯斯拉格納」的光學感應器瞟來一眼，機械般平板的聲音接著說下去。辛覺得假如「破壞神」會說話的話，一定就是這種聲音。

『你如果被打倒，就沒人能負責搜敵了。失去該用在攻堅時的近身戰鬥力，以及比我們任何人都要豐富的戰鬥經驗，也是一大損失……你就退下吧，專心負責搜敵與指揮就好。』

辛長嘆了一口氣。在這種戰局毫無進展的狀況下，儘管要離開前線令他滿腔怒火，但尤德說得的確沒錯。

「——收到。」

蕾娜看到拍攝地面區域的一架攝影機鏡頭，映照出榴彈砲的陰暗砲口。

緊接著，半數以上的主螢幕全變成了黑屏。城牆爭奪戰的光學影像、經過觀測的周邊氣象資訊、敵軍部隊的推測機種與機體數量，這些位於地下深處的指揮所無法直接看見的要塞外部戰場情報，一口氣全遭到了封鎖……是安裝於要塞基地最頂層天篷外圈的外部複合式感應器，與指揮所的連接線被切斷了。

「啟動備用迴路……米利傑，線路還要一點時間才能復原，在那之前先密切接收來自外面的消息……」

「不用，沒關係，我全都記得！」

維克吃驚地轉過頭來，但蕾娜沒看見。辛推算出的敵機位置、藉由報告與外部攝影機掌握到的敵我部隊開展狀況、要塞基地的形狀與周邊地勢、影響彈道的平均風速與視野狀況，這些資訊全都在她的腦子裡，要模擬這些的動向也不成問題。

蕾娜指揮相隔一百公里之遙的戰隊已有多年，要在腦中重新建構看不見的戰場不是難事，然而這次是一個旅團的數千人員。雖說是以部隊為單位加以掌握調動，但畢竟需要模擬的狀況數量龐大——展開的「蟬翼」隨之開始高效率運轉。無數的仿神經纖維發出淡淡紫光，描繪出隨機紋路。

「——大鐮戰隊，請集中射擊西邊第三區五號城牆，彈匣交換完成的長距離砲兵即將出現。

呂卡翁戰隊與『阿爾科諾斯特』第一八中隊合力掃射七號，掩護第二二中隊前進。先鋒戰隊——……」

主螢幕的影像與各種狀態數值恢復正常，蕾娜瞥過一眼，確定腦內戰場與實際狀況毫無出入後，直接繼續指揮戰隊。她並不覺得自己辦不到，不過不用極度專心或投入就能架構腦內地圖，復原後又能維持緊張狀態繼續指揮，想必得歸功於「蟬翼」的輔助。與整個旅團的同時同步也是，就照這樣——……

這時，一朵銀色光輝飛進了視野。

包括蕾娜與維克在內，指揮所的所有人員一瞬間都愣住了。那是翅膀大如成人手掌的機械蝴蝶——阻電擾亂型。也許是在封鎖通道前誤闖進來，四處徬徨之下來到這裡的？

它不具有像樣的感應器，也已經無從跨越厚實岩盤向母機請求指示，大概是在能源所剩無幾時誤闖進來的吧。阻電擾亂型好像自己一時也很困惑似的拍拍翅膀，但遠比人類遲鈍的思考速度更快辨識出周圍的敵性存在。

在蕾娜的眼前，它彷彿威嚇敵人般張開翅膀滯空飛行，銀色翅脈閃熠一絲燐光。

阻電擾亂型這種機體……

是能產生足以完全封殺任何雷達或無線電等電磁波的干擾波——強力電磁輻射的「軍團」。

毫無防備的一個活人，在這種極近距離下遭到照射，恐怕無法全身而退——……

尖銳怪聲逐漸升高，阻電擾亂型燒焦著些許空氣，加強它的燐光——

「——喝啊啊啊啊！」

馬塞爾站了起來，用突擊步槍的槍托打落了阻電擾亂型。

翅膀力量較弱的蝴蝶形體，被這種撞擊輕易打飛出去，摔在地板上。它彈跳一下後掉在地上，可能是翅膀機構故障了，飛不起來在地板上掙扎。

「……了不起的反應速度，馬塞爾少尉。」

同時維克拔出手槍，流暢地瞄準它開槍。

那是即使在聯合王國，也只有部分特種部隊會攜帶的九毫米衝鋒槍。此時設定為單發（半自動）的衝鋒槍，正確地射穿阻電擾亂型的控制中樞，將它打碎。

蕾娜不由得呼出長長的一口氣。剛才真的好險。

「不好意思，馬塞爾少尉……謝謝你救了我。」

可能是緊繃的神經鬆懈了，反而是馬塞爾臉色糟得像是差點沒命。

「不會……呃，我只是覺得非救不可。應該說如果我不這麼做，會沒臉見諾贊那傢伙……」

馬塞爾用力呼出一口氣，扶起撞飛的椅子回到管制席。他的側臉定睛注視自己負責的全像視窗，注意力已經回到他的戰場上。

蕾娜想起人事檔案的內容提到，這位少年在腿部留下後遺症，成為管制官之前，曾經是「破壞之杖」的——於最前線戰鬥的機甲駕駛員。

「……下一批敵機要來了，請繼續指揮。」

「……該死！」

自己負責管制的「西琳」，連同整個小隊一併從知覺同步的對象中消失。

其中代表的含意，讓這個年輕指揮管制官悲憤交加地唾罵。同步一旦連上，就不會從「西琳」那邊中斷。同步會違反指揮管制官的意願強行中斷，只有一個可能。

就是在她們這些無法睡眠，連昏倒都不被允許的可憐女孩戰死之時。

「該死，該死，該死！可惡的八六，沒人性的一群怪物！竟然隨便利用她們當誘餌……！」

對聯合王國的指揮管制官來說，「西琳」不只是兵器。

她們是彌足珍貴的搭檔，是值得信賴的部下。甚至有些人將她們視為深愛的戀人、妹妹或女兒。

不只「西琳」，軍用犬或無人機的指揮管制官常常會對自己管理的犬隻或無人機投入感情，疼愛有加。當犬隻被敵人殺害，或是無人機遭到擊墜時，指揮管制官為了替「搭檔」報仇而衝動行事的案例並不少見。

更何況儘管只是模擬，但「西琳」畢竟具有人格，而且呈現純潔少女的外形。

這些「西琳」一個接一個地被消耗掉。她們被迫衝向高達一百公尺的斷崖絕壁與前方驟降的砲火豪雨，當成誘餌用完即丟。

不可能不心痛。

對於拿她們當誘餌前進的八六們，感到氣憤與憎惡也是當然。

其中只有程度差異，只要是指揮管制官誰都一樣。

如果同樣身為北方王國的同胞，那還能忍受。若是身分高貴的王室成員，或許還能稱得上光榮。但下賤的異國外族，而且還是遭到祖國遺棄的劣等民族，竟敢將他們心愛的「西琳」當成物品一樣消耗。這件事比「西琳」們的戰死更讓指揮管制官們激動、氣憤，甚至因為哀痛與瞋恚而流下眼淚。

竟然被那種……

非我族類的，劣等民族的……怪物們那樣利用。

「可惡……！」

「夠了沒有？」

一名年長者看不下去，勸誡了一句。此人穿著紫黑軍服，階級章為上尉，是在場所有指揮管制官的指揮官。

「隊長！可是！」

「無論我們抱持何種想法，她們就是那種存在。那些人是甘願受到那種對待，才會志願成為那樣的機械少女，我們不該為此氣憤……再說……」

身為這座基地的指揮管制官的隊長，他正在與指揮攻城作戰的共和國軍人少女，以及她的直屬部下——城外八六們的少年總隊長同步。

兩人都看著弟兄們一一死在城外或是眼前，壓抑著那種痛楚揮軍抗敵。對他們而言並不屬於軍中弟兄的「西琳」們接連毀壞的模樣，也讓他們心痛不已。

那兩人並不是不難過……並不是無動於衷地把她們用到毀壞。

最重要的是……

「八六他們也有人捐軀，為了解救他們的指揮官、我們的殿下，以及我們自己……怨懟或憎恨他們都是大錯特錯。」

針對正面鬧門下手的佯攻沒有讓「軍團」上鉤。

可蕾娜歸隊後找過岩壁下方的狙擊位置，但也沒找到。

「嘖……」

辛不禁咂了一下嘴，知道自己心情焦急，搖了搖頭。再怎麼煩躁也不能解決問題，反而只會增加死傷人數。

但是「阿爾科諾斯特」與「破壞神」的被擊毀數、傷兵人數與死者人數不斷增加，相反地彈藥數量則是以嚇人的速度不斷減少。然而戰況卻毫無進展，著實令人著急。大限將至的焦躁感讓人五內如焚。

敵人的增援正在接近，城內的敵人絲毫不見減少。正因為辛都很清楚，也明白只有己軍在消耗人力物力，所以才會越來越心急。

而且在他們伸手無法觸及的基地內部，還不知道陷入了何種狀況。

似乎並不只有他一個人如此焦躁。

『——的場少尉！不行，請聽從指示！』

『可是！我得盡量引開砲擊，否則其他弟兄……呃啊！』

不遵守命令，試著從不在攻擊目標內的南端壁面爬上去的小隊，遭受左右兩方的機槍掃射而墜落谷底。辛彷彿能聽見摔在未清除乾淨的反戰車屏障上，機體被刺穿的異樣聲響。

雷霆戰隊在長距離砲兵型的猛烈砲擊下有幾架機體脫隊，但仍勉強鑽過砲火，不知是第幾次重新抓住岩壁。斥候型從堞牆的射箭孔俯視著他們。敵機確認過「破壞神」的位置，暫時縮回牆後，接著用上整個機身，推著某種看似沉重的物體再次出現。那是鐵桶，斥候型就這樣將它推落懸崖。

『……！』

雷霆戰隊踢踹岩壁跳離原位之後，好幾個被推落的鐵桶接連擦過他們的殘影，往下墜落。鐵桶被反戰車屏障刺穿，或是掉在屏障隙縫之間的地上撞裂，把裡面的東西潑灑出來……是透明的液體。

自走地雷隨後追上，自己從城牆上跳崖自殺。它們毫無抵抗，頭下腳上地墜落一百公尺以上的高度，於接觸到地面的瞬間自爆。

倏忽之間。

轟！朱紅透明的業火壁壘直衝陰雪天空，擋在乾壕的前面。

那片火海連下個不停的雪都不當一回事，烈烈轟轟地旺盛燃燒。上升氣流如漩渦般捲起片片火花與雪花碎片，火牆赫如渥赭地屹立於鉛灰色的世界。

「海鷗」不由得呆立原處，機體內的蕾爾赫呻吟道：

『火戰壕（Fire trench）——！竟把燃料庫裡的汽油搬出來了……！』

嘩啦嘩啦地，城牆上又丟下了更多鐵桶。桶子撞上岩壁底部一個斜角，整個彈跳起來，一邊潑灑汽油一邊飛越乾壕，掉進了火戰壕裡，使得火勢更加猛烈。靠電力驅動的「軍團」不需要這種物資，看來是不覺得可惜，用來拖延時間了。

沒錯，是在拖延時間。

辛輕輕搖了搖頭。

「這裡暫時是沒辦法攻打了……竟然使出這種討厭的招數。」

鋁合金裝甲的「破壞神」怕火，碳分子材料的鋼索也是。無論是要突破那片火海，還是暴露在輻射熱之中攀登岩壁，幾乎都是不可能的。

賽歐傳來報告：

『偵察隊有報告了，說其他岩壁也都在起火燃燒……我是覺得雪下得這麼大，火勢不會維持太久，但總之只能等了……』

「…………」

冷靜判斷的話，賽歐說得沒錯。但現在時間是站在「軍團」那一邊。增援正在逼近，基地內的防衛設施也一點一滴被突破。辛既然明白，又怎麼能命令大家一味待機，浪費時間——……

『……不。』

身旁的「海鷗」仰望著天空。

『雪要越下越大了……今天……』

降雪的天空越來越暗，混雜於空氣中的雪珠更增密實。顯示的周圍溫度數值開始下降，也在告訴他們黃昏將近。

一些「破壞神」無法啟動而被菲多拖走，還有「阿爾科諾斯特」燒焦癱倒的殘骸。彈藥、能源匣與消耗品等於是白白浪費了。

都蒙受了這麼大的損害，竟然……

『看來，是到此為止了……』

†

太陽西沉。

這天最後一道陽光，在覆蓋天空的阻電擾亂型銀翅的漫射下，照得天球以及鋪天蓋地的白雪赤紅如火。

世界如此火紅，陰影如此黑暗。

對於戰場的癲狂絕景，誰也沒有多餘精神為之驚嘆。

†

夕陽西下之後，要塞基地內外也跟著暫且休戰。

維克從全像式螢幕的各項情報確認了這點後，呼出一口氣說道：

「米利傑，將機動打擊群的指揮權暫時轉讓給我，妳先休息。」

在戰鬥中，指揮官不能離開指揮所。

因此維克才會這麼說，但蕾娜一本正經地搖搖頭。

「不，維克你先休息吧。」

「妳打算用疲憊的大腦指揮防衛戰嗎？妳體力不如我，所以妳先休息……看妳黑眼圈都冒出來了，臉色也很差。」

火戰壕的火勢最後輸給大雪，岩石上也沒有其他東西可燒，於是就在燃料耗盡後熄滅了，但此時戰場的支配者已經換成了遮天蓋地的白魔鬼。

那可不是什麼深沉寧靜的降雪。幾乎呈水平颳來的狂暴風雪把視界吹成一片空白，是讓人感覺到上天惡意的猛烈雪暴。

難以前進自然是不用說，這下光學感應器的夜視模式或雷達都起不了作用。就連射控系統的照明波束都會失效，在這種直到產生接觸才能檢測到敵機接近的狀況下，總不能把「破壞神」所有機體的搜敵工作全交給辛一個人扛，因此就如同蕾爾赫所說，今天的戰鬥無法再繼續下去了。過度運用了半天時間的「破壞神」跟「阿爾科諾斯特」也都需要整備。

宿營分散設置在樹木密集的針葉樹林深處，不會受到暴風雪的太大影響。辛將「送葬者」交給出來迎接的整備人員，自己在天寒地凍的雪夜空氣中嘆一口氣。

滿陽把雪踩踏得沙沙作響，走到他身邊來。這個嬌小的少女擁有象牙色肌膚與帶點茶色的黑髮，據說跟凱耶同樣繼承了濃厚的極東黑種——大陸東部的血統。

「諾贊上尉，機體關節會結冰而無法動彈，輔助動力系統(APU)的電壓也會降低，所以除了高度戒

備待命的人員之外，所有機體還是放進運輸車的貨櫃裡會比較好喔。高度戒備的機體就在旁邊生火，以免結冰。」

辛回看過去，滿陽一臉倦容，卻故作開朗地露出了笑靨。

「我是北部戰線出身，在雪地戰鬥習慣了……除了我之外，還有一些人也是來自北部的部隊，我去找他們幫忙，告訴大家因應的方法好了！」

「……麻煩妳了，不過，不要勉強自己。要好好休息，以備明天的戰鬥。」

「好的，諾贊上尉也是喔。」

滿陽快速地揮揮手之後走遠。辛目送她離開後，也踏出腳步。

菲多率領的一群「清道夫」把「破壞神」的殘骸回收帶了回來。醫護兵強行撬開被友機拖回來的「破壞神」座艙罩，叫來擔架，把裡面的處理終端拉出機外。兩名整備人員抱著同一個屍袋，抿著嘴唇從他們旁邊走過。

在前線醫療小隊的貨櫃車旁邊，辛從帳篷之間看了一眼高高堆起的黑色塑膠袋，然後打開先鋒戰隊的重裝運輸車的車門。

先回到車內的安琪對他微笑。

「辛苦了。負責殿後的可蕾娜也說她很快就會回來。」

「嗯。」

除了她之外，車內還有達斯汀與賽歐，不知為何瑞圖明明是其他戰隊的人，卻也待在車上，達斯汀將即溶咖啡倒在幾個杯子裡，端給辛。

「……死了不少人啊。」

「處理終端已經算少了，倒是『阿爾科諾斯特』被擊毀了很多。」

「還有彈藥、能源匣與修理零件也消耗了相當多……沒有補給，影響真的很大耶。」

可蕾娜一邊板著臉撣掉降在紅髮上的雪一邊回來，從正好過來的「西琳」手中接過冒熱氣的馬克杯，然後上了車。

「長距離砲兵型從城牆上撤離了。照王子殿下所說，有一群奇怪的工作機械全體出動，在整備地面區域。現在城牆上只有自走地雷，被暴風雪吹得像雪人一樣，很好笑喔。」

可蕾娜講得一副一點都不好笑的樣子。辛看出可能是因為疲勞，再加上一整天下來毫無斬獲的徒勞感與焦躁，使得她心情不是很好。

「長距離砲兵型撤離……是在做砲身的修理吧。」

「八成是。」

「軍團」用火戰壕拖延時間，看來是為了這個。榴彈砲雖然也能水平射擊，但基本上是往上曲射的砲種。砲彈重量與炸藥量比較大，對砲身造成的負擔也較大。這一天攻防下來，似乎成功逼得敵機必須進行整備了。

可蕾娜用視線瞟了瞟門外，聳了一下肩膀。

「剛才的『西琳』說只要有命令，她們願意立刻動身，而且不用別人幫忙。說是為了救人，被打壞也在所不辭。」

金色的雙眸，浮現出淡薄卻清晰可辨的厭惡之色。

就像在看某種無法理解的事物。

「很抱歉，但我還是覺得很不舒服……對那些傢伙來說，應該也一樣是同伴戰死才對啊，而且人數還比我們多得多了。但她們卻那樣，一副沒事的樣子笑著。」

隨便瞄一眼，就能看到宿營各處都有「西琳」們毫無倦色地到處走動分配馬克杯，少年或少女雖然嘴上有道謝，回看她們的神情卻顯得不太舒服。機械少女們似乎一點也不介意，面帶與這狀況不太搭調的微笑到處走動，慰勞著這些處理終端。

「不會害怕，不會疲倦，不會疼痛——是吧。」

簡直就跟他們對抗的「軍團」一模一樣。

「她們真的是機械人偶耶……只會壞掉，不會死掉。因為已經死了，所以不會再死一遍。」

「可是……」

達斯汀視線落在馬克杯裡，輕聲說了：

「感覺實在不太好……就跟以前只讓八六戰鬥的時候一樣。」

賽歐不悅地挑起了眉毛。

「你的意思是說，我們就跟白豬一樣？」

不友善的語氣讓達斯汀急忙揮揮手。

「不，不是！我不是那個意思。只是，我是說……」

達斯汀視線徬徨了一會兒後，坐立難安似的低下頭去。

「呃……抱歉。」

「不過——」

瑞圖突然開口了。

「的確有點像在第八十六區的我們呢。特別是在大規模攻勢的時候，大家都像那樣……一個一個地死去。」

「…………」

瑞圖像小孩子一樣抱著雙腳的模樣，讓辛瞇起眼睛。他突然跑來，原來是為了這個。

「你是說我們很可悲嗎？」

「不……不是，只是……應該說就像庫克米拉少尉所說的，我覺得她們很詭異，教人害怕。她們不是人，我搞不懂她們算是什麼，所以覺得很可怕……可是，我好像也不喜歡看到她們像那樣，一個個地死去。」

就好像自己跟其他戰友，明天也會步上同樣的末路似的。

很可怕。

這種無聲地低喃的感情，對辛而言早已變得陌生。他已經習慣看到身邊的同伴死去……不得不習慣。

「明天的戰鬥，你就別參加了吧？如果覺得難受，或許不去比較好。」

如果會因為恐懼而動彈不得……那還不如不要上戰場。

因為這會導致自己主動跌入死亡深淵。

「……沒關係。」

沉思了一會兒後，瑞圖搖搖頭。搖得很用力。

「沒關係……我沒事。我知道我們戰力不足，況且，再說……」

瑞圖抿起嘴唇說道，像在鼓勵自己。

又隱約帶有一絲詛咒的意味。

「因為我是……我也是八六。」

蕾娜回到分配到的房間，拆掉「蟬翼」換上原本的深藍軍服。

然後她拿起一時扔在床上的鐵灰色軍服。

這是芙蕾德利嘉拿來，不知道是跟誰借的。披在身上不知為何會感到莫名安心，不過等這場攻防戰結束後，得物歸原主才行。蕾娜心想要好好保管這件軍服，盡量不要弄皺了，於是動作生疏地想把軍服簡單摺一下。

然而……

蕾娜雖是軍人，但長年以來衣服都是穿衣櫃裡準備好的，回到家之後又有女僕負責處理穿過的衣服。雖然在共和國淪陷後的防衛戰當中，蕾娜多少必須學著自己照顧自己，不過那時候連摺衣服的多餘時間都沒有。

更何況她從來沒整理過男生的上衣。

蕾娜手足無措了半天後，芙蕾德利嘉在一旁看不下去，嘆口氣伸出了援手。司令部現在由於收容人數大幅超出了本來的容量，因此每個私人房間都是讓一人以上共用。

「讓余來吧。在家庭事務這方面，汝可真是毫無能耐啊。」

「……真對不起，羅森菲爾特助理官。」

「太囉嗦了，叫余芙蕾德利嘉就好啦，芙拉蒂蕾娜。」

芙蕾德利嘉手腳意外俐落，熟能生巧地把上衣摺好。聽辛說她的廚藝跟蕾娜相差無幾，不過收拾整理方面似乎並非如此。

「……妳好厲害喔。」

「當侍女也是吉祥物的職責嘛，只是他們說熨斗太危險，還不讓余碰就是了。」

芙蕾德利嘉想了想，把摺好的上衣放在桌上，然後側眼看看蕾娜。

「人家不是叫汝休息嗎？余去替汝端吃的來，汝就歇會兒吧。」

「可是……」

芙蕾德利嘉露出一副由衷感到不耐煩的表情。

「汝這女子真是不明事理，聽不懂人話呀……現在外面那些人也在歇息，一兩句話也好，汝就去跟辛耶那傢伙說說話吧。」

要撐上五天等待救援，恐怕是不可能的。最多大概只能再撐兩天。

大隊長之間的任務報告盡是些令人心情鬱悶的內容，只留下徒勞感與焦躁。辛結束會議走出貨櫃，看到蕾爾赫在那裡等他。

「今晚這雪恐怕是不會停了……站崗工作交給我等，請各位去休息吧。」

蕾爾赫似乎聰明地看出了辛望著她的視線中含藏的詢問。

「我等無需休息，因為我等乃是機械之鳥。」

「妳們或許是如此，但是……指揮管制官就不是了吧。」

「站崗這點工作不需要管制，況且指揮管制官也有幾位值夜班，以備夜間的戰鬥。」

……這倒也是。

城內的戰鬥也是，不見得會因為入夜就暫時休戰。

總而言之，她這樣說幫了辛一個大忙。辛雖然幾天不睡也能戰鬥，但效率與判斷力都會降低。能夠休息的話，他很想先休息一下。

「不好意思……一有狀況我會發出警告。」

蕾爾赫眨了一下眼睛。

「好的，下官派一名人員在您身邊候命……不過……」

她輕快地偏了一下頭，動作中帶有一點童稚。

從維克偶爾會說的「七歲小孩」這個字眼來看，她的運轉年數大概在七年上下吧。她的舉動顯得有些天真無邪，正好就像那個年紀的小孩。

「死神閣下，莫非您縱然在睡夢之中，也會聽見那些傢伙的尖叫……？」

「是啊。」

「那真是……」

蕾爾赫一時無言了。

那雙翠綠眼眸像這樣顯得憂慮擔心時，就跟真正的人類沒兩樣。

就像個關懷他人痛楚的人類。

「想必您一定感到很難受吧。雖然下官只能試著想像，不過每晚的休息受到妨礙，對人類而言應該是難以忍受的折磨才是。」

「……還好。」

對辛來說，這十年來他聽那些叫喚已經聽熟了。雖然自從「牧羊犬」變成主力以來，聽見的悲嘆聲量比以前多出一倍，但也漸漸習慣了。

「知覺同步的原理，是人類異能的重現。死神閣下的此種異能，若有一天能以機械進行控制或重現就好了……特別是我等的話，不需擔心休息受到打擾，也無需承受多少負擔或痛苦，就能讓閣下從警鐘的職責獲得解脫了。」

辛不太高興地皺起了眉頭。解脫？

「我並不是為了當警報器而被迫從軍。」

「下官明白，自始至終都是閣下自願從軍的。關於這件事，閣下想必也會說您已經習慣了吧，就像不得不習慣服馭那匹悍馬一樣……不過恕下官斗膽直言，死神閣下您太勉強自己了。八六的各位人士難得都還活著，還請各位再多愛惜一點自己的身體。」

被死者腦組織的複製品——身為已死存在的蕾爾赫這樣說，給人一種難以形容的奇妙感覺。好像其中含藏了太多實際感受，讓人難以反駁。

應該說……

「妳為什麼這麼關心我們的事？對你們而言，我們不就是外國軍人而已嗎？」

蕾爾赫停頓了一段短暫的時間，似乎在考慮這個問題。

「……因為我等『西琳』說穿了，沒錯，就像是洗衣機。」

「…………？」

洗衣機？

「為人類效力是我等的職責，唯有為人分憂解勞才是我等的使命……看到人類明明有洗衣機卻不使用，把自己弄得筋疲力盡，身為洗衣機會覺得——為何不把勞神費力的麻煩事全交給我等，將這些時間用來陪伴心愛之人或子女，或者是用在自己身上呢？因為……」

這些事情，都是我等所辦不到的。

面對沉默無言的辛，蕾爾赫笑了。與話語的淒慘內容正好相反，笑得滿懷驕傲。笑得豁達明亮。

「我等是死人，是為戰鬥而生的齒輪人偶。我等沒有未來，只有被賦予的職責。但是，閣下你們還活著，也有追求未來或其他一切的自由……不像我等，什麼都不能冀望。」

「……妳們……」

「不是人類，對吧，死神閣下？閣下能夠聽見死者的聲音，知道我等……」

對於這個苦笑著的詢問，辛一時沒能作答。

從眼前的「西琳」……

可以聽得見聲音。那是跟「軍團」同樣的悲嘆之聲，是本該回到死後的歸宿，卻被強留下來無法歸去，持續悲嘆著思歸之意的亡靈聲音。

跟化作「黑羊」的眾多戰友、連相貌都不認識的遠親青年，以及——已經誅滅的哥哥，屬於同一種聲音。

所以她們是死者，是已經亡故的存在。

如果問到她們有沒有生命，答案是否定的。她們已非人世間的存在。

但是，辛無法這樣斷定。

他無論如何，都無法當著她們的面說：妳們是亡靈——不是人類。

因為那就好像在一口咬定他的哥哥——以及眾多戰友，都不是人類。

看到辛陷入沉默，大概是察覺到他的內心糾葛了，蕾爾赫聳了聳肩。

「我等果然只是會動的死屍呢。」

「……妳們的確不是活人，但是……」

辛還未能整理好思緒就想開口，但蕾爾赫打斷了他，春風滿面地笑了。

「請您別誤會了，下官並不是想成為人類，也並不想被當成人類。下官乃是維克特殿下的劍與盾，因此脆弱的人類肉體與心靈，下官都不需要……只是——」

蕾爾赫低頭看看自己的身體，笑了一下。

「下官不是下官原型的那位人士，不過是那位女士的殘骸罷了。只有這點，下官對殿下感到萬分歉疚……現在清楚明白到這一點，沒錯，真教人寂寞啊。」

「…………」

在她體內悲嘆的聲音不同於其他「西琳」，不是男性。不是據說以前全為成年男性的聯合王國軍人，所以恐怕也不是戰死者。

再加上她那宛若人類的金色秀髮，而且只有她額上沒有仿神經結晶。

跟其他為了顯示在戰場上代替人類消耗的替代品身分，而做了識別記號的「西琳」們，恐怕根本上就有所不同。

她那副模樣不像是為了戰鬥而生，而是嘗試讓特定的死者復活。

「……妳原本是『誰』？」

維克，我不會丟下你的——

沒錯，那聲音即使重複著臨死時的思惟，同時卻也與其他無數亡靈一樣，悲嘆著思歸之意。

這個與眼前的蕾爾赫同樣有著小鳥啾鳴般的嗓音，但年歲較小的女孩是……

「蕾爾赫莉特閣下……曾為殿下同乳兄妹的女性。」

原來是——知己啊。

如同出生之後隨即死亡的母親，對維克而言，又是一個至親……

蝰蛇——食人蛇（卡迪加）。

這種蛇具有鏈狀斑紋，由於身懷能讓人類血肉腐壞的毒素而得此稱呼，傳說中牠是咬死了自己的雙親而出生。雖然這似乎是卵胎生所造成的迷信，然而……

光是活著，就會將至親之人的性命吞噬殆盡。

想起他那很可能是自願背負的識別名稱（個人代號），辛感覺似乎能體會那個毒蛇王子的心情。

因為將至親之死怪罪在自己身上的心境——辛也親身體會過。

「下官聽說她隨同殿下初次出征，並在那時過世……這具身軀也是借用了蕾爾赫莉特閣下的外貌。」

——蕾爾赫是否期望著能回到該有的死亡？

之所以會那樣問……原來是因為正是維克本人將她留在人世。

而辛也終於明白當他表示肯定時，維克為何會露出那種表情。

「殿下為了讓蕾爾赫莉特殿下復活，而製造了下官。然而下官的這副身心，都不是蕾爾赫莉特閣下本人。下官不具備身為蕾爾赫莉特閣下之時的記憶，只有這點……讓下官憾恨不已。」

「失禮了，講了一些奇怪的話，還請您別放在心上……請好好休息。」

蕾爾赫快活地笑著這麼說，然後就離開了。辛獨自回到重裝運輸車上。

「破壞神」收納於同一輛運輸車的小隊員們還沒回來。也許是在別處跟其他戰隊的熟人講話講到忘了時間。

忽然間，知覺同步啟動了，聽慣了的銀鈴嗓音怯怯地問道：

『——辛？』

「蕾娜，怎麼……」

辛溫和地收回講到一半的話。

蕾娜的聲調，並不帶有事態火急的緊迫色彩。就跟兩年前在那宿舍當中，每晚跟他們說話的時候一樣，是略為鬆懈的音調。

辛不禁苦笑了一下，同時——他有自覺，無意識之中的某種緊繃情緒頓時鬆緩了。

看來蕾娜似乎也鬆了口氣。辛對著知覺同步另一頭散發的安心氛圍問道：

「那邊還好嗎？」

『我們這邊勉強撐過來了。幸虧有你們幫忙引開了「軍團」的主戰力。』

接著她以真摯的口吻問辛：

『會不會冷？芙蕾德利嘉說外面在吹暴風雪。』

「還能忍得住。雖然沒有這裡這麼誇張，不過聯邦冬天的戰線也很冷，這些裝備都做了抗寒設計。」

重裝運輸車原本就是用來長途運輸機甲的，設計成在野營時可以代替簡易型宿舍。雖然稱不上舒適，但不會影響到休息。

至少比起從狹小擁擠的駕駛艙到硬得離譜的便宜貨座椅，每一樣設備全都違反人體工學的那具鋁製棺材都要好得太多了。

『有沒有人受傷？……我都忘了，只靠知覺同步的話，連這點我都無從知道呢。』

辛的聲音就跟平時一樣，恬靜到了冰冷透徹的地步。

然而蕾娜心想，就算他是裝的，自己也聽不出來。如果他把受傷的疼痛，或是失去某人的傷痛都壓抑、隱藏起來的話……

「就跟兩年前一樣呢，我躲在牆內，只有你們在戰鬥。就算你們受了傷，有任何痛苦……除非直接告訴我，否則我根本不會察覺。」

同樣地，自己再度為了存活，而將他們封鎖在戰場上。

辛他們此時在外面戰鬥，是因為物資不夠讓所有人撤退，再加上蕾娜他們被困在城塞裡。是因為總部遭到壓制之際，他們因為擔心而停止進軍，結果遭到敵軍趁此機會將附近一帶全部封鎖了起來。

要不是蕾娜等人留在這裡，他們早就撤退到安全地帶了。

所以，假如有人因此受傷或犧牲，那都是蕾娜他們的錯。

既然這樣，至少……

『現在身處最大險境的人是蕾娜，跟那時候不一樣。況且妳也有在戰鬥。』

不知道是否感覺出了蕾娜內心的懊惱，辛淡定地說……溫柔到沒有自覺的他，就像這樣，不會否定蕾娜說的話。

不知不覺間，蕾娜苦笑了一下。

既然這樣，既然他是這樣的人。

那麼這種冷酷的話語，就該由自己來說。

「——辛，假如……」

接下來的這句話，讓辛一瞬間氣憤到感覺頭髮都豎了起來。

『假如連你們都有可能全軍覆沒，到時候不要管我們，請你們撤退……就算無法讓所有人撤退，我想至少還能讓幾個人生還。』

「妳再說我就要生氣了，蕾娜。」

辛不等她說完就一口回絕。不管再怎麼說，這都太離譜了。

「竟然要我們丟下你們逃走，這是在侮辱我們。就算是上校的指示……就算妳以為這是命令，我也不會答應。」

『不是逃走，撤退是正當的戰術行動……況且，為了保護還活著的戰友，我想你們也不是沒有見死不救過吧。就像你告訴安琪，不要去救凱耶的頭顱一樣。』

「那是……！」

辛反射性地想否認，但講到一半就啞口無言了。

不只凱耶，多得是無法解救的人……見死不救的人。辛無法只為了救一個人就讓更多人送死，也無法捨命保護他人。

「……是這樣沒錯，但是……」

『我不是在怪你。你是戰隊長，當然應該做出讓更多人獲救的判斷……這次也一樣，請你不要下錯判斷了。』

「……！」

不一樣。

辛曾經因為有所必要而割捨過一些事物，次數多到數不清。但那跟現在，在這裡對她見死不救是兩回事。

的確對辛而言，對八六而言，戰友是總有一天會逝去的存在。

只要身在戰場，任何人總有一天都會死去。例如先上了戰場的父母與哥哥、在第八十六區送走的五百七十六名戰友，以及為了不讓他受苦而開槍射殺的尤金。

就連一同奮戰的歲月比任何人都久的菲多，也一度險些拋下他離去。

只不過是先後問題罷了，而所有人都比辛先撒手人寰。

其實辛根本不希望他們死。

但蕾娜卻要他對她見死不救，講得如此簡單。

辛想帶她看海。他好不容易才有了這個心願，她卻毫無自覺地一句話就想奪走。

竟然說要丟下我，先走一步。

既然說是戰友，既然說要一同奮戰，就表示即使是蕾娜，也有可能比他先一步捐軀。辛以為自己很明白這一點。

明明應該是這樣的，辛卻無法接受。

不願去想……

那種可能性——……

『……辛。』

「我不要。」

自己反射性地回答的聲音……簡直就像迷失方向，無理取鬧的迷途孩童一樣。

第四章　機械降神

他應該早就學到，顛覆死亡是禁忌了。

在他試圖讓母親復活，最終失敗而永遠失去母親遺體一部分的那天。

孩子仰慕母親，是身為人類極其自然的感情。

為了摯愛之死而悲嘆，對人類來說是理所當然。

然而如果一個孩子試著讓死去的母親復活，那卻是瘋子或怪物的行徑。他一直等到別人告訴他才知道這點，就連聽到了都由衷無法理解這種行為為何令人作嘔，所以自己正是瘋狂的怪物。

他應該已經徹底體會到了。

已經體驗過父親看見妻子遭到解剖的遺體，以及動手解剖的親生兒子時，那副悲憤憐憫交加的表情。

體驗過哥哥無言地緊緊抱住呆站原地的自己時，那臂彎的力道。

以及抓著自己哭泣的，同乳兄妹少女的那些眼淚。

所以即使無法理解，應該也學過，發誓過了。

知道那是滔天大罪。

知道會害深愛的父親、哥哥與她終日悲嘆。
所以自己再也不會侵犯生者與死者之間的界線——……
然而……

「維克。吶，你沒事吧——？」

那個少女此時，在他的眼前，被壓在瓦礫底下。
自己不知不覺間脫口而出的聲音，像是出自別人之口。喉嚨乾得厲害，彷彿快被滿是粉塵的空氣割傷一樣。
「……蕾爾赫。」
被榴彈爆炸壓斷而崩落的水泥塊，淹沒了前線基地一個房間的一半空間。這是長距離砲兵型的一五五毫米榴彈一旦直接命中，能把「神駒」或是強化水泥掩體盡皆炸個粉碎的破壞力，展開密集砲火造成的結果。
比剛剛滿十歲的他個頭還大的一塊巨大瓦礫，像要把她斬成上下兩截那樣，插在成堆的瓦礫上。

在纖塵不染的王城長大的他，從未聞到過這種腥味。從瓦礫下方——紅色的鮮血黏稠地漫溢而出，形成水灘。

在腰部以下被壓爛，恐怕超乎想像的痛苦當中，她用失去血色的慘白面容，以及染血的發青嘴唇，拚命擠出了笑容。

「那就好……」

「……為什麼……」

他不由得搶著問道，隨即滿心後悔。這是遺言，絕不能打斷或是漏聽。

但他卻無法停止說話。

「為什麼要保護我？……剛才應該是我要被壓死才對……！」

蕾爾赫被瓦礫壓住的地方，正是房間崩塌前他身處的位置。他不可能不知道，是蕾爾赫一把將他推開了。

因為自己是王族，是妳與生俱來的主君？妳是為了這種無聊的理由，受到這種命運束縛，而捨棄自己的性命嗎——……

「問我……為什麼……」

蕾爾赫輕輕偏頭，苦笑了起來。就像在說——你怎麼連這都不知道呢？

「因為維克是我最珍愛的人啊。」

「……！」

這個少女出生以來沒過多久，就注定了一輩子要擔任他的貼身侍衛。

當她的母親成為他的奶娘時，她的人生也被一併買下。

不過是刻意安排的忠誠與感情罷了。她自己不可能不明白這一點。

但蕾爾赫卻在笑著，好像全然不把這種他人的盤算放在心上。

用一種伴隨著失血而逐漸失去清晰意識與視線焦點，彷彿身處夢境的眼眸。

「我跟你說喔，維克。我雖然是隸民，可是，我很喜歡這個國家。喜歡這個國家的漫長冬天，以及閃亮美麗的春天、夏天跟秋天。因為它是我的祖國，是我跟你一起活到今天的國家。」

所以。

蕾爾赫說著，用身處夢境的眼眸，用儘管往上看著他，卻早已不看著現實世界任何角落的眼眸。

「以後，請你繼續保護我跟你的故鄉吧。」

「——好。」

除此之外。

還能回答什麼話語？

他本身雖然覺得祖國的四季與白雪很美，卻毫無眷戀之情。對於自己出生長大的這個國家，也沒有半點驕傲或認同感。

即使如此。

對於這個步向死亡的貼身侍衛少女……對於他的同窗好友，他的青梅竹馬，他的同乳兄妹這個少女……

對於即使遭人譏笑為蝰蛇的玩物，仍然不棄不離的她……

她總是陪在自己的身邊，彷彿相伴左右是天經地義。

他從來不曾想過有一天會失去她。

「我向妳保證，我一定會保護這個國家與所有人民……所以……」

面對即將無法挽回的喪失，他有生以來第一次感到恐懼。

怕的不是她即將死去，而是自己將被拋下。自己的這種冷酷與自私又讓他心驚膽懾。

他徹頭徹尾體會到自己果然不是正常人，是天生冷血的腐毒食人蛇。

即使如此，他仍然無法不乞求。

乞求再犯下一次——已經自行禁止的過錯。

「所以，蕾爾赫……今後，妳仍然願意陪在我身邊嗎？」

乞求她——不要拋下自己逝去。

蕾爾赫一瞬間，睜大了雙眼。

只要那眼眸中含有些微猶疑或恐懼之情，他想必已經回心轉意了。

然而忠心耿耿的少女點頭了。

儘管他自私自利地要求她交出遺體，供人切開變成活屍，她仍然笑著點了點頭。

「好的，當然願意，我的……」

怕寂寞的王子殿下。

這是他聽見的，她生前的最後一句話。

†

維克自假寐中忽然醒來，睜開眼睛，發現自己身處於四方圍繞著水泥厚牆，一如往常地嚴重打亂人類時間感的房間裡。

這三天來眼睛早已習以為常的幽暗空間中，蹲踞著聯合王國紫黑色、聯邦鐵灰色，以及共和國深藍色的軍服剪影。由於只有做最低限度的換氣，空氣很悶，疲勞氣息也鈍滯地沉澱於室內。

從開始固守不出算起，進入第三天——守城軍已是一副勢窮力竭的慘狀。

維克嘆了一小口氣，看來是這個環境害他作了奇怪的夢。

那時候，他也是待在前線基地的碉堡當中。雖然那裡的規模與設備，都粗糙得不能與現在這個地方相提並論。

聯合王國是軍事大國，伊迪那洛克王室則在其領導地位，身在戰場向來是一馬當先，永遠站在最前線之上。當年他依照這種家風被送往南方戰線，參加第一場戰鬥。這樣做並不是因為維克遭到疏遠。除了國王與王位繼承權名列前茅的王族之外，所有人都公平地被送往戰地，結果到目前為止，維克的王弟叔父、最小的王兄、大他五歲的王姊，以及小他一歲的義妹公主都已經為國捐軀。

維克慢慢挪動背靠著牆入睡而有點僵硬的身體，然後撐起身子。

他實在很討厭這種陰暗封閉的空間。

因為會讓維克想起她死去的時候。

「──蕾爾赫。」

他用有些乾燥的喉嚨，只在口中喃喃獨語夢境的渣滓。

用來與她──與如今那個復活的她相連的仿神經結晶嵌在體內，位置在脖子的後面。這樣誰也不能把它拆掉。

他再也不會放開她的手。

「妳有在聽吧，蕾爾赫？」

回答透過知覺同步，反應迅速地傳送過來。

『當然，殿下……殿下有何吩咐？』

「西琳」不會入眠。

儘管作為精密機械需要整備與調整，有時會關閉電源，但那不同於生物的睡眠。「西琳」的人造大腦不會累積疲勞物質，也不需要利用作夢整理記憶。

她們終究不是人類。

「先聽報告。外面狀況如何？」

『剩餘彈藥與能源匣皆所剩無幾。「阿爾科諾斯特」損耗了四成。「破壞神」雖然損失不到這麼大，但是……各位處理終端已經快到極限了。』

「我想也是，攻城戰總是攻方消耗比較快，人力與物資都是。」

相較於居住設備一應俱全，有城塞的所有設備作為幫助的守城軍，攻城軍被迫生活在風吹日曬的露天環境下，在精心設計成對己方極端不利的戰場戰鬥。雖說現代科學稍微減輕了野戰宿營的負擔，但能在陌生的雪地戰場撐過三天已經算值得讚許了。

「『軍團』增援的位置呢？按照諾贊的搜敵結果，敵軍入侵到哪裡了？」

『於昨日日落時分，已到達百靈統制線。搜敵結果指出敵軍在該地駐足不動。』

「照想定狀況的話，應該已經突破百靈了……或許該說真不愧是聯邦的戰狼隊(禽獸)吧，可謂勇猛善戰。」

『一如尊意……還有一事。』

蕾爾赫罕見地顯得有點難以啟齒。

『說到諾贊閣下，他的體力消耗是目前最值得憂心之處。萬萬沒想到他竟連睡夢之時，都無法掩耳不聽死者的聲音……雖然閣下什麼也沒說，但我等「西琳」的存在，其實一定也成了他的負擔。』

蕾爾赫的意思是——再繼續拖下去，可能會令他崩潰。

維克聰明地聽出她未曾講明的憂慮，點了個頭。

「關於今後妳們與八六們的合作關係，我最好思考一下運用上的對策……等這件事結束，我會向本人問問看。」

維克不禁心想，也難怪蕾娜會憂心了。

那個死神不知是否因為沒有腦袋，連自己痛不痛都不知道。

他想必不是有意害對方傷心落淚，卻不知道是什麼造成對方的悲嘆。

「我們這邊彈藥也快見底了。我已經讓援軍盡快了，但似乎還需要時間——不能再撐了。」

今天這一刻就是分水嶺，之後只能被敵軍逼得節節敗退，一點一滴輾爛。

或許該說幸運的是，敵軍砲火也已經消耗到能進行那個行動的程度。

「一決勝負吧，讓我見識見識妳們的本分與榮耀。」

蕾爾赫似乎笑了笑。

『盡如殿下的心意……殿下。』

「嗯？」

『祝您平安，下官很快就會趕到您的身邊。』

一瞬間，維克張大了眼睛。

他關閉知覺同步後，仰望著上方無聲地笑了。

那裡只有冷冰冰，陰森森的天花板，而她也並不在那上面，只是……

「妳這七歲小孩，究竟是從哪裡學來的啊？」

維克沒有對蕾爾赫做消除記憶的處理。

真要說起來，他是等到「西琳」確定進行量產，實驗性地製造了幾架之後，才在她們的製造過程加入這道程序的。在留下死前瞬間記憶的狀態下，收納於與生前不同的身體當中的人類意識，會在啟動之後立即崩壞，再也無法載入。他是明白這一點才做了處理。

蕾爾赫沒有做過當時並不存在的處理程序，但並沒有留下生前的意識與記憶。

起初這件事讓維克失望透頂，徹底絕望……但同時，也稍微安心了一點。

因為他內心的某個角落，害怕會聽到她的怨言——聽到她說「其實我並不願意像這樣被強留下來」。

所以沒有記憶，也沒有原本的人格……連講話口吻都跟原來的她不同的蕾爾赫，就某種意義而言拯救了維克。

他有時候會想。

說不定其實她什麼都記得。

明明記得，但故意換了一種不同於生前的口吻與舉止。

好讓維克不受束縛，好讓他這次能放寬心，將自己當成工具盡情利用。

因為那個同乳兄妹的少女，以前就是個傻呼呼地好管閒事，把照顧別人當成理所當然的人。

「——蕾爾赫莉特。」

這個世界已經一點都不美麗。

沒有妳的這個世界，春天恐怕再也不會來臨。

即使如此。

因為妳希望我保護它。

只要我還記得的一天，我就會感覺到妳還在我身邊。

「我會實現約定的，這次也是……幾次都行。」

†

「死神閣下。」

雖然辛知道是她，但近在身邊的亡靈之聲，仍然讓他感到不太舒服。

在代替會議室的貨櫃當中，辛正在依照夜間的些許變化，更新作戰圖上的「軍團」分布位置時，蕾爾赫進來了。他抬頭看看對方。

「閣下起得真早，下官以為現在恰好才是起床的預定時間呢。」

「有狀況嗎？」

說完辛才注意到自己的口氣，嘖了一聲。現在是戰場備戰的早晨時間。對異常狀況保持戒備雖然很合理，但連他自己都沒想到發出的聲音會這麼帶刺——沒想到這三天的戰鬥，會讓自己如此地心浮氣躁。

「……抱歉。」

「不會。」

蕾爾赫緩緩地搖搖頭。

她自己則是毫無半點倦色，用一如平常的雪白面龐接著說了：

「各位也是，您也是……看來您真的是累了，臉色很差。」

「是啊……」

辛以為自己已經習慣了，然而在這麼近的距離下二十四小時受到「軍團」叫喚聲的疲勞轟炸，還是有點難熬。

再加上陌生的寒冷環境，以及在戰況幾乎毫無進展的狀態下，預定時限已經逼近眼前。

今天莫名地起得較早，恐怕也是因為如此。

「人類的肉身真是不方便呢。不睡覺就撐不住，不吃飯就動不了，只不過失去一隻手腳就會死，完全不適合戰鬥。不……應該說是人類跟不上戰爭的腳步了吧。」

戰爭原本就是會死人。

然而像是名符其實地震耳欲聾的槍砲巨響、戰車或機甲嚴苛的震動與排熱，以及雖然已經許久無人運用，但曾經存在過的戰機的高加速能力。雙方為了咬破對手的咽喉，各自持續追求更強大的破壞力、更堅固耐打的裝甲，以及更高速的機動動作，結果曾幾何時，兵器於殺敵的同時，也折磨著使用者的肉體。

蕾爾赫說著，用她那無需睡眠飲食，只要動力與中央處理系統完好如初，就算失去半個身體也能戰鬥的，不具有會受傷的血肉的機械身體說道：

「下官認為，各位大可以在更早之前，就將戰爭交給我們來做了。」

辛瞄了蕾爾赫一眼。

的確，對兵器來說，人類早已不過是個枷鎖。

有人機之所以對運動性能做限制，是因為裡面的人類太脆弱。搭載駕駛艙等多餘的機械結構白白增加了機體的重量與大小，講得極端點，人類本身除了腦神經系統之外，不過是重達幾十公斤的累贅罷了。就連腦部也會立刻因為疲勞或恐懼而變得遲鈍，以兵器而論完全是個不良產品。

即使如此。

「那樣……會讓我們變得跟共和國一樣。」

蕾爾赫溫吞地眨了眨眼睛。

就像是機械人偶聽到無法理解的話語時會有的動作。

「我等確實不是人類啊。」

「我不是在說這個，這跟兵器裡面放的是不是人無關。讓別人去戰鬥，自己卻逃離戰場，弄到最後喪失前進或自衛的力量，就跟家畜沒兩樣，那樣不能叫作活著。捨棄戰鬥的力量與意志，將自己的命運交給別人決定，那樣——太難看了。」

八六的驕傲具體來說就是如此，這正是他們與「白豬」最大的不同之處。不是頭髮或眼睛的顏色，而是對生命的態度。

僅以自己這具身軀與戰友為依靠，在無處可逃的戰場求生存。他們決定不讓任何人為自己的命運作主——因為這才是八六的驕傲，也是存在的證明。

蕾爾赫冷笑了一下。

「……難看？」

聲調中帶有——明確的譏誚。

辛忍不住狠狠瞪了回去，然而蕾爾赫揚起下巴，喉嚨發出壓低的笑聲，臉上卻不帶笑意地睇起一眼。

「難看。難看——您說難看？閣下之所以戰鬥，就為了這點理由？」

嗤笑。

她那翠綠眼眸中，燃起詭譎火焰般的——憎惡與憤怒。

「什麼不好說，竟然說因為難看？選擇活在戰場上的理由，竟然就只因為怕丟臉，覺得難看

……哈！」

這時，蕾爾赫像花朵綻放般笑了。

「——閣下明明就還活著。」

嗓音如小鳥啾鳴。

然而那聲音卻惡濁黏稠，蘊藏著濃厚的陰氣。

那是沾滿憎惡、歎羨與怨念的——死者之聲。

「你明明還活著，跟我等不一樣。明明還沒死，明明還多得是挽回的機會，明明還能重新來過。」

對著一時受到震懾而無言以對的辛，她咄咄逼人地越說越激切。帶著笑容，在目光如炬的翠綠雙眸中，燃燒著陰慘的冷焰。

辛的異能，能夠接收到死後仍徘徊人世的亡靈，死前最後一瞬間的思惟變成的無聲吶喊。

他聽不見死後的機械大腦編織的思考，就連儘管血緣關係較遠但確實出自同一血統的同族青年，或是親哥哥的思考都不例外。

所以。

辛至今從來不曾聽過，死後仍徘徊人間的亡靈，在化為亡靈之後的話語。

沒聽過那種——對生者發出的，火燒火燎般的嗟怨與歎羨。

「嘴上說要戰鬥到底，卻又不肯捨棄你那不適合戰鬥的肉體。明明就絲毫不願放棄能看到他

人的眼睛、聽見聲音的耳朵、觸摸萬物的雙手、能與某人共度一生的人類肉身，明明就想跟人相伴左右……其實你明明就希望，有一天能跟某人過著幸福的生活！」

慘叫般的譴責響徹室內——我已經失去這一切了。

我已經死了，再也不能跟任何人共度一生了，再也無法獲得幸福了。

而你明明可以，明明就還活著。

竟然還敢這樣大言不慚。

有臉講這種話。

蕾爾赫笑著，笑得開朗，笑得悽慘，帶著滿腔的憎恨。

「你明明就還活著——竟然敢講這種……」

明明就能跟他人獲得幸福。

「…………」

就這樣，蕾爾赫笑了。笑得無力，像是笑中帶淚。

「要死，讓早已死去的我等去死就夠了，人類。因為你們還活著，就算失去什麼或是被剝奪了什麼，都還有機會挽回。」

另一個胭脂色的人影，站到貨櫃的出入口前。

「蕾爾赫。」

來者聲音纖細得有如雪片化作結晶的瞬間音色，是柳德米拉。這個高個子的「西琳」有著豔麗過頭的赤緋髮色，以及婀娜的身子骨兒。

「所有人已經集合了，出擊準備也正在進行中。」

「好的——死神閣下，也請您那邊全體人員準備出擊。」

「……全體人員？」

辛狐疑地回問，蕾爾赫露出平常她那種不適合少女臉蛋的威風笑意。

「您剛才問下官有何狀況，對吧……殿下有令，我等即將展開總攻擊。」

她從睡眠中醒轉後，首先立刻聞到一絲惡臭。

那股臭味，刺激了她記憶中不太願意想起的部分。那是八年前的陳舊記憶，以及約莫一年前的簇新記憶。

是金屬與血肉滾燙燒焦，腐敗與死亡的記憶。

那是安置在深處一個房間裡的戰死者遺體，漸漸腐敗的臭味。

蕾娜搖了搖因為疲勞而仍然沉重的腦袋，撐起了身子。

她披上借來還沒還的鐵灰色上衣，一面用手梳理頭髮，一面走出分配到的房間。這三天來與她在同個房間起居生活的芙蕾德利嘉可能實在是累壞了，裹著毛毯動也不動。

走在通道上，血腥味就會尾隨而來。位於地下深處的這棟司令部，每個角落都已瀰漫著死者的臭味。

——她早已習慣了，不覺得噁心。

比起去年那場大規模攻勢爆發後，讓共和國民死了大半，比起當時為期兩個月的防衛戰狀況，現在這樣算不了什麼。

當時是夏天，是最熱的時節。在那場彷彿永無止境的防衛戰中，鋼鐵燒紅的怪味，以及別說下葬，連收屍都收不了的大量遺體發出的腐臭，都嗆得人難以呼吸。

雖然很快她就習慣了——變得不再在意了。

人會習慣，就算是不該習慣的事物，也很容易就適應了。

蕾娜咬緊櫻花色的嘴唇，走進司令室的房門。

她發現情況有點不對勁。

指揮所的全體人員都在這裡，就連應該換班休息的人也不例外。

而他們的側臉，全都散發出好像被人命令服毒似的緊張迫切感。

簡直就像即將迎接決戰那樣。

「！發生什麼事了！」

蕾娜急忙一問，維克的視線往她這邊看了一下。

「妳醒了啊，米利傑……抱歉，如果羅森菲爾特起得來，麻煩妳也去把她叫醒，為指揮做準備。我們將於一小時後，對東南城牆發動總攻擊。」

「總攻擊？——是誰下了這種命令……」

「當然是我啊。」

蕾娜抬頭一看，維克悠然自得地聳聳肩。

「事實上，也已經到極限了吧。戰力繼續損耗下去，遲早會連總攻擊都發動不了。在被敵軍慢慢輾爛之前，我們要主動出擊。」

「讓我軍漫無目標地進攻，只會增加傷亡人數。這種時候失去冷靜，無異於自殺行為——」

「就算漫無目標地繼續防守，結果也是一樣，只不過是損耗值達到那個數字的早晚問題罷了……況且以目前狀況來說，再怎麼減少損耗也沒太大意義，反而一定會全軍覆沒。」

減少損耗也沒意義……就算繼續固守不出，援軍也不可能在全軍覆沒之前趕到。

維克淡定地說完，忽然苦笑了起來。

「妳講話不用這麼小心，米利傑。我並不是自暴自棄，也不是想背水一戰。我們並沒有被逼到那種地步，不是嗎？……並非沒有勝算。」

他那種簡直就像在說「傷腦筋，雨下得比想像中還大」的表情，實在讓蕾娜信不過。

既然他這麼說，那他應該不是不了解狀況。

援軍不會來，徹底防衛也撐不過去，所以要轉守為攻。只是——

「傷亡呢？」

「會有，而且很多。但是呢——也就如此罷了。」

「……怎麼搞的？」

「狼人」的感應器起了反應，萊登轉頭一看，只見機庫的遠方暗處走出了一架「神駒」，讓他揚起一邊眉毛。

『殿下有令，命我們指揮管制官也去防衛各個侵入點。』

來自毫髮無傷的「神駒」裝甲內側，比萊登大上好幾歲的男性聲音說道。這聲音他聽過幾次，是「西琳」們的指揮管制官。

『等外面部隊突破城牆，你們就去跟那邊會合，這裡有我們擋著……殿下是前線指揮官，追隨殿下的我們雖是指揮管制官，但也不是不會戰鬥。』

西汀聞言，似乎用鼻子哼了一聲。

『有志氣是值得嘉獎，但我們布里希嘉曼可是女王陛下的直衛部隊，才不會把職責丟給外人去做。不好意思，就狼人弟弟你們的部隊自己去接主人吧。』

「……先讓我問一句……」

萊登很想大罵「你說誰是我的主人了」，但姑且吞了回去，如此問道。先不論辛聽到同一句話一定會露出同樣厭惡的表情，也不論萊登那些對他來說一點都不有趣的想像……

「你們——怎麼不用去做『西琳』的管制？」

「……維克，為什麼『西琳』變成由你集中操縱了？」

「因為只有我辦得到。」

蕾娜微微偏頭提出的合理疑問，得到的答案極端簡短。

「維克，我記得你說過，考慮到負擔問題，就算是你，最多也只能操縱兩百人左右吧？」

「所以承受負擔的不是我……這種連接方式沒有精密到能進行戰鬥，但是做這點程度的職務綽綽有餘了……而且……」

北方大國的王子語氣淡定，好像不是什麼大事似的，憑藉著長達數百年以來，讓無數民眾俯首稱臣的王族尊嚴說道：

「因為這是我的責任——蕾爾赫，準備好了嗎？」

「當然，隨時候命。」

蕾爾赫一雙翠綠眼眸對著光學螢幕，如此回答。她正待在配合她們設計的，狹小而微暗的「海鷗」駕駛艙當中。

「蟬翼」的銀線帶著一陣寒意從脖頸湧出，爬過蕾爾赫纖瘦的頸子，鑽進軍服底下。銀線連上她全身上下加裝的電力供給用端子，在她不具生物電流的皮膚上展開、運轉。負擔較重的大規模同步，基本上都是由她進行轉接，代為承受負擔才得以實現……這不是主子的命令，而是她自願的。如果不考慮負荷問題，同樣的事情她的主子獨力就能完成，只是蕾爾赫不願讓他這麼做而已。

此身乃是主人的劍與盾，守護到底才是無上榮耀，主人身上哪怕只是一根頭髮受損，都是最大級的屈辱。

蕾爾赫聚精會神，定睛瞪視她的最大敵人「軍團」擠得水洩不通的斷崖要塞。身旁有辛的「送葬者」，背後是成群的「破壞神」。倖存的「阿爾科諾斯特」所有機體在前方排排站好，按照主子的命令擺下突擊陣形。

其實……

無論是這場戰鬥還是之前的戰鬥，她都不希望讓背後那些「破壞神」參與。

因為這裡是戰鬥的庭園。

是屬於她們死亡之鳥（西琳）的庭園。

「請下令吧，我等屍王（主人）。」

面對這兩天來遭到擊毀的「阿爾科諾斯特」殘骸散落各處的雪地以及遠方的城塞，聯邦與聯合王國的機甲們整齊列隊。

前方由「阿爾科諾斯特」剩餘所有機體排成的縱陣帶頭，後方是「破壞神」排成的橫陣。橫陣分成各個戰隊，按照會議決定的進擊順序跟隨在「阿爾科諾斯特」後面。

辛覺得這布陣方式很奇怪。他待在「破壞神」的橫陣中央，先鋒戰隊的行伍前頭，就在「阿爾科諾斯特」縱陣正後方的位置，能夠將整個陣勢一覽無遺。

這種布陣方式，就只是老老實實地與指示為攻擊目標的東南斷崖兩相對峙。而且率先迎敵的「阿爾科諾斯特」們位置站得顯然太過密集，形成極端細長的縱陣。

縱陣雖然可以集中戰力，是適合用來突破敵陣的陣形，但此時在他們眼前的，是就連機甲兵器都無法打穿的斷崖絕壁。而且在這東南斷崖前面也挖了乾壕，不難想像敵軍一定會在那裡阻礙己軍行動。有些機體抱著似乎是趁戰鬥空檔砍削的圓木、石材以及空貨櫃，或是強行裝上了「破壞神」的備用鋼索鉤爪，也都集中在前方集團那邊，所以或許是打算用物資掩埋壕溝，然後攀爬上去，但是……

縱陣的威力本質上，來自戰力集中與速度帶來的衝擊力。乾壕與後面聳立的峭壁會削減最重要的速度，使得突擊不具效果。豈止如此，後續部隊還會撞上被拖住腳步的前頭部隊，引發致命性的大堵塞。

再加上過度密集的陣形，等於是在叫長距離砲兵型集中射擊前頭的機體，照順序一一剷除掉。

她們……在想什麼？

當然，辛等人已經聽過了作戰概要，而辛他們聯邦的部隊，只負責闖入城牆內側之後的作戰。關於攻堅方法，對方只說交給聯合王國的部隊——「阿爾科諾斯特」們負責就好。

辛正在費疑猜時，忽然間，一架「阿爾科諾斯特」站了起來。

『……死神閣下。』

辛看了一眼，原來是柳德米拉。她敞開後部座艙罩，一腳踏在登機用台階上，彷彿在證明自己並非人類那樣，讓身體暴露在夾帶雪花的風中。

柳德米拉定睛注視著她的同胞倒臥一地的雪原，以及風雪紗簾後方的朦朧城塞，開口說了：

『我們是曾為人類的戰死者，但這也就表示我們已非人類。我們是由人類製造軀殼，架構心靈，為了不讓更多人犧牲而生的機關人偶。』

「…………？」

這些事情，辛已經聽她們的創造主兼操偶師維克，以及她們自己親口說過好幾遍了。

他知道「西琳」原本是戰死者。

是為了不讓更多人戰死沙場，而運用已經捐軀的戰死者設計而成的防衛系統。

為什麼挑在作戰前的這個時候，提起這件事——……

『我們只為人類而存在。』

在視野邊緣，倒數計時已經開始。是在為攻擊起始倒數計時。

包括辛在內，所有處理終端已經接到嚴厲命令，對於「阿爾科諾斯特」的作戰行動絕不可以插手。

『所以……』

倒數計時的過程中，維克忽然想起一件事，對坐在身旁副指揮官的座位上，據說可透視熟識者目前狀況的異能少女說道：

「羅森菲爾特，妳暫時閉上眼睛。不只是異能，原本的眼睛也是。」

縱然是他也知道那件事不恰當。他也不想多增加一個精神失常的小孩。

不像自己打從出生以來就有某個部分失常，是個天生的怪物。以一個正常人身分誕生的小孩，應該以正常的心智活下去。如果可以，他希望所有人一輩子都能如此。

因為，如果不是這樣的話……如果連本來生而為人的小孩都這麼容易失常，變成怪物而得不到平凡幸福的話，那麼天生就是怪物的自己，豈不是更別想獲得幸福了——……

不得不說自己還真是自私自利，維克對自己的醜惡性情冷冷嗤笑了一下。就連為別人祈求幸福，到頭來都只是為了自己。真是條醜陋又膚淺的冷血蛇類。

倒數計時繼續進行。

他側眼看著數字，靜靜地開口了：

「『卡迪加』呼叫全體『阿爾科諾斯特』……作戰開始。來吧──」

食人蛇（卡迪加）。

沒錯。

自己原本就是條瘋狂的蛇，不會因為多愁善感而進一步發瘋。

恐怕自己就是為了這個目的，由人類暗藏在種族內部的一件機關。

當瘋狂淹沒理智時，在人性無法保持理智的狀況下，由自己這種人代為披荊斬棘。

而他所創造出來的，他那些被指為違背倫常的人偶們也一樣。

來吧。

表現出怪物的尊嚴吧，妳們這些非人存在。

「歌唱吧，天鵝們。」

在辛的面前，柳德米拉說著。如歌詠般，面帶微笑。

『所以──』

在知覺同步與受到雜音干擾的無線電另一頭，維克的聲音宣告──作戰開始。來吧。

柳德米拉說著，隱約帶著陶醉，以及靜謐。

簡直就像火刑台聳立眼前的殉教聖女——……

——歌唱吧，天鵝們。

『這對我們來說，是歡喜。』

同時。

集合一地的「阿爾科諾斯特」全機展開了突擊。

她們以少女笑語盈盈，嬌若春花的聲音代替吶喊。

宛若徜徉在春天的草原，她們跑過彈痕怵目驚心的戰場。最前排穿越長距離砲兵型來自要塞的水平射擊彈雨，到達圍繞斷崖的乾壕。她們用極近距離的砲擊將反戰車屏障炸飛到壕溝底部，一次幾架機體轉身，將鋼索鈎爪射進附近的友機殘骸。

然後就這樣跳了下去。

跳下背後深如地獄的谷底。

「什……！」

「阿爾科諾斯特」的蒼白機影，宛如惡劣玩笑般消失在冰雪狹縫間。燒焦拋錨的機體被拖著走，撞到射穿大地的彈痕跳起來，在空中描繪出須臾間的軌跡，然後追隨著落入谷底。

鋼鐵軀體被砸在谷底撞得稀爛，沉重而異樣的聲響一邊在冰牆之間迴盪，一邊轟然響徹四下。

聲響還沒消失，第二排已經到達該處，速度不減地直接跳下斷崖。接著第三排、第四排也毫不遲疑地隨後跟上，抱著砍削而成的物資，拖著友機的殘骸接連著跳崖。一如受到魔笛手的笛聲所惑，跳進大河的愚蠢鼠群。

長距離砲兵型的砲擊，轟得一架「阿爾科諾斯特」在死亡行軍的半途中頹然倒下。後續的另一架機體從背後撞飛它，接著將它擁入懷裡一同摔落谷底。蒼白的成群蜘蛛把無法開動的友機或拖或推，一架接一架，一架接一架，一架接一架地往下跳。

而且還在笑。

每個人都發自內心，用少女的嗓音開朗地笑著。

可能是看出她們的企圖了，城牆上的長距離砲兵型探出機身，開始往正下方展開集中砲擊。它們在乾壕前方張開彈幕，不讓「阿爾科諾斯特」接近。

「阿爾科諾斯特」這才第一次停步，從正面開火回擊。她們接二連三地射落由於探出機身而讓自己暴露在火網下的長距離砲兵型，把摔落下來的殘骸拖進乾壕。挨了榴彈而被炸飛的友機也照樣踢落谷底，後續的「阿爾科諾斯特」上前填補猛烈砲擊的空缺。

為了避免蠢到提供敵軍多餘材料，理應無所畏懼的「軍團」竟縮回了隔牆後方。在繼續砲轟城牆的友機支援下，「阿爾科諾斯特」們前仆後繼，勇猛果敢地跳崖自殺。

如同跳到神像（破壞神）面前，讓壇車輾死自己的成群狂信徒。

那種——瘋狂。

上下落差將近二十公尺的乾壕，轉瞬間就被十幾噸重的「阿爾科諾斯特」的龐大機身填平。

後續機體踐踏其上，將友機踩得東歪西倒，一路向前衝。一旦發現強度不夠就當場蹲下，藉由讓友機踩爛自己的方式，將自身變成這座鋼鐵橋梁的建材。

前頭幾架機體終於跨越乾壕，抵達岩壁，抓住了它的底部。下一排隊伍爬到它們身上，一邊將它們踩扁一邊把腿往上伸。「阿爾科諾斯特」們就像堆磚砌瓦般把自身機體當作建材，不斷往上堆疊台階。

過去，在上古時代。

據說某個土木技術優異的帝國，為了攻陷斷崖絕壁上方難攻不落的要塞，在沙漠中央建造出了高低差距達到兩百公尺的攻城路，累死了數萬俘虜與奴隸。

彷彿效仿那種攻城路，它們組成了直直通往城牆的斜坡路。那是用鋼鐵殘骸疊成的攻城路，以「阿爾科諾斯特」它們自己為主體，還組進了射落下來的長距離砲兵型，以及俯衝下來時被「西琳」們爬出來集體拉倒的斥候型。

後續機體將這一切盡皆踏爛，往上攀登。它們把下方的友機壓潰，自己也被下一批機體壓潰，就這樣一步步增加高度。

少女們響徹四下的輕快笑聲，以及底下進行的瘋狂築城行徑——就連八六們注視著這一切，也不禁啞然無言。

那片光景，也映入了峭壁上方司令部的蕾娜眼裡。

「維克……！」

「總不能讓八六做這種事吧。」

蕾娜轉頭一看，下達這種自殺命令的少年，連眉毛都沒動一下。

他用僵硬凍結的眼神與表情，注視著他的人偶們在全像式螢幕中笑著被壓爛。

「也不能因為捨不得她們，而繼續讓我等兵士與八六們送死……人一死就不能復活了，沒人能替代，找遍哪裡都沒有。」

那一瞬間，抿緊的嘴唇代表何種意義，蕾娜並不明白。

蕾娜沒聽維克說過他試著讓母親復活，卻反而永遠失去她的事。也沒聽他說過有個少女留下他逝去，後來成為了蕾爾赫。

但是——……

「然而她們——『西琳』是死人。嚴密而論，是連人格都沒有的假人類。對於可進行量產的『西琳』而言，『西琳』自己就是替代品，沒有任何理由惋惜。」

他刻意冷血透徹地說，同時目不轉睛，注視著慢慢毀壞的人偶們。

但他卻讓身為「西琳」之一的蕾爾赫常伴左右……賦予這些非人少女人類的名字，以及各有不同的身姿外貌。

他的側臉撼動了蕾娜的內心。

冷血的蛇。

儘管身為不解人類感情的怪物，仍然……

憑藉著他特有的理論與倫理，試著守護人與人的世界。

最後一架「阿爾科諾斯特」向前衝刺，一邊演奏出破碎聲響，一邊衝上鋼鐵斜坡路。

維克看到最後一刻，繼而轉過身去。

他從近衛兵手中接過反戰車線膛砲，然後一同走出指揮所。

「攻堅與之後的指揮就交給妳了，女王——我這邊也會配合著發動攻勢，記得指示我行動時機。」

言外之意是「我已經失去了部下，留在這裡也無事可做」。

衝上斜坡的最後一架「阿爾科諾斯特」將十條腿的前兩雙伸向岩壁。駕駛員任由駕駛艙被榴彈碎片炸飛了一半不管，將前端的冰爪刺進岩壁，鎖住所有關節後陷入了沉默。

這就是蒼白蜘蛛們的死亡行進的終焉。

「阿爾科諾斯特」只剩下蕾爾赫的「海鷗」一架。整個部隊名符其實地捨棄了己身——築成了只能以瘋狂形容的進擊之路。

在攻城路的頂端附近，已經不留原形地被組進斜坡路的柳德米拉，用她那頸部斷了一半，上下倒吊的頭顱，動作生硬地看向「送葬者」——裡面的辛。

辛看出她在微笑。

那張臉不只人造皮膚與肌肉，就連底下的金屬框架都被削到只剩左半邊，即使如此仍然婀娜地，真心喜悅地……

『來吧，各位請。』

「……！」

一瞬間，辛悚然驚懼到渾身無法動彈。

恐怕其他人也都是一樣。所有「破壞神」遲疑不決，猶豫著不敢踏上那條詭狀異形的攻城路，都在剎那間呆站原地。

辛僵硬凍結的耳朵，聽見了「軍團」的叫聲。在「阿爾科諾斯特」的砲火下一時後退的長距離砲兵型與斥候型，似乎有意再次爬出來。

都讓她們做到這種地步了。

不能讓她們白死。

辛把牙關咬緊到臼齒嘰嘰作響。

「——我們走。」

『怎麼可以！……』

大概是瑞圖說的。辛對某人發出的慘叫置若罔聞，把操縱桿用力推向前進位置。沿著地面被「阿爾科諾斯特」踐踏一番露出黑土的痕跡，「送葬者」疾速奔馳。稍微慢了一點，「笑面狐」、「神槍」與「雪女」也像是擺脫疑慮般隨後跟上。接著換成其餘先鋒戰隊機以及後續戰隊，嘟囔著某些呻吟或咒罵聲追隨其後。

現場的八六幾乎所有人，都是在第八十六區戰場存活了長達數年之人。不需要命令，負責後衛的戰隊自動開始進行火力壓制。「破壞神」遏抑住就快來到前面的長距離砲兵型，在火網交錯的天空底下撕裂白雪布幕疾馳而過——風雪轉強了，恍如悲嘆之聲肆虐吹襲。

戰隊抵達以鋼鐵殘骸填平的乾壕。「送葬者」沒有絲毫減速，不帶半點猶豫，一腳踏上那詭狀異形的橋梁。它一口氣衝過去，就這樣奔上斜坡路。

未曾使用應有的建築材料組裝的斜坡路凹凸不平，非常容易絆跤。就算只定睛注視著前進方向，照樣會看到在「阿爾科諾斯特」狹縫間壓爛的「西琳」淒慘的模樣。

也能看到擠壓變形的她們又被「破壞神」踢飛，斷裂破碎的模樣。

踹飛或踏爛自走地雷，對他們來說都是家常便飯。

「西琳」只是具有人類的外形，已經不是人類了。

就本質上而論，跟為了繼續作戰而吸收戰死者大腦的「軍團」並無二致，用的甚至不是人類的腦。只不過差在複製資料化腦部構造的，是流體奈米機械還是人造細胞罷了。

所以，都一樣——應該都一樣才對。

破壞那些「軍團」……

跟現在這樣，邊跑邊踏爛這些「西琳」沒什麼兩樣。

「…………！」

照理來說應該是這樣，但無以言狀的厭惡感卻久久不散。

踩踏著層層屍山，邊跑邊被屍體絆住的噁心感受纏著他們不放。

「對不起。」賽歐的低喃傳入耳裡。「天啊……」可蕾娜發出呻吟。瑞圖拚命忍住不哭出來，安琪安慰他的聲音也在發抖。

在視野邊緣，主螢幕的一隅，映照出「送葬者」的腳尖刺穿了還在微微顫動的「西琳」的背部。色澤如花的唇瓣，如發出慘叫般張開。可能是引發了錯誤動作，她的手彷彿求救般抓了一下空氣，繼而一邊抽搐一邊無力地落下。

「破壞神」的系統不具備回饋功能。無論踩爛了什麼，除了緩衝系統未能完全抵消的震動以外，什麼都不會傳達給處理終端；因應高機動戰而搭載了強大避震裝置的「破壞神」只不過是踩到一個人類，不會讓衝擊彈回駕駛艙。

所以，無論是握著操縱桿的手中那種蛋殼爆開壓碎的觸感，還是照理來講會被「破壞神」的奔馳聲蓋過聽不見的破碎聲響，應該都是不存在的幻覺。

感覺彷彿聽見的慘叫，以及飛濺沾黏到「送葬者」身上的鮮血都是。

咬得太緊的臼齒擠壓得嘰嘰作響。

………不對。

只是沒有那種認知，沒有實際體會到罷了。

他忘了。

忘了自己在哪裡。

個人代號……「代號者」是稱號也是惡名。

當眾多戰友一一死去時，只有自己跨越死亡關頭得以生還。他們是堆起敵我的屍體，啜飲同伴鮮血般持續戰鬥的戰鬼。在千人當中連一人都不見得能存活下來的第八十六區戰場，淪為最後一人的怪物，會得到其他人賜與此種綽號。

「代號者」就是怪物的別名。

所以現在才說覺得噁心，根本是騙人的。

因為自己至今走過的路，此時站立的這個場所——正是並肩奮戰但先一步死去的，無數戰友的死屍山頂。

為了活下去，他們踐踏過別人。踐踏過慢慢死去的人，也踐踏過還活著的人。救不了，見死不救。伸手無法觸及。渾然不覺。他們就這樣走過逐漸死去的某人身邊，踐踏著那些人的鮮血與屍體活了下來。

既然如此，那麼——這也是同一回事。他們為了繼續戰鬥，為了存活下來，不惜踩踏著屍山血海也要前進；只不過是那種光景碰巧化作現實罷了。

所以，如果要說的話……該覺得噁心的不只是這條攻城路，至今一路走來的所有道路都是。

……這或許是無可奈何的吧。

沒有戰爭不會死人，歷史上找遍哪個地方，都沒有一個國家的人不曾犧牲他人。

存活，就是站在別人的屍體上。

生存，就是不斷犧牲某些事物。

假如不做到這種地步，就無法存活的話……

那麼人類……

可能機能已經停止了，連眼睛都不再眨一下的緋紅髮色頭顱映入了眼簾。

在「送葬者」疾走的震動下，那顆將斷未斷的頭顱終於脫落，往下滾落直到消失不見。

辛呼出一口氣，其中並不夾帶任何眼淚。

蕾娜，抱歉。

對於人的生命，以及人類……

我還是不認為他們美麗。

不同於誇示權威並追求居住性的宮殿，城牆是戰鬥用的建造物。

其構造本身，就是對付入侵者的防具兼武器。

高聳的城牆、環繞的乾壕或護城河自不待言，還有城門上方向外突出的突堞口、越往內側越高的重重隔牆、只位於二樓部分的城堡主樓入口，以及順時針攀登的螺旋階梯。

儘管這些機關大多只能應用在武器還是刀劍與弓箭的時代，但也有些構造依然能發揮功效。

地點在要塞內部，面向東南城牆的內城。

一群長距離砲兵型將榴彈砲精確瞄準了比城牆頂部稍低的位置，等候敵人的身影出現。

雖然沒能阻止敵軍堆出入侵路，不過只要趁著翻越城牆時缺乏防備的瞬間狙擊，就足夠阻止敵軍入侵了。趕工勉強鬪建的那條入侵路極其細窄，敵方部隊仍然被迫犯下作戰上的愚行，也就是戰力的分散與分裂。

既然為了堆出入侵路而犧牲了許多敵性機甲，敵軍的戰力也減半，賭命突擊不會持續太久。

這時有個鋼鐵錨，銳敏地穿越鋸齒狀的射箭孔，飛到了城牆上來。

兩對四條。

前端的倒鉤——鉤爪刺進城牆上方，深深插入牆壁穩穩固定住。

下個瞬間，兩架「破壞神」跳上了瞄準位置的左右兩方，由側面俯視長距離砲兵型的城牆上頭。

識別標誌為「笑臉狐狸」以及「扛著鐵鍬的無頭骷髏」。

『——白痴啊，明知道會被攻擊，怎麼可能正面攻堅嘛。』

「達斯汀提醒了我們，前共和國民不可能知道攻堅的常套戰術。」

賽歐不屑地說完，辛用早已捨棄了前一刻痛楚的——捨棄得太乾脆的冷靜透徹語氣接著說道。

兩人同時扣下扳機。

八八毫米戰車砲發出咆哮，初速每秒一六〇〇公尺的火線接連不斷地捅進長距離砲兵型的側腹部。砲彈於命中的同時炸開，多用途榴彈的金屬噴流與四處散播的高速榴彈破片，將這些不具裝甲的機體一口氣掃蕩乾淨。

當然，長距離砲兵型也不會乖乖挨打。光學感應器與反瞄準感應器辨識到左右敵機以及其瞄準雷射，依照戰術演算法轉換方向，各自散開。

——卻辦不到。

試著改變方向的動作，被其他長距離砲兵型的砲身擋住了。一架機體被撞得踉蹌兩步，妨礙了另一架的動作。這些摩肩擦踵地集合於狹窄內城的長距離砲兵型就這樣擠在一塊兒，動彈不得地呆站原地。彷彿要一口氣把彈匣清空般，「破壞神」的猛烈砲火襲向它們毫無防備的側腹部。

城牆內部為了讓入侵的敵軍分散成小部隊並妨礙其行動，內城以許多隔牆分割得狹窄擁擠，讓人難以動彈。

這種限制對於揹著又長又大的砲體，機身巨大又笨重的長距離砲兵型一樣有效。

不具備迴旋砲塔的長距離砲兵型，只能對前方展開砲擊。它們無法反擊，又不能有效閃避攻擊，已經變成了手無縛雞之力的槍靶。

如同兩名開路先鋒，後續的「破壞神」也運用鋼索鈎爪斜著跳上來，陸陸續續加入砲擊的行列。試圖排除城牆上敵機而爬上來的自走地雷，由裝備機砲的「破壞神」負責驅散；跑來的斥候型則用戰車砲整排掃倒。

最後總算有一架「破壞神」──達斯汀的「射手座」降落在撕裂彎曲的長距離砲兵型成堆的殘骸上。他使用煙霧彈發射器撒下濃密的白色煙幕，隱藏攻堅部隊之後的行動。由瑞圖指揮的闊刀戰隊一路跑過煙幕底下，準備奪回機庫；一群揹著飛彈發射器的大範圍壓制式機體開啟所有發射莢艙。

『──通知發射器各機，已傳送全座標，即刻壓制！』

蕾娜一聲令下，全機一齊發射飛彈。成群飛彈貫穿白煙向上伸長，占據地面區域各個內城上方的有利位置，將內藏的子炸彈砸向整片地表區域。

當然，也砸在群聚於該處的輕量級「軍團」身上。

反輕裝甲用的自鍛破片啟動，秒速三〇〇〇公尺的火焰大雨，伴隨著轟然巨響一口氣橫掃這些輕裝甲機體。

城塞地表部分就此壓制完成，再來就剩掃蕩殘餘敵機，以及……

「海鷗」停在「送葬者」身側，蕾爾赫猛然掀開後部座艙罩，露出臉來叫道：

『死神閣下，趁現在！』

「好。」

八八毫米砲的餘彈數為零。輔助臂裝備著機槍的「笑面狐」姑且不論，白刃武裝的「送葬者」再這樣下去，之後戰鬥時會無法應付射擊戰。

就在這時，噔！一種異樣的悲嘆聲響徹四下。

那是只有辛聽得見的亡靈叫喚，是以無法辨認的機械語言編織而成的悲嘆之聲。如今帝國宣告滅亡，「軍團」系統規定的六年時限已經過去，這種純粹的機械智能之聲理應不可能存在。

戰場仍然瀰漫著白煙，雙方都無法看清對手的身姿。然而辛的異能精確地捕捉到了那陣貫穿戰場喧囂的尖叫來自何方。在正上方，覆蓋城塞的岩盤天篷，有如大鷲張翅守護雛鳥般的雙翼狹縫間，就在據說於過去戰鬥中遭到打落的鳳鳥頭部，有個東西悠然站立於脖頸的殘根處。

那是敏捷而精悍的肉食猛獸剪影，具有著好似獅子頭部的感應裝置，以及背後宛如撥風羽隨風搖曳的鎖鏈刀。

辛感覺彷彿從白煙與風雪的紗幕縫隙間，看到那對睥睨物表，如野獸雙眼的光學感應器發出了光輝。

高機動型。

其身姿被勉強倖存的一台外部攝影機拍到，也映照在司令部的全像式螢幕上。
蕾娜看了一下，瞇起一隻眼睛。
它的外觀……
芙蕾德利嘉似乎也有相同想法，眉頭一皺。
「……跟資料不一樣呀，那些誇張的羽毛是做什麼用的？」
羽毛。對，就是羽毛。
猶如虎豹般敏捷而凶猛的四腳機體，覆蓋著彷彿以匕首排成的銳利銀色羽狀薄板。在它的狹縫間，相當於動物肩胛骨的位置伸出一對長型鎖鏈刀，像是要穿透雲霄般倒豎的模樣，令人想起傳說中的獅鷲。
每一片羽毛都以不同於生物心跳或呼吸的動作蠢動著，異於雪地反光的細微輝耀，以奇妙的方式炫惑觀者。
金屬光澤的銀色表面，如液體般流動不息。
「流體裝甲……！」
據報告指出，辛遇到過的高機動型，只具備連斥候型都不如的脆弱裝甲。雖說背面裝甲比較薄弱，而且部分裝甲已被成形裝藥彈削薄、擊碎，但也不過就是會被步兵用七・六二毫米步槍子彈射穿的程度罷了。

辛說若不是有這項弱點，他恐怕也無法擊敗對手。

實際上，就任務記錄器拍下的影像紀錄來說，高機動型的機動性能，就連不上前線的蕾娜都不禁心生戰慄。「軍團」原本運動性能就遠勝人類軍，而它更是能夠進行超群出眾的異次元等級高速戰鬥。

在那場戰鬥的最後關頭勉強抓住的輕裝甲弱點，這麼快就被它克服了？還是說對「軍團」而言，前次戰鬥中的高機動型還只是開發中的機體？

不過……

蕾娜嚴峻地抿緊嘴唇。

各條通道上，湧向機庫的「軍團」攻勢可謂暴烈至極。

城外已經堆起了攻堅路，假如地面區域遭到壓制，待在地下的它們將會遭到上下夾擊。為了在那之前壓制要塞，斥候型與自走地雷反覆展開捨命突擊。而硬是強行鑽進室內的長距離砲兵型，終於用砲擊轟斷了五號通道的第一面隔牆。

混戰正打得如火如荼時，萊登聽到了另一戰隊臨時插入的無線電。

『——修迦副長！』

「瑞圖嗎！你現在在哪裡！」

THE CAUTION DRONES

[「軍團」高威脅性戰力]

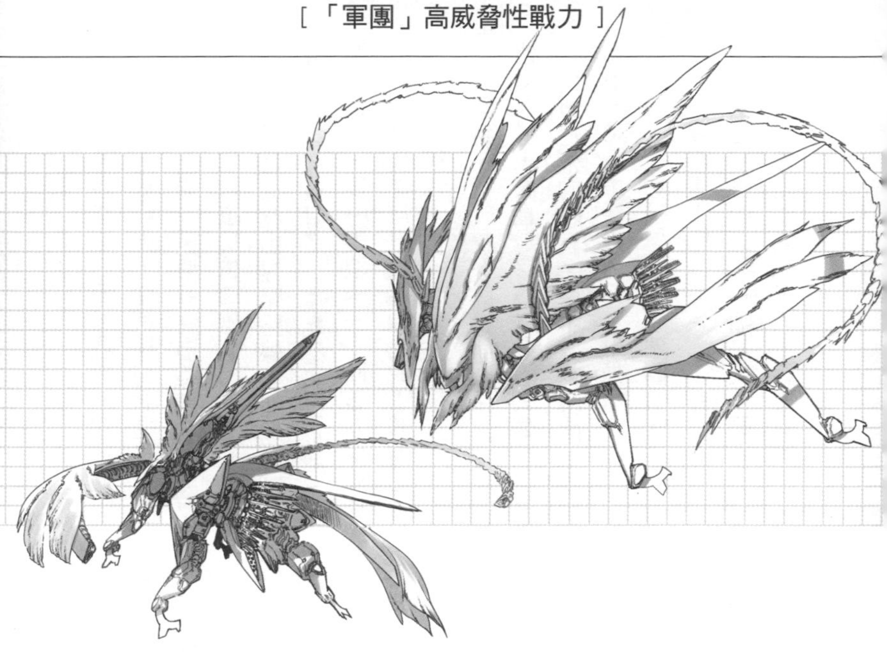

[Phoenix]

高機動型・改

[ARMAMENT]

特殊可動式・高周波鎖鏈刀 × 2
流體裝甲（材質不明）

[SPEC]

[全長] 約2.6m [頭頂] 約2.1m
[重量] 不明

[特別事項] 本機體身上纏繞疑似液態金屬的神祕物質，補強了輕量高速戰鬥型裝甲較薄的弱點，據推測可能提升了防彈與抗破片防禦能力。此外，本機體仍然具有以阻電擾亂型裹身形成的迷彩與匿蹤能力。

於前次作戰在共和國地下鐵路總站現身，一度將慣於戰鬥的辛逼入絕境的漆黑新型「軍團」，經過強化之後再次出現。獨具特色的流體裝甲想必是為了提升防禦能力而配備，很可能是汲取前次戰鬥中學到的經驗，所做出的因應對策。靈敏的動作、匿蹤性能以及前次對戰中銳不可當的兩把高周波鎖鏈刀依然強勁。儘管考慮到辛等人不在現場，而且是抓緊萊登等後續部隊出擊之前的空檔展開襲擊，然而幾乎僅憑一己之力就成功壓制了一座要塞的實力，仍然足以構成壓倒性的威脅。

『六十秒後……不，我已經在你們眼前了！我現在要衝進去，請你們退開！』

「！全機停火，從電梯前面退離！離開槍線！」

就在全體「破壞神」與「神駒」幾乎是強行跳離原處之後，從「軍團」行列的後方掃來一陣一二．七毫米重機槍的砲火。

這可是從經由複雜路線通往地面區域的電梯井——毫無戒備的正後方而來的機槍掃射。裝甲薄弱的背部被射穿，斥候型與自走地雷被打倒在地，瑞圖的闊刀戰隊踩碎它們變得破破爛爛的死屍衝進來，與「破壞神」一同襲向僥倖逃過一劫的其餘「軍團」。

『地面區域已經壓制完成！其他通道也有自己人去清空，請修迦副長與依達隊長到樓上去！』

「好……」

講到一半，萊登皺起眉頭。這種魯莽的闖入方式不像瑞圖的作風，還有之前那頓粗暴至極的機槍掃射，簡直是自暴自棄的突擊，以及失去從容，幾近慘叫的通話聲音。

衝進來的時候，來不及逃跑的「神駒」吃了流彈。所幸這種機體裝甲厚重，是正面裝甲被重機槍子彈打中所以還好，但是……

「……你是怎麼了，瑞圖？」

『我沒事！』

這聲回答的口氣咄咄逼人，好像不這樣的話就隨時可能哭出來似的。

簡直像是才剛死了大半戰友似的。

就好像在那堆屍山當中，竟看到了自己的屍體似的。

『真的，我沒事……所以，請你們快去吧。』

白煙散去。

在稍有減緩的白雪薄紗後方，高機動型睥睨著戰鬥的庭園。

於宛若大鳥展翅的岩盤天篷上俯瞰，可以看到戰場有著逆時針綿延的內城與好幾座監視尖塔。遭到擊倒撕裂的長距離砲兵型的鐵青色殘骸散落一地，城牆、內城的隔牆與石板地都被戰車砲彈打成了碎塊。無聲的白雪森冷地逐漸侵蝕著怵目驚心的戰鬥痕跡。

高機動型幾乎是一律平等地，蔑視著這片醜陋的鬥爭與靜謐的無常。

它的視覺辨識到以相對位置來說待在戰場最深處，仍站立於東南側城牆上的「送葬者」。

辛定睛注視著它，開口對在場全體人員說道：

「各機散開——務必避免進行近身戰，會中流彈的。」

野獸般的頭部向前傾斜，四肢蓄積了力道後彎曲。要來了。

跳躍。

高機動型以近乎墜落的速度跳向正下方，在空中把鎖鏈刀用力一揮以控制姿勢。它降落在尖塔的板岩瓦上，一邊踏碎瓦板一邊藉由反作用力衝向前方——往「送葬者」疾馳而來。

「海鷗」跳離原位，拉開距離以免妨礙戰鬥。「送葬者」拋棄派不上用場的空彈匣，準備迎戰。其間高機動型依然將尖塔、隔牆與它們的牆面當成立足點踢踹，憑藉著令人眼花撩亂的高速機動動作，轉瞬間縮短了與「送葬者」之間的距離。

只有在疾走衝擊下飛散的碎冰與水泥碎片，是高機動型移動時唯一能看見的軌跡。那道銀影一邊摻雜不規則的左右跳躍，一邊以快如飛燕的速度接近過來，就要殺向「送葬者」——

就在那一剎那。

『猜中了——白痴嗎？竟然一直線撲過來。』

戰車砲彈飛向了它的側面。

這記遠超過音速的戰車砲近距離砲擊，是潛藏於尖塔暗處的「神槍」——可蕾娜的狙擊。

雖說事先預測過移動方向，但敵機的速度領域以陸戰兵器而言可是超乎常軌。面對這種對手，可蕾娜從一開始就關掉幫不上忙的射控系統（FCS），幾乎只憑直覺，展現了神乎其技的狙擊本領。

砲彈將砲聲遠遠拋在後頭，並且在沒有瞄準雷射的隨同下迅速逼近，但敵機似乎只看見砲口火焰就察覺到了攻擊，取消跳躍後緊急煞車，間不容髮地從彈道上躲開。

豈料……

理應已經從飛行方向上丟失了獵物的砲彈，竟然在高機動型的眼前發出閃光自爆了。往全方位散播的秒速八〇〇〇公尺的爆轟衝擊波與遭其彈飛的成堆破片，以甚至超越高機動型閃避動作的速度襲向敵機。

是近炸引信。當目標物體進入了它發出的電磁波範圍時，砲彈不用等到命中就會炸開並散播破片或霰彈，原本是反航空器戰鬥用的特殊引信。

高機動型躲避不及，中了幾個破片，像被狠狠痛擊般墜落地面。看來破片並未貫穿裝甲，然而被撕裂的流體碎片，仍像風中雪花般飛舞於空中。

『——歡迎光臨，小笨蛋。』

潛伏於墜落預測地點的「雪女」——當中的安琪傲狠地嗤笑。

緊接著它背部的發射器開啟艙門，射出飛彈。

飛彈描繪出各有不同的軌跡飛向高機動型，在空中接連引爆，將子炸彈豪雨打向敵機。包括高機動型實際做出的選擇在內，炸彈利用時間差距轟炸預測到的所有閃避方向。高機動型鑽過追擊般灑下的彈雨，可能是判斷無法全數躲開，於是強行穿越彈雨往空中逃逸。

『——哈，來了來了。難怪人家說笨蛋還有個什麼都喜歡往高處跑！』

將鈎爪打進尖塔斜面屋頂嚴陣以待的「笑面狐」喀鏘一聲，把兩條格鬥手臂的重機槍對準了目標。

掃射。

本來在空中就無法自由行動，高機動型結結實實地吃了最初幾發子彈。它利用大幅甩動的鎖鏈刀代替鈎爪刺進壁面，收縮刀身強行移動，逃出機槍子彈的散布區域。

「笑面狐」即刻放棄射擊位置，順著鋼索飛往另一座尖塔。高機動型正要追擊，卻遭到另一架「破壞神」的狙擊，接著又是子炸彈的大範圍壓制，然後是從地下機庫一躍而出的「狼人」進行的機槍掃射。

『——簡直跟獵捕猛獸沒兩樣，真可憐。』

為了閃避攻擊，高機動型跳上堞牆時，立足處遭受到數發小口徑砲彈狙擊而崩垮。而當高機動型失去平衡往下掉時，又有一道彈著痕跡追著它在堞牆上跑。那既非「破壞神」的八八毫米砲，也非「神駒」的一二五毫米砲，是二〇毫米上下的反戰車線膛砲的射擊……射手似乎不只一人，而且好像連王子殿下也親自加入了陣線。

高機動型總算擺脫了橫飈的穿甲彈驟雨，降落在地之後環顧四下。

身為「軍團」這種戰鬥機器，而且是與生俱來的純粹機械智能，高機動型恐怕沒有相當於感情的功能。然而如果它擁有類似人類的感情，此時肯定粗暴地嘖了一聲。

在城牆、複雜區隔內城的隔牆、俯瞰城內的監視用尖塔上，以及不規則地建造的各種設施的暗處或內部；他們各自避開友軍的槍線，但確實將高機動型捕捉在中心位置。

混入風雪之中的「破壞神」純白機影，布下了層層疊疊的天羅地網。

蕾娜定睛注視全像式螢幕裡的這個狀況，喃喃自語。

語氣冷漠。

「沒錯，它的迅捷身手與高度運動性能是很驚人……但這並不表示我們束手無策。」

敵機那種連射控系統的自動瞄準都只能瞠乎其後的高速戰鬥，以陸上兵器來說的確驚人。

然而在「軍團」戰爭爆發以前，長年享有空中霸權的戰機具有更快的超高速，能夠進行全方位的立體交戰。現代軍隊與兵器不僅長期對付過這種對手，有時還能擊落它們。

近炸引信不用直接命中目標，只需檢測到敵機接近就會自動起爆，散播破片或霰彈；集束彈頭能夠以子炸彈驟雨瞬間壓制大片範圍；機槍與機砲能以每秒數十發的超高發射循環速率吐出子彈，形成濃密的彈幕。

如果瞄準追不上對手。

如果無法準確擊中一個點的話。

「大範圍擊潰就是了……就這麼簡單。」

無論就武裝或戰術上而論，這都是早已確立的對策。初次遇見時姑且不論，只要事先摸清對手的底，就有辦法因應。

辛上次之所以陷入苦戰，除了正是因為初次遇見之外，就某種意義來說，對手算是他的天敵。以白刃戰見長的「送葬者」不具有這種廣範圍攻擊的裝備。憑他一個人，很難做出有效的反擊。

「余才在想汝打算如何引誘它進入彈幕——想不到竟然是以『送葬者』為誘餌。沒想到汝也是頗為冷血呀。」

「敵人的目標是殲滅我們，以及擄獲辛。既然知道這一點，不加以利用就太可惜了。」

前次作戰高機動型犯下的最重大失誤，就是讓辛逃走。它白白讓辛歸隊做了報告，也洩漏了能夠以此類推的所有情報。

包括預想得到的性能諸元、基本的戰鬥模式，以及——它的目的。

他們得知了它那明明能夠殺死辛時卻沒有下手的一連串不自然行動，並且從中推測出它們的作戰目標。

得知了目標，就能當作誘餌。

能夠亮出對它們來說價值非凡的物品，將愚笨的野狼引誘到組成的包圍網之中。

沒錯——前次地下鐵總站的作戰當中，高機動型是單騎打敗了「女武神」的一個戰隊，毫髮無傷地將它們全數擊毀。它想必將自己與「女武神」的戰力比(Kill Ratio)判定得相當高。

若是以這種判定為基準——除了辛的「送葬者」這個高威脅性戰力之外，高機動型將不會把其他戰隊員放在眼裡，只會襲擊他一個人。

所以要拿友機當誘餌，利用敵人的錯誤判斷，用以多欺少的方式壓倒對手。

這種作戰完全是難看的硬上蠻幹，卑鄙到了極點。蕾娜以為大家會反對，然而包括辛在內，當蕾娜在前次地下鐵總站作戰結束後擬定並說明這項對抗策略時，八六們反應都很淡泊。八六的基本戰術本來就是以多架機體與「軍團」對峙。為了用那種鋁製廢物機對抗超越常識的高性能鋼鐵怪物，八六們並不認為誘餌、陷阱或多對一的戰鬥有哪裡卑鄙。

「羅森菲爾特助理官，目前諾贊上尉負責捕捉敵機，等設施內掃蕩完成後，預定依達少尉也會負責同一任務，但兩人原本都是主要戰鬥人員。當發生兩人無法提出警告的狀況時，就得靠妳了。」

「哼。」芙蕾德利嘉可愛地用鼻子哼了一聲。

「告訴過汝，叫余芙蕾德利嘉就行了，傻瓜……余明白，交給余就是了。」

「破壞神」如今已在地面區域的所有場所都布下了陷阱。

在城牆與隔牆上、尖塔的頂端，以及隔牆與設施的迷宮般狹縫間。他們從四面與上方布下重圍，嚴陣以待。高機動型忽縱忽橫地來回飛躍，試圖閃避攻擊並突破包圍網，然而無論它跑到哪裡，「破壞神」都能加以迎擊，讓它濺起銀色的血花。

霰彈狂暴肆虐，子炸彈當頭灑下。機砲發出野獸般的咆哮，反戰車線膛砲的砲彈吼叫著撕裂冰凍空氣疾飛而去。

不只如此，似乎還有一群步兵憑著血肉之軀，抓準機甲兵器激烈戰鬥的空檔設下了指向性破片地雷，在戰場上爆炸。能把扇形散布範圍內的成年人變成絞肉的數百顆鋼珠形成風暴，逼得高機動型四處逃竄。

獵捕猛獸。

蕾娜注視著全像式螢幕，內心覺得恐怕再也找不到比這更適合這場戰鬥的稱呼了。

人類集合智慧與武器，追獵狡猾、凶猛且危險，遠比人類還要強悍的野獸。這次就是這種戰鬥。

「彎刃戰隊、大刀戰隊，請移動至南邊第三區——諾贊上尉、依達少尉，請引誘敵機，將其趕進前述區塊，以『送葬者』為誘餌……地下第二十八號通道發現殘餘敵機，請錘矛戰隊進行掃蕩。」

『收到。』

地下區域掃蕩殘餘敵機，地面則是獵捕猛獸。蕾娜在兩處戰場同時調動多枚戰隊棋子，纏繞其身的「蟬翼」光亮紋路瞬息萬變。高效率運轉的光芒，在幽暗的指揮所裡鮮豔奪目地四散。

疾走逃離砲擊的高機動型，野獸般的頭部彷彿呼喚著什麼般仰望天際。只見有塊雲層鬆散崩解，一群阻電擾亂型飛舞降下，高機動型一頭衝進其中，將它們披於自己身上。

展開的光學迷彩讓銀色機影消失無蹤。咚！隱形機體似乎重重地踢了地面一腳，留下路面裂痕作為最後的足跡，就這樣不知去向——

『——滿陽，五秒後正面……掃射。』

『好的！』

與物理法則毫無關係，辛聽見了它的位置下達指示，六架機體的小隊即刻回應。全機出動的機槍掃射撕裂了阻電擾亂型，高機動型再次現形。

戰隊員繼續掃射做追擊，高機動型躲開後飛身撲進遮蔽處。受到厚實的水泥阻擋，性能不算太強的「破壞神」感應器就這樣追丟了敵機。

『天真，太天真了！克羅，去嚇它個屁滾尿流！』

『依達，我知道了，妳講話收斂點。』

西汀掃蕩完機庫周遭的殘餘敵機，把防衛任務交給麾下的戰隊，自己則前來輔助搜敵工作，呵呵大笑著說：

『雖然要我跟死神弟弟一樣負責指示目標，實在遜斃了就是……好啦，小不點，下個地點在哪裡！』

「汝說誰是小不點了，無禮之徒！南邊第五區中央通道，開火！」

芙蕾德利嘉讓血紅眼睛微微發光，叫著說道。拖著白煙擊出的成群小型飛彈啟動尋標器，衝向捕捉到的高機動型。扛著沉重的地對空飛彈發射器，埋伏於設施屋頂平台的步兵們展開一齊射擊。

高機動型大動作往旁跳開加以閃避，然而成群飛彈藉由急轉彎的方式正確追逐目標。這稱為主動導引，飛彈會自行發射照明波束，一旦捕捉到敵機就會追蹤到推進劑耗盡或是命中為止，堪稱鋼鐵魔彈。

背對著隔牆，高機動型急遽停步，與來襲的成群飛彈對峙。周遭的「破壞神」猜到它的企圖，紛紛退避。如鬚毛般搖曳的鎖鏈刀發出啟動的叫喚聲，向上揚起。

兩條刀刃一揮而過，砍落了先飛過來的一群。第二批等吸引到眼前再以跳躍躲開，突如其來的機動動作讓飛彈追丟了高機動型，或是來不及轉彎，接二連三地狠狠撞上隔牆爆炸開來。厚實的強化水泥隔牆發出地鳴崩垮倒塌。

躲藏於濛濛瀰漫的煙塵之中，高機動型交互踢踹左右設施的牆壁往上跑，打算撤退到天篷上方——……

『啟動！』

伴隨著犀利的一聲命令，各座尖塔的頂端射出電磁鋼索，在空中開展成臨時的鳥網，把跳躍到一半的高機動型打落在地。

——————！

高機動型被狠狠砸在石板地上，隨即霍地跳起仰望高空，從那舉動中可以明顯一窺近似驚愕的動作。它必定想都沒想到，城塞裡竟然還有這種……說得難聽點就是荒唐可笑的機關。

只有維克一個人的聲音聽起來莫名開心，在知覺同步的另一頭流過。

『這是當要塞遭到空降部隊攻陷時，用來把直升機摔到地上的陷阱，換個說法就是要死一起死吧……真是的，講到我那些祖先，性情還真是扭曲到極點了。』

萊登用一種傻眼的語氣問道：

『我是覺得不至於，不過王子殿下，這座城塞該不會設置了自爆裝置吧？』

『嗯，有啊。當然有。淪陷的城堡最後就該跟狂賊一起炸個同歸於盡，這才叫作美學。』

『…………』

在視野邊緣，馬塞爾似乎坐立難安地把腰抬起來了一下，大概不是蕾娜心理作用。

芙蕾德利嘉喃喃說道：

『那傢伙……應該說伊迪那洛克的異能者莫非都只是頭腦聰明的傻子嗎……』

蕾娜也略有同感。

……但這件事就先擱一邊。

「第五區，二號隔牆已崩塌。請該區的『破壞神』移動至隔壁的四號與六號區域。天鷹戰隊，請前往支援。呂卡翁戰隊，我想你們子彈快用盡了，請與大鐮戰隊換手。」

子視窗跳出，報告正面閘門的封鎖已經排除，「清道夫」開始前進……攻城路是還好，但菲多它們爬不上垂直的城牆，因此繞路走正面攀登路，好像總算是抵達目的地了。

「就照這樣壓潰敵人，不要讓它好過。」

「……不。」

與蕾娜的激勵言詞正好相反，辛不禁苦澀地瞇起一眼。

追加的流體裝甲，超乎想像地硬。

能自在改變形狀的裝甲，似乎在面對成形裝藥彈時變成中空裝甲(Spaced Armour)，遇上高速穿甲彈則變成拘束裝甲，瞬時改變形狀做出對應。它讓子彈誤判引爆點距離(Standoff)使金屬噴流擴散掉，入侵的貧化鈾彈芯則在裝甲內部折斷。而且它似乎還具備了受到衝擊時瞬間硬化的脹流性流體特性，在遇上威力較低的機槍子彈、霰彈及反戰車線膛砲的砲彈時，即使濺起銀色血花，卻始終沒被射穿。

儘管如此耐打的流體裝甲在至今的攻防中被削掉了不少，但對本體造成的傷害恐怕還很輕微。

至於「破壞神」這邊，已漸漸有幾架機體脫離戰線了。

繼八八毫米砲之後，連兩挺重機槍的彈藥也射光的「笑面狐」向後退。弄錯退路，不慎讓敵機接近的「神槍」腳部遭到切斷癱在地上，由拋棄了空發射莢艙的「雪女」慢慢將它拖走。

反戰車線膛砲的槍座已經有五座被擊潰，步兵們用完了攜帶式兵器而脫離戰線，隔牆與尖塔漸次遭到破壞。

包圍網正在慢慢崩潰。

菲多它們似乎已經抵達了，但還得花點時間才能會合並進行補給。在那之前，必須以目前的戰力繼續撐下去——……

在幾乎所有設施都被砲擊轟倒的一隅，高機動型突如其來地在那裡的中心停住腳步。它動作就像野獸一樣把頭部轉了一圈，確認「破壞神」包圍自己的位置。

覆蓋全身的羽狀裝甲有幾枚融合起來，咕嚕作響地緊緊捲成細條，變成筒狀外形。是槍身，而且是極長的細管——初速很快！

「——子彈要來了！快躲！」

霎時間，以高機動型為中心，銀線疾速飛向了所有方位。

這想必也是以裝甲變成的，是彈體大而尖銳的飛鏢彈。擊發機構不知是壓縮空氣還是離心力——他們太小看敵人了，以為高機動型無法搭載沉重的火砲，不會使出投射攻擊。

「女武神」雖然屬於輕量，但畢竟是機甲，子彈威力似乎還不足以貫穿它們的裝甲，但又大又重的彈體加上特快初速，更重要的是敵機是用上了大部分的流體裝甲使出一齊射擊。挨個正著的「破壞神」大幅踉蹌，停下了腳步。高機動型趁著這個空檔一口氣跑過它們之間。

在被拖住腳步的包圍網其中一處，銀色機影迫近「獨眼巨人」的黑影。它斜舉著左邊的鎖鏈刀，準備於錯身而過之際一刀斬殺對手。

『！這傢伙！』

伴隨著粗暴的咂舌一聲，「獨眼巨人」以砲火回擊。

她當下判斷躲不掉這一擊，既然如此就讓對手閃避。她達到了目的，高機動型的移動軌跡偏離了槍線，因此也就錯失了將「獨眼巨人」一刀劈成兩半的路徑。慢了一剎那，彈頭於脫離砲口的同時分裂成八塊，接觸到它的背部，然後無聲無息地壓扁、起爆。

傳播至裝甲內部的黏著榴彈（HESH）衝擊波，激烈地吹散流體裝甲。同時從右邊機槍到前後一對腳部都被砍飛的「獨眼巨人」摔倒在地，再也無法啟動。

「西汀！」

『我沒事……比起這個……』

西汀把牙關咬得嘰嘰作響。

蓋過這個聲響的接近警報，在駕駛艙內鳴動。

『抱歉，我讓敵人跑了……大帥哥，它去你那邊了！』

「中計了……！——辛！」

那片光景讓蕾娜變得面無血色。

包圍被突破了。

這其實是在可預測的範圍內。

辛是用來引誘高機動型的誘餌，因此即使子彈射盡，「送葬者」也不能離開戰場。豈止如此，為了預測敵機的移動路徑，還得將他持續部署於容易讓高機動型辨識到的包圍網外圍附近……他們不是不了解其中的危險性。

「送葬者」具有超高機動性能，以及精於近身白刃戰鬥的武裝。而高機動型與他性質相同，但能力相對地較高，對「送葬者」而言如同天敵。

差距大到前次作戰能勉強生還，已經算是奇蹟了。

可是。

這次……

高機動型一邊疾走，一邊高舉鎖鏈刀過頭。「送葬者」將左側兩腳稍往後拉，擺出輕微的側身姿勢。

交錯。

「送葬者」的高周波刀，左側那把砍碎了高機動型的裝甲……

高機動型的鎖鏈刀，簡直像切開水面一樣——深深劈進了「送葬者」的駕駛艙。

†

『駁回建議應對行動——擄獲。「火眼」已擊破。』

『確認裝甲內部已破壞，無生命反應。進行壓制——』

†

蕾爾赫傲狠地咧嘴一笑。

在遭到高周波鎖鏈刀砍裂的「送葬者」駕駛艙之中。

「——猜錯了，臭鐵罐。」

「原來是從外觀判斷的啊。大概是看裝備，再來就是識別標誌吧。」

同時，在高機動型的背後，降落在地的「海鷗」駕駛艙中。

辛用光學螢幕的十字線捕捉到它那毫無防備的背面，喃喃自語。

他是在地面區域剛剛壓制完成時，跟蕾爾赫交換座機，以達斯汀用煙霧彈發射器撒下的煙幕為屏障，從彈藥用盡的「送葬者」改坐到「海鷗」上。這是因為面對敵機從視野這邊一口氣飛竄到另一邊的超快速度，辛沒時間慢慢等菲多來交換彈匣。

這是蕾娜的提案，由維克下的命令。

「破壞神」與「阿爾科諾斯特」雖然是不同國家的兵器，但兩者皆為預設給人類型駕駛員使用，於同一時代研發的機甲。鑒於所需功能與人體工學上的合理性，按鈕或儀表等配置位置會有某種程度的共通性。經過幾次換裝訓練，不至於用不上手。

準星第一次對準了高機動型，表示已確實瞄準的電子聲響起。

辛扣下了唯有這個無論在哪個國家位置都是一樣的，右操縱桿食指部位的扳機。

背後，零距離，徹頭徹尾的突襲。而且左邊的鎖鏈刀卡進了「送葬者」的機身，連移動機身都有困難。

儘管如此，戰鬥機器的本能仍然做了垂死掙扎。

它分離掉左邊的鎖鏈刀，把幾乎所有裝甲全變成鋼索狀，刺進地面將本體拉過去。高機動型憑藉著比跳開或倒下都快上一點的動作，讓中央處理系統逃到槍線外。

只有毫釐之差，成形裝藥彈徒然擦過它的機體側面飛去。砲彈附帶的動能削去了僅剩的少許流體裝甲，連同底下的黑色裝甲與金屬框架一併吹散。

「……嘖！」

竟連必中無疑的砲擊都成功躲掉了，高機動型的反應速度讓辛嘖了一聲。這七年來，他從沒在這種距離下射偏過任何一次。

不過，這下就……

『——總算把鎧甲全卸掉了吧，你這蠢貨。』

「送葬者」的座艙罩猛然跳起。

那是引爆爆炸螺栓進行的強制開啟動作。座艙罩被炸藥吹飛，蕾爾赫從那底下恰如彈丸一般飛躍而出。

可能是被鎖鏈刀擦到了，她的右腿連根斷裂，「西琳」的蒼藍熱血向外噴出。

接在剩下的左腳之後，她的左手也攀上「破壞神」的白色裝甲，擺出野獸般的姿勢後，用上全身彈力撲向對手。她把軍刀刀鞘銜在嘴裡，用右手握住刀柄，接著一如撕咬獸肉的獅子般把頭用力一甩，拔出了軍刀。

彈開雪地反光的玉照寶刀，下個瞬間發出尖銳叫喚達到白熱高溫。那是高周波刀，本來是供機甲使用，從來沒人想到要運用在真正的白刃戰上。

空手握住刀柄的右手，人工皮膚在瞬間內裂成碎片吹飛了出去。

『——喝啊！』

銀色流星落在高機動型身上，高機動型揮動鎖鏈刀還擊。

儘管只是人工產物，但纖柔的少女憑著血肉之軀與白刃對抗「軍團」，仍是有如玩笑或是惡夢般的光景。

橫著一揮的鎖鏈刀，將蕾爾赫從腰部砍成兩段。

反手往下刺的軍刀利刃，插進了高周波刀的根部失去裝甲的部位。

過電流產生的藍白光芒，一瞬間竄過鎖鏈刀之上。沿著軍刀張嘴咬來的紫電之蛇，將蕾爾赫的右臂燒得焦黑。

損傷總算深入到裝甲內部，使得高機動型一個踉蹌。蕾爾赫手一鬆滑了下去，勉勉強強勾在它的肩頭上。

丟開的軍刀刀鞘終於掉在地上，發出鏘的一聲。

「海鷗」背部砲架的火砲式發射器傳出沉重的砲膛關閉聲，表示砲彈重新裝填完成。十字線與警報聲簡直就像在連聲催促，讓辛知道瞄準得不偏不倚。

高機動型將遭到破壞的鎖鏈刀分離掉，斷口滲出銀色流體。它失去武裝，並且受到極大損傷，應該達到了放棄機體的標準。不過，在那之前……

頃刻間，辛與蕾爾赫的目光對上了。

那雙翠綠眼眸。

即使已經聽人說過她不是人類，即使她總是身纏死者的悲嘆，卻只有那雙眼眸與人類無異，反映出意志與感情而閃爍光彩。

她的嘴唇動了動。

在知覺同步的另一頭，她的少年主子犀利地喊叫：

『——射擊！』

只要有其中一方說「請住手」，自己是否就不會動手了？

無意間落在心頭的疑問，沒有帶來任何效應。

辛針對戰鬥受過最佳化的身體與意識，半自動地扣下了扳機。

飛來的二〇毫米穿甲彈，把蕾爾赫的右臂從肩頭切斷，摔落在地。

成形裝藥彈命中後引爆，形成的金屬噴流穿透高機動型的裝甲，從破洞噴進內部，使它全身起火燃燒。

慢了一剎那，銀色蝶群穿越紅黑劫火，逃向將要下雪的陰沉天空。

「這樣還能逃走？受不了，還真是給我們做了個難對付的東西。」

維克仰望著鉛灰色的天空，把笨重的反戰車線膛砲喀鏘一聲扛在肩上嘆氣。地點在要塞地面設施的一個角落，他藏身的監視塔之中。

看樣子每隻蝴蝶都是獨立的系統模組，應該是設計成逃走之際即使有幾隻遭到破壞，也能進行補充。

……應該說……

「那些『軍團』為何要製造出那種東西？」

高機動型的確相當厲害，但從戰鬥效率方面來說，反而比之前的量產機差多了。

與其讓一位英雄揮劍砍倒成千上萬的士兵，不如由性質各異的千人拉弓，從刀劍的攻擊範圍外單方面射殺一萬人比較簡單。兵器的進步就是這麼回事，變得更安全，更省時，將更多人……

更有效率地大行殺戮。

更何況現代一座巨砲就能燒燬數千人集聚的基地，一輛戰車就能四處蹂躪眾多步兵，人類也就算了，「軍團」應該不會需要落伍地在戰場馳騁揮劍的英雄。

英雄早已成了弱者的戰術。

因為正面對抗實在打不贏，所以只好集中戰力打擊一個點，讓敵軍無力再戰。

第八六機動打擊群簡言之就是這種部隊，「東部戰線的無頭死神」也是這種士兵。只針對力量最強，防禦最嚴，但數量因此較少的敵人加以排除，如同強悍但珍稀的銀製槍彈。

這雖然是人類能採取的最後手段，卻不是「軍團」該用的戰術。

而關於另一點也是最大的特徵——它的不死性，假如目的是保存戰鬥紀錄，那只要傳送資料就行了，它們至今恐怕也都是這麼做的。

它們能夠留下備份，想量產替換多少機體都行，整體而論每個個體不過是用完即丟的消耗品，沒有特別需要保存的意義。

因為對兵器而言，最不需要的就是自我保存的本能。

維克不懂敵軍開發這種機體的用意——感覺跟只為了殺戮敵性勢力而運轉的「軍團」，本質上似乎有所衝突。

雖說當機械不受到人類意志介入時，有時會做出難以預料的結論或決定——……

這時忽然間，頭頂上方的蝴蝶改變了動作。

「……嗯？」

流體奈米機械的蝶群一時之間在城塞上空打轉，先是好像要飛往南方的支配區域，但在途中改變方向，突如其來地降低高度，接著如雪崩般飛舞降落。

降落地點意外地近，就在離城塞不到幾公里的位置。

「…………」

維克抱持著戒心瞇起一眼，揮動一隻手叫出全像式螢幕。所幸面對那個方向的外部攝影機還有一台沒壞，他移動攝影機焦點，追逐應該在可動範圍內的高機動型本體——

映入眼中的那副身姿，讓他一時忘了呼吸。

在勉強擊退了高機動型——全體「軍團」後，指揮所眾人如釋重負，稍微鬆了口氣時……

「……米利傑，那是何物？」

芙蕾德利嘉依舊緊張萬分的聲音，僵硬地尖聲叫道。

「南側五號的外部攝影機……那個為何會在那裡？」

血紅眼眸定睛注視著主螢幕角落的外部攝影機影像，眨也不眨一下。蕾娜順著她的視線，將那一格畫面放大到整個主螢幕上。

蕾娜咻地倒抽了口氣。

同時辛也感覺到一股強烈的視線，轉過頭去。

城牆在這三天期間的戰鬥中炸飛，空出一處如割痕的狹縫。從狹縫眺望視野下方的雪地，在幾公里外那片毫無汙損，好像這邊的戰場只是個玩笑話的一片初雪之上……

遠遠就能看見一架裝甲老舊，破爛不堪的斥候型佇立於那裡。

一般來說，「軍團」會塗上鐵青色的烤漆，但那架斥候型呈現恍如月光的白群色，略帶白色的青藍與周圍雪影自然地融為一體。它沒配備本該揹在肩上的兩挺泛用機槍，簡直是毫無防備地佇立在無人戰場的一隅。

但它卻有著一種肅靜的威嚇感。

如同衣衫襤褸，卻超然不群地睥睨萬物，挺立戰地的女王。

不用說，辛就明白了。

那就是與聯合王國對峙的「軍團」部隊的指揮官。是以「牧羊人」來說絕無僅有的斥候型，經過長期激戰已不可能留存至今的「軍團」初期生產批號。

「無情女王」。

構成高機動型本體的蝶群沒有一點喧囂，飛舞降落在它的身側捲起漩渦。它的周圍簡直就像騎士侍立一般，有一群重戰車型潛藏於雪中待命。

辛的目光停留在它左肩的鮮豔色彩上。

那憑倚新月的女神，是識別標誌。

只不過，辛從來不曾看過有「軍團」會以識別標誌示人——……

維克大概也看到了同一架斥候型，似乎發出了呻吟。

『瑟琳……！』

瑟琳這個名字，取自古代神話中的月亮女神（塞勒涅）。

新月型的識別標誌也許是來自這個典故，或者是生前愛用的圖形？

「無情女王」突然將複合式感應器轉向辛這邊。

彷彿與之呼應，其悲嘆之聲也隨著升高。

那是年輕女性的聲音，死前瞬間的最後思維。確實不負月亮女神之名，聲音冷漠又伶俐——

也很無情。

可是……

——我有當乖孩子喔。

聲音卻又像拚命忍住不哭的幼兒般……無力而無助。

——所以……我好希望……能回來我的身邊。

『——辛。』

記憶中的母親展露著笑容。

在強制收容所一隅的教堂，禮拜堂的大門前。母親有著與哥哥一樣的紅彩絹絲般長髮，以及跟自己一樣的深紅寶石眼眸。身上穿著與柔和面容毫不搭調的，粗糙的老舊野戰服。

記憶中從來不曾打過自己的纖纖玉手，溫柔地摸摸他的頭——要聽哥哥跟神父大人的話喔。

『要乖喔——辛。』

說完，她微笑了——眼神是那麼溫柔。

辛還記得。

還記得……曾經記得。父親的容顏、母親的聲音、曾經那麼溫柔的哥哥、孩提時期每天一起玩的小女孩。也記得在貝爾特艾德埃卡利特住過的宅邸，記得父親研究過的，聰明而忠誠的人工智慧機器狗。

「……！」

其實。

辛並沒有丟失這一切，並沒有遺忘。

只是。

因為如今的自己，再也回不去那個懵懂無知的幸福世界——所以不願想起罷了。

每個家人都比自己先走一步，已經不在人世了。

作為歸宿的家園成了空殼，就算回去也空無一人。

事到如今就算回去過什麼和平生活，自己也已經……無法像那時候一樣歡笑了。

在被剝削的過程中，辛體會到了很多。

人的惡意、世界的冷酷、不合理的狀況、卑鄙下流、無情無義、慘絕人寰。

辛必須當作這個世界就是以這些事物構成，否則無法撐到今天。

本來能夠憶起的雙親容顏、令人懷念的家中情景、曾經那麼親近自己的機器狗，都再次褪色、模糊，如沙子從手中滑落般消失。

家人的記憶不是被戰火燒燼，而是他自己撕碎丟棄的。

為了不去奢求得不到手的事物……而丟棄了。

如今，辛再也無法忽視這份自覺。

白色斥候型睥睨著無聲注視自己的這些人類，半晌過後——倏然別開了視線，用「軍團」特有的無聲機動動作轉身離去。

潛伏四下的重戰車型站起來，一邊甩落身上的薄薄積雪一邊跟隨其後。它們用自己厚重至極的軀體簇擁著女王，像在遮蔽並保護著纖纖弱質的她。

最後銀色的蝶群——不知為何，用一種異樣帶有妄執的「視線」凝視辛之後，才好像不情不願地跟上行列。

當「無情女王」與她的朝臣隊伍消失在大雪瀰漫之處時……誰也無法追趕上去。

終章　在百花不開的落雪曠野

「——殿下。」

儘管換作一般人看到這片光景必定留下心理創傷，很遺憾地，自己什麼感覺也沒有。

自己實在是個徒具人形的怪物。維克低頭看著躺在地上的蕾爾赫，作如此想。

躺在軍靴前面的蕾爾赫碰巧只剩上半身，藍色的皮下循環物質流了一地，銀色的內部機構撒得滿地都是。平時綁成髮髻的金髮也悽慘地散開，整個人無力地躺臥在積雪被踐踏而融化的石板地上。

就跟某個時候的她一樣。

維克低頭看著她說：

「不要每次都把自己弄壞，七歲小孩。」

「是，下官無顏面見殿下……」

遭到這種蠻橫不講理的叱責，蕾爾赫靈巧地用剩下的半個身體，做出垂頭喪氣的動作。

「西琳」沒有痛覺。

因為破損時只需換個零件即可的機械人偶，不需要身體破損時不能換零件的生物用來保護自己的警告系統，所以沒有重現這項功能。

因此躺臥在地的齒輪工藝人偶，完全沒把失去的雙腳、流得滿地的藍色鮮血以及銀色肺腑放在心上，笑得自在。

就跟……某個時候的她一樣。

「殿下，您有沒有受傷？」

呵。維克淡淡地笑了一下。

「當然沒有。」

因為妳要我保護它。

所以直到我守住這個國家與人民之前，直到人與「軍團」的戰爭結束之前，我都不會死。

之後也是……就算不抱任何希望或願望……只要還有一條命在，我就會活到最後一刻。

因為我認為這是蕾爾赫的……早在很久之前就先一步逝去的，本該與我同年齡的少女懷抱過的心願。

「準備回去吧，蕾爾赫……這樣搬起來是比較輕鬆，但是全身要重做還真麻煩。」

「下官無顏……」

「妳剛才說過了。」

「還有……如果可以，能否請殿下將胸部等部位再做得豐滿一點……」

「少人小鬼大。」

維克嘆口氣，伸手抓住了她的脖子後面。系統解除了頸部的鎖定，少女只有頭部脫落，被維克拿了起來。人的頭顱就算是血肉之軀也比一隻貓來得重，不過維克儘管貴為王族，軍旅生活已經過習慣了，拿起來比反器材步槍輕。

「西琳」不過是機械人偶，當然就算只剩頭部也不會壞。維克一面確認失去胸部冷卻系統的蕾爾赫已自動關閉電源，一面讓軍服衣襬在漫地風雪中翻飛，轉身離去。

手上抱著頭顱，季節錯誤的白緦女神面紗則在瘋狂飛舞。

維克不經意地想，這簡直就像莎樂美的一幕場景。

好吧。

「雖然我從來沒吻過她們就是了。」

無論是原本的那個女孩，還是如今這個墓碑般不具體溫的女子。

自言自語的聲音被風擄去，無人聞問。

瑞圖從「破壞神」下來，重新俯視「西琳」們構成的攻城路。另外還有好幾名戰友，也同樣地俯視著這條異樣的屍骸道路。

活到戰死的那一刻，戰鬥到用盡生命的最後時刻，是八六的驕傲。

他深信這一點，戰鬥到現在。他將這當成驕傲，只抱持著這份榮耀戰鬥到今天。

可是。

一股戰慄湧上心頭，瑞圖無法阻止自己全身發抖。他內心浮現了一個想法。

我們跟這種……笑著急於尋死的瘋狂行軍，究竟有什麼不同——……

瑞圖一直覺得那些「西琳」很可怕。身邊的伙伴們也都是如此，只是程度不同罷了。大家都覺得她們很詭異，讓人渾身發毛，都對她們敬而遠之。

他總算明白了，之所以覺得可怕……

是因為這些讓人渾身發毛的女孩，事實上就是他們自己的末路。因為他隱約已經知道，戰鬥到最後就會變成這座堆積如山的屍體。

我們……

說不定從待在第八十六區的時候起，嘴上說著這是驕傲，其實一直……

就跟她們一樣。

一邊笑著。

一邊毫無意義地，送死。

一回神，才發現萊登站在自己的身旁。

之前在地下機庫戰鬥的他，俯視著第一次看到的這條攻城路，雙眉緊鎖。他用瑞圖還聽不慣的聯邦俚語唾罵了幾句話。

「你就是為了這個在沮喪？」

「修迦……副長，我……」

「……算了吧。」

簡短一句話打斷了他。

同時手掌輕快地放到了瑞圖肩上，動作中藏有關懷。

但是，說的話卻恰恰相反。

「其他傢伙八成也在想著同一件事。不過，不要說出口……沒必要自己否定自己活過的人生吧。」

具備高隔熱性的戰鬥服，連掌心的熱度都感受不到。

柳德米拉被壓爛的頭顱在攻城路的旁邊，孤零零地落在斑駁的髒雪上。

辛沉默地低頭，看著不會說話的她。「阿爾科諾斯特」、「西琳」與「軍團」的殘骸滲漏出流體奈米機械、皮下循環液與某種不明機油，融合成奇怪的七彩水灘。可能是在滾落的過程中削掉了，鮮豔過火的緋紅頭髮與人工皮膚都不見了大半，如今這顆落在水灘旁的頭顱，看起來只像是金屬材質的殘骸。

也許是早就裂開了，辛將她一撿起來，腦殼就脆弱地碎開，失去原形。呈現彩虹結構色的透明中央處理系統與藍色血液，混雜在金屬頭蓋骨中虛幻地灑落於腳邊。

已經聽不見悲嘆之聲了。

「…………」

無論是屍體還是人的死亡，他都看習慣了。

如同以前在共和國作戰時，他對達斯汀說過的一樣。無論是斷裂掉落的頭顱，還是失去半張臉的慘狀，都看習慣了。他在第八十六區初次配屬到戰隊時就已經看過，這不過是件「稀鬆平常的事」罷了。

所以原本就不是活人，連血液顏色都不一樣的「西琳」壞了一架，或是失去了無以計數的她們，自己應該都不痛不癢才對。

本來應該是這樣的……但他卻心痛不已。

對，其實他很難受。

初次遇到這種狀況時，他應該很難過才對。

在辛最初配屬的戰隊裡，總是特別關心隊上最年輕的他，在各方面對他照顧有加的那個戰隊長——戰死之後，辛撿起他斷裂脫落的半毀頭顱時，應該……

什麼時候習慣的？

從什麼時候開始覺得人死是正常，沒什麼大不了的？

而且絲毫沒發現——這就叫作喪失。

原本名為柳德米拉的物體，封於其內的戰死者的殘魂碎魄，如今已經不再悲嘆。

作為憑依體的人造腦部遭到破壞，一縷殘魂也隨著消失，此時已不留半點痕跡。

辛問過她是否想變成這樣。

問過她是否想再死一次，現在想想，真虧自己敢那樣問。

絲毫沒意識到——那種冷血的態度。

昔日某人對自己說過的話閃過腦海。

辛已經不記得那是誰說的了，因為有的是當面，有的是隔著知覺同步，有的是故意講得讓他聽見，有的是混雜於無線電通訊中，聽過了一遍又一遍。

——怪物。

「——是啊。」

辛仰望著攻城路，心想——確實如此。

這條攻城路以「軍團」、「阿爾科諾斯特」與具有少女外形的機械人偶們之殘骸所堆成，令人作嘔的程度恐怕史無前例。

他們踩踏著這條路進攻了。

不進攻，在這裡的所有人就會沒命。

為了保命而踐踏了她們。

到哪裡都一樣。共和國踐踏八六，聯合王國踐踏「西琳」，聯邦踐踏少年兵、戰鬥屬地兵與吉祥物。就連遭人踐踏的人，也一樣踐踏著某人的死亡，在這世界上求生存。

如果是這樣……如果不做到這種地步，就活不下去的話——

那麼人類，也不過是怪物罷了。

任誰都一樣。

佇立於攻城路上的「破壞神」，八八毫米砲在雪地反光下，反射出滯鈍的光芒。辛第一次覺得，那種寒光簡直醜惡不堪。

「……………辛！」

呆站原地的辛聽見了聲音。沒有腳步聲。隱藏起戰鬥痕跡的積雪吸收了聲音，就連銀鈴般的嗓音也不再嘹亮。

蕾娜一邊在走不慣的積雪路上連連絆跤，一邊跑了過來，就這麼順勢緊緊抓住了辛。

由於厚實的戰鬥服能隔離溫度，因此辛感覺不出她的體溫。

「會弄髒的。」

「你說這是什麼話……！」

大概是真的急著跑出來，蕾娜就好像衣服換到一半似的把軍服穿得歪七扭八，女用襯衫外面沒穿西裝外套，而是直接披著大衣，軍帽好像也不知掉到哪裡去了。最離譜的是，她竟然光腳穿著完全不適合走積雪路的包鞋。

「你到底在想什麼啊，怎麼可以一個人跑出來呢！搞不好還有『軍團』留在附近啊……！」

「都不在了……妳應該很清楚吧。」

辛沒有得到回答，只有抓住自己的玉手加重了力道。好像只要一放手，眼前的辛就會消失不見似的。

為什麼？疑問悄然浮現，但並未化作聲音。

她應該看見了辛背後用「西琳」們殘骸拼湊而成的攻城路，也知道機動打擊群是衝上那條路攻進城塞的。

明明知道，為何還能無所畏懼地靠近自己？

辛等八六在戰場削減掉一切，對正常人而言似乎早已與怪物無異——為何蕾娜到現在還會想跟他們在一起？

真要說起來，她並不是沒接觸過戰場。

在大規模攻勢之後，那兩個月的防衛戰。蕾娜在以為戰爭很快就會結束，沒做任何像樣防備的共和國戰鬥過。無法期待援軍到來，連一線希望都沒有，只能被逼得節節敗退，走投無路——就連慣於打仗的辛都無從想像那種防衛戰有多令人絕望，但她卻親身體驗過。

她看過多達幾千萬的共和國民……對她而言屬於同胞的白系種公民們遭到蹂躪、虐殺的模樣。體驗過戰場上毫無尊嚴可言的悲慘死法，以及被逼入絕境的人類有多醜惡、下流。

這一切她都看過，應該都知道。

那為什麼——她還沒對人類、對世界死心？

為什麼能持續相信「世界應該是美麗的」這種比漫天扯謊更空虛的理想——……

蕾娜說過八六之所以對世界死心，是因為他們善良，因為怨天尤人比死心更簡單。她說更輕鬆的方式，應該是乾脆連驕傲都拋開。

既然這樣，那麼儘管誰都說這種理想是令人聽不下去的白日夢，直接棄如敝屣，她卻繼續懷抱下去，就表示……

為什麼？辛有種強烈的疑問。

為什麼她能如此？為什麼能懷抱著那種希望？直接放棄明明比較輕鬆，為什麼她還能繼續抱持希望？

他想不到答案。

辛甚至不夠了解蕾娜，讓他得到可用來推測的線索。

自從兩年前在特別偵察時告別，直到幾個月前重逢，辛不知道在這段時間中，她是如何在戰

飛翔吧！戰機少女 1~7 待續

作者：夏海公司　插畫：遠坂あさぎ

世界各地的阿尼瑪大舉集結，與「災」展開全面空戰？
格里芬賭上自己的性命，跨越次元——

螢橋三等空尉被調離F-15J，技本室長知寄蒔繪前來挖角他。螢橋半信半疑地造訪技本，在那裡等著他的是雙人座軍機JAS39獅鷲戰鬥機，以及說著葡萄牙語，披著一頭淺桃紅色頭髮的阿尼瑪少女——格里芬……

各 **NT$180~220/HK$55~65**

食鏽末世錄 1 待續

Kadokawa Fantastic Novels

作者：瘤久保慎司　插畫：赤岸K　世界觀插畫：mocha

敘事詼諧，戰鬥爽快——還很熱血！
最強「蕈菇守護者」的疾風怒濤冒險劇！

穿梭於能鏽蝕一切，使人類陷入死亡威脅的「鏽蝕風」中，迅猛粗暴的「蕈菇守護者」赤星畢斯可為了拯救師父，與同生共死的搭檔，美貌的少年醫師美祿，踏上尋找靈藥蕈菇「食鏽」的旅程，投身波瀾萬丈的冒險。然而，邪惡縣知事的奸計卻正等著他們——

NT$280/HK$90

賭博師從不祈禱 1~3 待續

作者：周藤蓮　插畫：ニリッ

第二十三屆電擊小說大賞「金賞」得獎作品第三局！
以「愛」為名的種種紛爭，將拉撒祿等人捲入——

拉撒祿等人終於抵達了觀光勝地巴斯——這座以溫泉和賭博聞名的鎮上，正暗中進行著儀典長和副典儀長的激烈權力鬥爭。拉撒祿泡完溫泉回到旅館後，只見房裡躺了一個渾身是血的少女。他收留了這名少女，這也為巴斯充滿詭計的漫長鬥爭拉開了序幕……

各 **NT$250~260/HK$75~82**

從零開始的魔法書10
—零的傭兵（下）—
虎走かける
Illustration しずまよしのり
Kadokawa Fantastic Novels

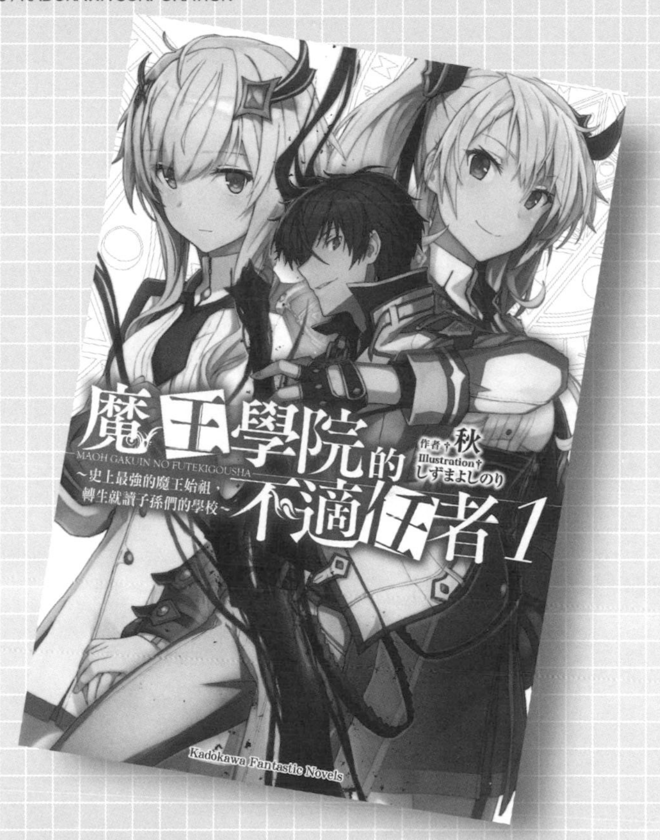

魔王學院的不適任者~史上最強的魔王始祖，轉生就讀子孫們的學校~ 1 待續

作者：秋　插畫：しずまよしのり

轉生後的魔王，卻被等級低到不行的子孫
認定缺乏魔王資質而遭輕視!?

魔王阿諾斯厭倦了無盡的鬥爭，於是進行轉生。兩千年後的他所迎來的，卻是變得過於弱小的子孫及衰退至極的魔法。儘管進入「魔王學院」，他卻因為資質無法被看出而成了「不適任者」。在眾人輕蔑的眼光下，阿諾斯於魔族的階級制度上邁向巔峰！

NT$250/HK$82

國家圖書館出版品預行編目(CIP)資料

86-不存在的戰區. Ep.5, 死神,你莫驕傲 / 安里アサト作 ; 可倫譯. -- 初版. -- 臺北市 : 臺灣角川, 2019.07

面； 公分

譯自：86―エイティシックス. Ep.5, 死よ、驕るなかれ

ISBN 978-957-743-087-8(平裝)

861.57　　108007936

Kadokawa
Fantastic
Novels

86—不存在的戰區— Ep.5

—死神，你莫驕傲—

（原著名：86—エイティシックス—Ep.5—死よ、驕るなかれ—）

2019年8月1日　初版第1刷發行
2024年7月16日　初版第13刷發行

作　　　者：安里アサト
插　　　畫：しらび
機械設計：I－IV
日版設計：AFTERGLOW
譯　　　者：可倫

發　行　人：台灣角川股份有限公司
總　　　監：呂慧君
總　編　輯：蔡佩芬
主　　　編：林秀儒
編　　　輯：高韻涵
設計指導：陳晞叡
美術設計：莊捷寧
印　　　務：李明修（主任）、張加恩（主任）、張凱棋、潘尚琪

發　行　所：台灣角川股份有限公司
地　　　址：104台北市中山區松江路223號3樓
電　　　話：（02）2515-3000
傳　　　真：（02）2515-0033
網　　　址：www.kadokawa.com.tw
劃撥帳戶：台灣角川股份有限公司
劃撥帳號：19487412
法律顧問：有澤法律事務所
製　　　版：巨茂科技印刷有限公司
ISBN：978-957-743-087-8